À Peter et Maureen Kleinknecht
Nos joyeux compères de Floride

Au vin, au golf, au tricot et à l'amitié

Août 2013

Chers amis,

Bienvenue à la maison d'hôtes pour le deuxième tome de la série. Jo Marie a hâte de vous raconter les derniers événements survenus à la villa, qui affiche complet ce printemps. Vous aurez le plaisir de faire la connaissance de Kent et Julie Shivers, qui fêtent leurs noces d'or – le seul problème, c'est qu'ils ne semblent pas très bien s'entendre. Leur petite-fille joue les arbitres et doit en outre accepter la présence de leur voisin, qui a toujours été insupportable... et qui, désormais, ne la quitte plus des yeux. Et puis, il y a Mary Smith...

Mais je parle trop. C'est souvent le cas des écrivains. Nous tombons amoureux de nos histoires et de nos personnages et avons du mal à ne pas trahir toute l'intrigue !

Ce que j'espère, c'est que vous vous sentirez chez vous à la villa. Jo Marie confectionne des cookies en vue d'une occasion spéciale qu'elle regrette... oups, je recommence à en dire trop long. Et naturellement, il y a Mark, l'homme à tout faire, qui... bon, c'est tout. Je ne dirai pas un mot de plus. Je vous laisse tourner la page et commencer à lire.

À présent, s'il vous plaît, installez-vous confortablement et détendez-vous. Je promets de ne plus rien révéler.

Comme tous les écrivains, j'aime que les lecteurs me donnent leur opinion et je serais ravie de lire vos commentaires. Vous pouvez me contacter sur mon site internet, debbieMacomber.com, sur Facebook, et, bien entendu, m'écrire à l'adresse suivante : P.O. Box 1458, Port Orchard, WA 98366.

Bien à vous,

Debbie Macomber

1

La Villa Rose était splendide. Azalées écarlates et rhododendrons pourpres s'épanouissaient dans le jardin en fleurs. Adossée au pilier blanc de la véranda, je contemplais ma propriété avec satisfaction. Le nom de la maison d'hôtes se détachait en lettres élégantes sur l'enseigne en bois placée à l'entrée de la cour.

Jamais je n'aurais imaginé qu'un jour je tiendrais une maison d'hôtes. Pas plus que je n'aurais imaginé me retrouver veuve à trente-cinq ans. Si j'avais appris quelque chose sur ce chemin qu'on appelle la vie, c'est qu'il emprunte parfois des détours inattendus et nous entraîne bien loin de la direction qui nous semblait au départ idéale. Mes amis m'avaient déconseillé d'acheter cette demeure. Ils jugeaient ce changement trop radical après le deuil que je venais de subir : il impliquait non seulement un déménagement, mais aussi un bouleversement total de mon existence. Beaucoup d'entre eux pensaient que je devrais attendre au moins un an avant de prendre une telle décision. Ils se trompaient. J'avais trouvé la paix ici, et, non sans surprise, un certain bien-être.

Avant d'acheter cette maison, je vivais dans un appartement au cœur de Seattle. À cause de mon travail et de diverses responsabilités, je n'avais plus eu d'animaux domestiques depuis mon enfance. Cependant, une fois installée à Cedar Cove, j'avais adopté Rover. En quelques mois, je m'étais profondément attachée à lui ; il était devenu mon ombre, mon compagnon de tous les instants.

C'est Grace Harding, la bibliothécaire de Cedar Cove et bénévole au refuge pour animaux, qui m'avait suggéré d'adopter un chien. J'avais fixé mon choix sur un berger allemand, mais étais rentrée à la maison avec ce petit chien à poil ras, de race indéterminée. Au refuge, on l'avait baptisé Rover, tant il était évident qu'il errait seul depuis longtemps.

Mes réflexions furent brusquement interrompues par des marmonnements provenant de l'endroit où j'avais projeté de planter une roseraie agrémentée d'un kiosque. Plus précisément de Mark Taylor, l'homme à tout faire que j'avais engagé pour mener cette tâche à bien.

Mark était un personnage intéressant. Je lui avais déjà confié nombre de petits travaux, mais je n'étais pas encore sûre qu'il me considère comme une amie. S'il en donnait l'impression la plupart du temps, il avait parfois tendance à se montrer grognon, désagréable, acariâtre, irrationnel… et j'en passe.

— Qu'y a-t-il ?

— Rien, aboya-t-il en retour.

Apparemment, il s'était levé du mauvais pied.

Plusieurs mois auparavant, je lui avais demandé de retourner un carré de terre assez vaste pour y créer une roseraie. Il m'avait tout de suite avertie que ce projet serait tout en bas de sa liste de priorités. Il semblait travailler quand l'envie lui en prenait, ce qui, malheureusement, n'arrivait pas souvent. En outre, l'hiver avait été rude, si bien que les travaux étaient loin d'être achevés.

J'étais déçue ; j'avais espéré que les rosiers seraient plantés à temps pour la journée portes ouvertes que je projetais d'organiser à l'intention des membres de la chambre de commerce de Cedar Cove. Le problème, du moins en partie, était le perfectionnisme de Mark. Il avait dû mettre une bonne semaine à mesurer le jardin. Des traits à la craie et un cordeau traversaient en tous sens la pelouse fraîchement tondue. Car, bien sûr, il avait tenu à passer la tondeuse avant de prendre ses mesures.

D'habitude, je n'étais pas si impatiente, mais là, j'en avais assez. Mark était un bricoleur doué, capable de s'atteler à n'importe quelle entreprise. La plupart du temps, j'estimais avoir de la chance qu'il soit là. Novice dans le métier et peu bricoleuse moi-même, j'avais besoin de quelqu'un sur qui compter pour les petits travaux d'entretien. En conséquence, mon projet de roseraie avait plus ou moins été laissé de côté jusqu'à la dernière minute. Et au rythme où Mark avançait, je m'étais résignée à ce qu'il n'ait pas terminé avant le dimanche suivant.

Il se redressa, s'épongea le front et vit que je le regardais.

— Tu vas encore te plaindre ? grogna-t-il.

— Je n'ai rien dit.

Face à sa mauvaise humeur, je préférais tenir ma langue plutôt que de prononcer des paroles qui mettraient le feu aux poudres. Une remarque critique de ma part lui servirait de prétexte pour s'en aller.

— Pas la peine, rétorqua-t-il. Je sais lire les froncements de sourcils.

Il avait parlé d'un ton grincheux et Rover leva la tête vers moi, guettant peut-être une réaction de ma part. Il aurait été facile de riposter par quelques mots bien choisis, mais je me contentai de lui adresser un sourire suave, songeant que c'était une bonne chose que Mark se fasse payer à la tâche plutôt qu'à l'heure.

— Dis-moi ce qu'il y a, insista-t-il.

— Je croyais t'avoir dit que je voulais que la roseraie soit plantée avant ma journée portes ouvertes, répondis-je, en m'efforçant de maîtriser ma frustration.

— Dans ce cas-là, il aurait fallu en parler plus tôt.

— Je l'ai fait.

— Ça a dû me sortir de l'esprit, alors.

— Bon. Ne t'énerve pas.

À ce stade, à quoi bon se quereller ? Les invitations étaient parties et l'événement était prévu pour le week-end, jardin prêt ou pas. Si Mark finissait avant, ce serait un miracle. Inutile d'en faire une montagne à présent.

À vrai dire, j'étais autant à blâmer que lui pour ce retard. Souvent, avant qu'il commence à travailler, je l'invitais à boire un café. J'avais découvert un homme aussi fascinant que susceptible. Le plus surprenant, c'était qu'il était devenu un de mes meilleurs amis à

Cedar Cove, et naturellement j'étais curieuse à son sujet. Et comme il n'était guère loquace, j'en apprenais davantage sur lui en jouant au Scrabble qu'en bavardant. Il était intelligent, possédait un immense vocabulaire, et il aimait gagner.

Je le connaissais depuis cinq mois, cependant, il éludait mes questions et n'abordait jamais de sujets personnels. J'ignorais s'il avait été marié ou s'il avait de la famille dans la région. Ce que je savais de lui était le fruit de mes déductions. Il vivait seul. Il n'aimait pas parler au téléphone et il avait un faible pour les gâteaux. Il était minutieux et prenait son temps pour effectuer son travail. Voilà ce que j'avais appris en tout et pour tout d'un homme que je voyais en moyenne quatre ou cinq fois par semaine. Il semblait apprécier nos conversations, pourtant je ne m'y trompais pas. Ce n'étaient ni mon esprit ni mon charme qui l'intéressaient, mais les cookies qui accompagnaient si souvent nos discussions.

Eh bien, décidai-je, dorénavant, je serais trop occupée pour nos pauses-café.

Mark reprit sa tâche à contrecœur, retournant la pelouse pour en faire des tas autour du carré dégagé. Il découpait chaque section avec soin, comme s'il servait des tranches de gâteau de mariage.

Quoique frustrée par son retard et sa lenteur, je restai adossée au pilier, à le regarder travailler. La journée était claire et ensoleillée. Je n'allais pas me priver de ce beau temps. Nettoyer les carreaux, surtout à l'extérieur, était une des corvées qui m'inspiraient le moins, mais il fallait bien le faire. Pourquoi la remettre au lendemain ?

L'eau chaude avait déjà tiédi lorsque je plongeai l'éponge dans le seau en plastique. Je levai les yeux vers les fenêtres du haut, pris une inspiration et plaçai l'échelle contre le mur. Si Paul avait été en vie, il se serait chargé de cette besogne. Je secouai la tête, me rappelant à la réalité. Si Paul avait été en vie, je n'aurais pas été propriétaire de cette maison d'hôtes, et d'ailleurs je ne vivrais pas à Cedar Cove.

Parfois, je me demandais si Paul reconnaîtrait la femme que j'étais devenue. J'avais laissé pousser mes épais cheveux bruns. Le plus souvent, je les nouais sur ma nuque en un chignon rapide. Le reste du temps, ils flottaient librement sur mes épaules.

Mark, qui se laissait rarement aller à des commentaires sur quoi que ce soit, me disait souvent que je ressemblais à une adolescente. Je prenais cela comme un compliment, même si j'étais assez sûre que là n'était pas son intention. Sans doute n'avait-il guère fréquenté les femmes, car il était capable de faire les remarques les plus impolies qui soient sans s'en rendre compte.

Ma coiffure n'était pas le seul changement intervenu dans mon apparence. C'en était fini des tailleurs sévères, des jupes droites et des vestes ajustées qui constituaient mon uniforme à la banque. Désormais, je portais surtout des jeans et un pull, avec un tablier par-dessus, car dans mon nouveau rôle de propriétaire de maison d'hôtes, je m'étais découvert une passion pour la cuisine et la pâtisserie. Souvent, je passais la matinée à préparer des plats ou des gâteaux. Avant, je n'avais guère l'occasion de confectionner des repas compliqués. Maintenant, il m'arrivait de lire un livre de recettes avec le même enthousiasme que pour un bon roman. Non seulement je me détendais en m'adonnant à la pâtisserie, mais cela me permettait aussi d'offrir à mes clients de délicieux muffins et des miches de pain tout frais au petit déjeuner. Malheureusement, j'avais pris quelques kilos, que je m'efforçais de perdre.

Certains jours, j'avais du mal à me reconnaître moi-même. J'avais changé, ce qui était normal, j'imagine. Mon univers tout entier avait été bouleversé.

Je grimpai les trois premiers barreaux, plissant le nez à l'odeur âcre du vinaigre que ma mère m'avait recommandé d'utiliser. Je n'avais pas noté les proportions et j'avais dû me tromper sur le dosage. Mon seau sentait aussi fort qu'un baril de saumure.

— Qu'est-ce que tu fabriques ? cria Mark à l'autre bout du jardin.

— À ton avis ? lançai-je, refusant d'entrer en discussion avec lui.

Être l'amie de Mark exigeait une certaine dose de patience.

Il planta sa fourche dans l'herbe et traversa la pelouse à grands pas, à la manière d'un soldat qui va livrer bataille. Un pli profond barrait son front.

— Descends de là !

Je restai figée sur la troisième marche.

— Pardon ?

— Tu m'as entendue.

Je le dévisageai, incrédule. Il était hors de question que je le laisse me dicter ce que je pouvais ou non faire chez moi.

— Monter à l'échelle est dangereux, insista-t-il, les mains sur les hanches.

Je l'ignorai, gravis une marche supplémentaire, et commençai à frotter la vitre.

— Tu ne sais pas que les chutes constituent soixante pour cent des accidents domestiques ?

— Je n'ai jamais entendu dire ça, mais je sais que soixante pour cent des statistiques sont inventées de toutes pièces.

Je croyais que ma remarque allait le dérider. Je me trompais. Sa mine s'assombrit encore.

— Tu ne devrais pas être sur cette échelle. Allons, Jo Marie, sois raisonnable.

— Moi ?

Si quelqu'un se montrait déraisonnable, ce n'était sûrement pas moi.

— Je te dis que c'est dangereux.

— Tu me suggères d'installer un filet ?

À l'entendre, on aurait cru que je marchais sur un rebord de fenêtre au soixantième étage d'un immeuble.

Il ne répondit pas à ma question. Ses lèvres se pincèrent, formant un pli mince.

— Je ne veux pas discuter de ça.

— Tant mieux. Laisse-moi nettoyer mes vitres, et retourne à ma roseraie.

— Non.

— Non ?

— Je vais rester là jusqu'à ce que tu arrêtes ces sottises et que tu descendes de là.

Je poussai un profond soupir. Mark me traitait comme si j'étais encore une enfant et non une adulte capable de veiller sur elle-même.

— Je suppose que je devrais être touchée que tu t'inquiètes pour moi.

— Ne sois pas ridicule. Je me moque pas mal que tu te brises le cou, je ne veux pas voir ça, c'est tout.

— C'est vraiment gentil, ça, marmonnai-je, incapable de dissimuler mon sarcasme.

Son attitude m'irritait tout autant que ses paroles, si bien que je me détournai et continuai à laver les carreaux. Quand j'estimai que les deux du haut étaient propres, je descendis d'un cran, histoire de prouver que je n'étais pas inconsciente. Mark avait posé les mains sur l'échelle et la tenait fermement.

— Tu es toujours là ?

Une fois de plus, il ignora ma question.

— Je ne te paie pas pour que tu me regardes travailler, lui rappelai-je.

Ses yeux s'étrécirent.

— Très bien. Je m'en vais.

Je n'en crus pas un mot.

— Sûrement pas.

Il avait déjà dévalé les marches de la véranda et traversait le jardin d'un pas décidé ; je pouvais percevoir son agacement à chacune de ses foulées.

Je sautai de l'échelle et le suivis. Il était rare que je perde mon sang-froid mais, cette fois, il avait vraiment dépassé les bornes. J'étais bien trop indépendante pour que quiconque – à plus forte raison un homme – me donne des ordres.

— Tu ne peux pas t'en aller. En tout cas, pas en laissant mon jardin dans cet état.

Mark fit la sourde oreille, et ramassa ses outils et sa fourche.

— Nous avons un contrat, insistai-je.

— Tu vas me faire un procès ?

— Très bien. Je dirai à mon avocat de te contacter demain à la première heure.

Je n'avais pas d'avocat, mais j'espérais que la menace ferait comprendre à Mark que son attitude était stupide. J'aurais dû y réfléchir à deux fois. Il ne cilla même pas.

Rover, qui m'avait emboîté le pas, se tenait à mon côté. Je n'arrivais pas à croire que Mark, après tous ces mois, soit prêt à s'en aller à cause d'un incident aussi ridicule. C'était incompréhensible.

La fourche et la bêche dans une main, sa boîte à outils dans l'autre, il fit mine de se détourner, puis se ravisa et se retourna brusquement vers moi.

Je m'avançai, soulagée qu'il soit revenu à la raison.

— Donne mon numéro de portable à ton avocat.

— Bien sûr. La moitié du temps, tu oublies de le prendre et quand tu y penses, la batterie est à plat.

— Peu importe. Donne-lui le numéro de ma compagnie, puisque tu es si décidée à me poursuivre en justice.

— Très bien.

Raide comme un piquet, je le suivis des yeux tandis qu'il s'éloignait. Près de moi, Rover avait incliné la tête de côté et semblait lui aussi avoir du mal à comprendre ce qu'il venait de se passer.

— Il ne vaut pas la peine qu'on s'inquiète pour lui, dis-je à mon chien.

Redoutant à demi qu'il se mette à courir après lui, je me baissai et lui tapotai la tête.

— Il met dix fois plus de temps qu'il ne le prévoit, de toute manière. Bon débarras, ajoutai-je en haussant la voix, espérant presque que Mark m'entende.

Puis je me redressai et restai au milieu du jardin jusqu'à ce que Mark fût complètement hors de vue. Alors et seulement alors, je me tassai sous le poids de la défaite.

C'était insensé. À peine une heure avant, nous buvions un café sur la véranda et à présent, je le menaçais d'un procès. Et j'avais de plus le sentiment qu'il le méritait.

Au comble de l'agitation, je retournai à mes carreaux et astiquai jusqu'à en avoir les muscles douloureux. Je finis ma tâche en un temps record. L'espace d'une seconde, je fus tentée de contacter Mark pour l'informer que j'avais survécu à cette mission si dangereuse, puis me ravisai. C'était à lui de m'appeler, et de s'excuser pour m'avoir traitée comme une enfant.

Quant à moi, il était hors de question que je lui présente des excuses. Cependant, je savais à quel point il était obstiné. S'il avait dit qu'il ne reviendrait pas, je pouvais être sûre que c'était vrai.

Ma colère persista jusqu'au soir. Je ne voulais pas l'admettre, mais Mark allait me manquer. Je m'étais habituée à ce qu'il vienne régulièrement, souvent juste pour boire un café. Nous étions à l'aise l'un avec l'autre. C'était un ami, rien de plus, et j'étais reconnaissante que nous puissions être seulement cela : des amis.

Pour me changer les idées, je me rendis dans mon bureau.

J'avais des réservations pour le week-end qui approchait. Le premier nom sur ma liste était celui de la mystérieuse Mary Smith, dont l'appel, peu de temps après mon installation à la maison d'hôtes, s'était gravé dans ma mémoire. Mary avait semblé peu sûre d'elle, hésitante, comme si elle se demandait si cette décision était une bonne idée.

J'attendais également Julie et Kent Shivers, ainsi qu'un groupe d'amis et de parents invités à leurs noces d'or. Au téléphone, Kent n'avait guère paru enchanté par la fête que sa famille avait projetée. Cependant, sur huit chambres, sept étaient déjà réservées pour le samedi soir.

Seule Mary Smith comptait rester tout le week-end. Au souvenir de son hésitation, je me demandai si elle n'allait pas annuler à la dernière minute, mais jusqu'à présent, elle ne s'était pas manifestée. Sa chambre était déjà prête.

Je n'avais guère d'appétit, aussi, contrairement à mon habitude, je me contentai de grignoter des chips. Fébrile, ne sachant que faire, j'entrepris de confectionner des cookies au beurre de cacahuètes. En les regardant refroidir sur le plan de travail, je me souvins que c'étaient les préférés de Mark.

Rover s'était pelotonné sur le tapis devant le réfrigérateur, un de ses endroits favoris. Contrairement à lui, je ne tenais pas en place. Après avoir tourné en rond dans la cuisine, j'allai de pièce en pièce. Une fois dans ma chambre, j'essayai de tricoter, mais j'accumulai les erreurs et finis par remettre mon ouvrage dans son panier. La télévision ne parvint pas davantage à retenir mon attention. Et le roman que j'avais trouvé fascinant la veille au soir m'ennuya.

Mon malaise était dû à mon différend avec Mark, évidemment. Avec le recul, je regrettais de ne pas avoir géré la situation différemment. Mais qu'aurais-je pu faire, au fond ? Il semblait résolu à se quereller avec moi. C'était lui qui s'était emporté – si nous nous étions affrontés, c'était uniquement à cause de sa conduite autoritaire, irrationnelle.

Enfin, pourquoi se mettre dans une pareille colère à propos d'une échelle et de quelques vitres à laver ? Il avait été grossier et déraisonnable. Je n'allais pas tolérer cela. Ni de lui ni de personne.

Néanmoins, j'étais attristée que nous en soyons arrivés là.

Rover leva la tête, puis reposa le menton sur ses pattes.

— Songe à toutes les économies que je vais faire en farine et en sucre.

Ma plaisanterie forcée ne parvint même pas à me faire sourire.

D'accord. Autant l'admettre, Mark allait vraiment me manquer.

2

Je dormis mal cette nuit-là, ce qui n'était guère surprenant après ma dispute avec Mark. Bien sûr, j'avais cédé à une impulsion en le menaçant et le regrettais amèrement. Tout cela me contrariait, mais s'il persistait dans sa décision de résilier notre contrat, je n'y pouvais rien. Mieux valait attendre que nous nous soyons calmés l'un et l'autre.

Je décidai de prendre mon temps pour déjeuner et de savourer ma tranquillité avant l'arrivée de Mary Smith, prévue en fin de matinée. Rover me suivit dans la cuisine, puis je sortis sur la véranda, une tasse de café à la main, pendant qu'il allait faire son petit tour dans le jardin. Il ne tarda pas à revenir, bondissant avec tant d'exubérance que je ne pus réprimer un sourire.

Le ciel maussade n'augurait rien de bon, mais j'espérais que le soleil finirait par percer. En sirotant mon café, je parcourus du regard le carré de jardin retourné où je rêvais d'avoir des rosiers en fleur, et poussai malgré moi un soupir de frustration.

Je me promis de contacter Grace Harding ou Peggy et Bob Beldon, propriétaires d'une autre maison d'hôtes à Cedar Cove. Ils connaissaient sans doute quelqu'un qui pourrait achever la roseraie et construire le kiosque. Une chose au moins était sûre : quiconque se chargerait de ce travail le terminerait bien avant Mark s'il n'avait pas renoncé.

Je rentrai et donnai des croquettes à Rover. Alors que je rangeais le paquet dans l'office, j'entendis claquer une portière. Il était encore tôt, à peine sept heures et demie. La porte de côté s'ouvrit et une voix appela mon nom.

— Je suis là ! criai-je en retour, tandis que Rover se hâtait d'aller accueillir la visiteuse.

C'était Hailey Tremont, la lycéenne que j'avais embauchée sur la recommandation de Grace Harding. Sa famille habitait à côté du ranch que Grace et son mari avaient acheté près d'Olalla, et cette dernière m'avait expliqué qu'Hailey désirait faire carrière dans l'hôtellerie. Elle cherchait un emploi à temps partiel, de façon à acquérir de l'expérience et à faire quelques économies avant d'entrer à l'université à l'automne. Je l'avais donc engagée, et elle venait deux fois par semaine m'aider à faire des travaux ménagers.

— Bonjour ! lança-t-elle en se penchant pour caresser Rover.

Jolie, mince et très petite pour son âge, Hailey semblait plus jeune que ses dix-huit ans. Elle était sympathique et facile à vivre.

— Je suis venue voir si vous aviez besoin de moi samedi ou dimanche, déclara-t-elle.

Je me souvins que la cérémonie de remise des diplômes était prévue pour ce week-end.

— Quand ta cérémonie a-t-elle lieu ?

— Dimanche. Mes grands-parents et ma tante Melanie seront en ville, mais je pourrais travailler quand même si vous voulez, répondit-elle en baissant les yeux.

J'aurais bien eu besoin d'aide le dimanche, cependant je me refusais à gâcher sa journée.

— Si tu venais aujourd'hui et demain après les cours ? Ça irait ?

— Ce serait parfait, acquiesça-t-elle, les yeux brillants, visiblement soulagée. Je viendrai cet après-midi.

— Entendu.

Elle jeta un coup d'œil à sa montre.

— Je dois y aller. Ça fait un peu bizarre d'aller au lycée maintenant que tous les examens sont terminés et les résultats publiés. Mais c'est important, les derniers jours qu'on passe ensemble.

Je me rappelais clairement cette époque de ma vie, même si elle me semblait désormais remonter à une éternité. Depuis, j'avais perdu le contact avec la plupart de mes camarades de lycée, à l'exception de mes deux meilleures amies : Diane, partie s'installer au Texas, s'était mariée et avait deux enfants ; et Katie, également mariée et mère de trois enfants, vivait dans un quartier nord de Seattle. Nous communiquions par e-mail et sur Facebook, mais il y avait bien trop longtemps que nous ne nous étions pas vues. Je me promis d'inviter cette dernière à

Cedar Cove dans un avenir proche. Elle avait visité la maison peu après que je l'avais achetée et l'avait aimée autant que moi.

— Bon, j'y vais, lança Hailey. À cet après-midi !

— Oui, à plus tard !

Je sortis la jatte et les ingrédients dont j'avais besoin pour confectionner des muffins. Le livre de recettes ouvert devant moi, je fus interrompue par un bruit au-dehors. Je marquai une pause, mais, soupçonnant qu'il s'agissait de Mark, n'allai pas immédiatement voir qui était là.

Un bref coup d'œil par la fenêtre confirma que j'avais vu juste. Il se tenait debout devant le carré d'herbe qu'il avait retourné pour y planter les rosiers. Je devinai qu'il était tout aussi contrarié que moi par notre brouille et qu'il désirait une réconciliation. Peut-être allait-il recommencer à travailler comme si de rien n'était.

Je décidai de passer l'éponge et de ne pas exiger d'excuses. De toute façon, sans doute lui en devais-je, moi aussi. Mes épaules se détendirent et je me rendis brusquement compte du malaise que notre querelle avait provoqué en moi. J'étais vraiment contente qu'il soit de retour.

Je résolus de me montrer pacifique et de laisser quelques minutes s'écouler.

Ensuite, je lui offrirais un café, lui annoncerais que j'allais faire des muffins, et guetterais sa réaction. Je scrutai l'horloge. Au bout de cinq longues minutes, je remplis une tasse de café et l'emportai au-dehors. Arrivée sur la marche supérieure du perron, j'hésitai.

Mark était invisible.

Où diable avait-il pu aller ? Je remarquai soudain que la porte de l'abri de jardin était entrebâillée. Je descendis les marches, l'ouvris en grand et allumai. Mark n'était pas là. En ce court laps de temps, il était venu et reparti, emportant les quelques objets qu'il avait entreposés chez moi.

Apparemment, il était sérieux pour ce qui était de rompre notre contrat. Il avait eu toute la nuit pour y réfléchir. S'il n'avait pas changé d'avis, cela signifiait qu'il n'éprouvait aucun regret. Je m'étais trompée du tout au tout.

La sonnerie du téléphone résonna à l'intérieur. Je rentrai d'un pas vif, abandonnant le café sur la pelouse plutôt que de prendre le risque de le renverser dans ma hâte.

— La Villa Rose, lançai-je en décrochant, hors d'haleine.

— Bonjour, répondit avec entrain une voix masculine. Je téléphonais pour savoir si vous aviez des chambres disponibles à partir de demain et pour tout le week-end.

— Il m'en reste une seule, si cela vous convient…

— Parfait. Je la prends. Je conduis Kent et Julie Shivers de Portland. Je m'appelle Oliver Sutton, je suis un vieil ami de la famille et je compte rester en ville pour la fête.

— Très bien.

Malgré ma réserve, j'étais particulièrement intriguée. Pourquoi toute la famille avait-elle choisi de venir de l'Oregon pour se retrouver dans une petite ville aussi endormie que Cedar Cove ? Sans doute l'apprendrais-je bientôt.

— Serait-il possible de donner aux Shivers une chambre au rez-de-chaussée ? reprit-il.

— Eh bien, oui, c'est possible, en effet.

Cette chambre était ma préférée. Plus vaste que les autres, dotée d'un petit canapé et d'une cheminée, elle jouissait d'une vue magnifique sur la baie et, par temps clair, sur les montagnes à l'arrière-plan. Certains jours, le panorama était si splendide que j'avais peine à m'en détacher.

— Parfait. Kent ne voudrait jamais en convenir, mais j'ai peur qu'il ait du mal à monter les marches à présent.

— Très bien. Avez-vous une préférence pour votre propre chambre ?

Il hésita.

— Annie Newton descend chez vous aussi, n'est-ce pas ?

— En effet.

J'avais rencontré Annie – la petite-fille des Shivers – à deux reprises. C'était elle qui m'avait appris que le couple fêtait ses noces d'or. Comme elle vivait dans la banlieue de Seattle, elle était venue visiter la maison d'hôtes et prendre quelques dispositions pour la réunion de famille. Au cours de la conversation, elle m'avait expliqué qu'elle était organisatrice d'événements et s'était chargée de planifier celui-ci.

— Si possible, j'aimerais être au même étage qu'elle.

— Pas de problème.

J'allais devoir changer Mary Smith de chambre, mais cela ne présentait aucune difficulté.

— Parfait. À demain, donc. Nous arriverons sans doute vers midi.

Au milieu de la matinée, les muffins à la carotte et à l'ananas embaumaient la cuisine. J'avais testé une nouvelle recette, aux noix, raisins secs et graines de lin, que j'avais hâte de goûter. À en juger par l'odeur appétissante qui s'échappait du four, ils seraient délicieux.

Quand Hailey arriva vers quatorze heures, le plan de travail était couvert de plateaux pleins de cookies. Les muffins, eux, refroidissaient sur le dessus de la gazinière.

— Où voulez-vous que je commence ? demanda-t-elle en retirant son petit sac à dos.

Je lui donnai la liste détaillée que j'avais dressée plus tôt. Après l'avoir parcourue, elle me posa deux ou trois questions puis se mit au travail pendant que je m'affairais dans la cuisine. J'achevai de remplir le lave-vaisselle, rangeai les cookies dans une boîte hermétique et nettoyai le plan de travail.

Mes préparatifs pour la journée portes ouvertes ne faisaient que commencer. Une pile de livres de cuisine devant moi, je réfléchissais à d'autres recettes lorsque j'entendis une voiture remonter l'allée.

Je jetai un coup d'œil par la fenêtre. Le conducteur se gara, sortit du véhicule et le contourna pour aller ouvrir la portière passager. Une femme que je supposai être Mary Smith descendit à son tour et resta un instant immobile face à la maison.

Je retirai mon tablier et, Rover sur les talons, sortis pour l'accueillir.

— Bonjour et bienvenue à la Villa Rose, dis-je. Je suis Jo Marie Rose.

— Merci, répondit-elle avec une pointe d'accent new-yorkais.

Elle portait un tailleur classique, très élégant, dont je reconnus aussitôt la marque, avant de constater qu'il flottait légèrement sur son corps frêle. Alors seulement, je m'aperçus que l'écharpe enroulée autour de sa tête dissimulait adroitement le fait qu'elle avait perdu ses cheveux. Mary Smith avait récemment subi des séances de chimiothérapie. Quelles raisons avaient bien pu la pousser à quitter New York pour venir jusqu'à Cedar Cove ?

3

Épuisée par le long vol depuis Newark, Mary s'étendit sur le lit et ferma les yeux. L'étrange désir de se rendre à Cedar Cove lui était venu juste après le diagnostic de son cancer du sein et elle se rendait bien compte qu'il avait été motivé par la peur. À la vérité, elle ne s'était jamais vraiment attendue à effectuer ce voyage. Elle n'était pas d'une nature impulsive. Elle menait une vie bien ordonnée, parfaitement réglée. Traverser le pays sur un coup de tête ne lui ressemblait pas du tout, pourtant… elle était là.

Elle avait à dessein réservé un vol direct, redoutant de ne pas avoir l'énergie nécessaire pour se précipiter d'une porte d'embarquement à une autre. Déjà, le voyage de six heures de la côte Est à la côte Ouest l'avait laissée sans forces. Pourtant, aussi lasse qu'elle fût, elle se sentait incapable de s'assoupir. Les pensées se bousculaient dans sa tête, et elle ne pouvait s'empêcher de remonter le temps… s'arrêtant sur les décisions qu'elle avait prises et l'homme qu'elle avait aimé autrefois.

Pour autant qu'elle le sache, George vivait toujours à Seattle. La dernière fois qu'elle avait eu de ses nouvelles, dix-neuf ans auparavant – oh, y avait-il vraiment si longtemps ? –, il s'était marié. Mary souhaitait son bonheur, et c'était pour cette raison qu'elle n'avait pas l'intention de le contacter. Jusqu'à présent, elle était restée en dehors de sa vie et cela n'allait pas changer.

Elle jeta un coup d'œil aux prévisions météo sur son téléphone pour les cinq jours à venir. Pour avoir vécu autrefois près d'un an dans la région, elle savait qu'il y pleuvait presque continuellement. Comme pour la contredire, la météo annonçait cinq journées ensoleillées, une agréable surprise.

En dépit du climat, Seattle garderait toujours une place spéciale dans son cœur. C'était là qu'elle était tombée, réellement, profondément, amoureuse pour l'unique fois dans sa vie.

Il semblait ridicule de rester cloîtrée dans sa chambre par ce beau temps. Elle se leva donc, défit son petit bagage et rangea dans la commode les quelques vêtements qu'elle avait apportés. Cela fait, elle descendit lentement les marches. La propriétaire sortit de la cuisine alors qu'elle atteignait le pied de l'escalier.

— J'espère que la chambre vous convient ? demanda-t-elle avec sollicitude. Cela ne vous ennuie pas de monter l'escalier ?

— Non, ça ira, merci.

— J'en ai bien une autre au rez-de-chaussée, mais malheureusement, je l'ai promise à un couple âgé. Si j'avais su…

Elle hésita.

— C'est très bien, je vous assure, affirma Mary, écartant d'un geste sa suggestion. Je vais mieux de jour en jour.

— Puis-je faire quoi que ce soit d'autre pour votre confort ?

— Non, merci.

Jo Marie n'eut pas l'air convaincue.

— Désirez-vous un thé ?

— Ce serait très gentil, répondit Mary, songeant qu'elle n'avait guère envie de bavarder. Puis-je le boire sur la terrasse ?

— Bien sûr. Je vous l'apporte tout de suite. Prenez-vous du sucre ou du lait ?

— Rien, merci. Je le bois nature.

Elle choisit un fauteuil qui lui offrait une vue de la baie et des montagnes à l'arrière-plan. Sur la rive opposée, elle apercevait un porte-avions et divers navires en cours de réparation au chantier naval. Un phare se dressait au loin, se détachant sur les eaux vert foncé. C'était un lieu magnifique. Un cadre de rêve, vraiment.

La porte s'ouvrit, livrant passage à une adolescente qui apportait une théière et une tasse en porcelaine sur un plateau, avec une assiette de cookies.

— Bonjour, lança Mary avec un sourire.

— Bonjour, madame.

La jeune fille déposa le tout sur la petite table à côté de Mary.

Elle souleva la théière et, retenant le couvercle, l'inclina avec précaution pour remplir l'élégante tasse. Un nuage de vapeur s'éleva, et le parfum de la camomille flotta jusqu'à Mary.

— Comment vous appelez-vous ? demanda-t-elle.

— Hailey.

— Vous habitez la ville ?

— Oui.

Hailey se redressa et recula d'un pas.

— Il peut faire un peu frais ici, surtout quand le soleil se cache. Voudriez-vous que j'aille vous chercher une couverture ?

— Oui, merci. C'est très gentil à vous.

L'adolescente revint quelques instants plus tard avec un plaid afghan aux couleurs chatoyantes. Elle l'étendit sur les genoux de Mary et retapa un coussin.

— Vous êtes au lycée ? s'enquit Mary.

— Oui. J'ai ma cérémonie de remise des diplômes dimanche.

— Toutes mes félicitations.

— Merci.

— Vous avez des projets pour l'an prochain ?

Hailey acquiesça avec enthousiasme.

— Je veux travailler dans l'hôtellerie. Ce sera difficile de quitter Cedar Cove, ma famille et mes amis, mais ça fait partie de la vie, n'est-ce pas ? Il est normal que je veuille voler de mes propres ailes. C'est ce que dit ma grand-mère.

— Elle a bien raison.

— Maman préférerait que je fréquente un établissement local, mais j'ai obtenu une bourse à l'université de Washington.

— Bravo. Vous êtes nombreux dans votre promotion ?

— Environ six cents.

— C'était à peu près pareil quand j'ai obtenu mon diplôme, commenta Mary, songeuse. J'ai eu la chance d'être major de ma promotion.

— Vraiment ? C'est une de mes meilleures amies, Mandy Palmer, qui est major de la nôtre. Elle est brillante. Vous l'étiez aussi ?

Mary sourit.

— J'aimerais le penser, mais avoir de bonnes notes ne veut pas forcément dire qu'on va réussir sa vie.

— Mandy réussira. Elle est très équilibrée.

— Je suis sûre que vous aussi, affirma Mary.

— Je l'espère, répondit Hailey. Désirez-vous autre chose ?

— Non, merci.

— Dans ce cas, je vous laisse. Si vous avez besoin de quoi que ce soit, n'hésitez pas à demander. Je ne vais pas tarder à partir, mais Jo Marie sera là. J'ai été heureuse de faire votre connaissance, madame Smith.

— Moi de même, Hailey.

La jeune fille s'éclipsa. Mary ferma les yeux. Ça avait été une décision idiote de traverser tout le pays. Son spécialiste ne lui avait-il pas déconseillé d'entreprendre ce voyage, disant qu'elle avait besoin de se reposer, de donner à son corps une chance de guérir ?

À sa grande surprise, elle sentit qu'elle se détendait peu à peu, savourant la chaleur bienfaisante du soleil. Presque aussitôt, des souvenirs de George s'imposèrent à son esprit.

Aucun homme ne l'avait aimée autant que lui. Il y en avait eu d'autres avant et depuis, mais personne ne l'avait aimée aussi profondément que ce jeune avocat de Seattle, près de vingt ans plus tôt.

Ils s'étaient rencontrés pour la première fois un samedi après-midi, durant l'été. Au mois de juin, se souvint-elle. Son amie Louise avait suggéré qu'elles déjeunent ensemble à l'« aiguille de l'espace », le célèbre monument futuriste de Seattle. Elles s'étaient donné rendez-vous devant l'établissement, mais Mary avait attendu son amie en vain.

Fébrile, Mary faisait les cent pas, vérifiant sa montre presque chaque minute, si absorbée dans ses pensées qu'elle avait heurté un homme sur le trottoir.

George.

Elle s'était confondue en excuses. À sa totale stupéfaction, il avait déclaré qu'on venait aussi de lui faire faux bond et l'avait invitée à déjeuner avec lui. Elle avait accepté : puisqu'elle avait une réservation, il semblait dommage de ne pas l'utiliser ! Il lui était rarement arrivé de s'entendre aussi bien avec quelqu'un qu'avec George. L'attirance avait été intense, immédiate et réciproque. Ils avaient passé trois heures tous les deux. Par la suite, il lui avait avoué qu'il avait menti. Il n'avait rendez-vous avec personne, mais ça avait été le coup de foudre.

Plus tard, Mary avait appris que son amie avait reçu un appel d'urgence. Son père avait eu une crise cardiaque. À l'époque, personne n'avait de téléphone portable, et Louise n'avait pas pu l'avertir.

Compte tenu du tour pris par les événements, Mary ne s'en plaignit pas. George lui demanda s'ils pouvaient se revoir et ils se retrouvèrent le lendemain et le jour suivant. En moins d'un mois, ils étaient devenus amants. Ils étaient fous l'un de l'autre, emportés par la fièvre de l'amour. Jamais

Mary n'avait éprouvé de tels sentiments avant George, et n'en éprouverait plus jamais depuis.

Mary travaillait pour une société de courtage, un univers masculin où elle luttait pour se faire une place. Elle n'était pas venue s'installer à Seattle de son propre chef, même si ce déménagement lui avait été bénéfique à plusieurs points de vue. Son travail exigeait de fréquents déplacements à New York, et elle avait des vues sur un poste clé là-bas.

Quant à George, il venait d'être accepté comme associé dans un cabinet juridique en plein essor. Tous les deux travaillaient dur et souffraient d'être séparés durant la semaine, mais se débrouillaient pour se voir aussi souvent que possible. Trois mois après leur première rencontre, George avait demandé Mary en mariage.

Même encore aujourd'hui, après toutes ces années, elle se souvenait de la déception qu'elle avait lue sur ses traits lorsqu'elle avait décliné sa proposition. Son instinct lui soufflait qu'on allait lui proposer le poste qu'elle convoitait à New York. George étant promu à un bel avenir dans sa société, elle ne voulait pas qu'il renonce à sa carrière pour elle. Cependant, son tendre refus n'avait pas découragé le jeune homme. George était la persévérance incarnée. Mary n'aurait su dire combien de fois il avait tenté de la faire changer d'avis. Ils s'aimaient, disait-il. Ils pouvaient faire en sorte que leur relation fonctionne, même s'ils devaient vivre sur des côtes opposées. L'amour les porterait, et tout le reste était sans importance. Ils trouveraient un moyen, lui assurait-il.

Tout d'abord, Mary avait voulu y croire, mais au bout de six mois d'allers-retours incessants, elle avait compris son erreur. On ne pouvait pas vivre ainsi indéfiniment, encore moins élever des enfants. George rêvait de fonder une famille : il adorait les enfants et méritait d'être père. Or elle savait qu'elle ne ferait pas une bonne mère. Elle n'avait pas le moindre soupçon d'instinct maternel. Être mère ne l'intéressait pas, voilà tout. Par conséquent, elle avait pris la seule décision possible selon elle, elle avait rompu. Dès qu'on lui avait offert le poste à New York, elle avait accepté, vendu son appartement à Seattle et, la mort dans l'âme, fait ses adieux à George pour de bon.

George avait été anéanti. Sous le choc. Et profondément blessé. Elle s'était détestée de le faire souffrir autant, mais alors, elle ne voyait vraiment pas d'autre solution.

La rupture avait été nette, définitive. Douloureuse, terriblement douloureuse, mais rapide. Deux ans plus tard, George avait envoyé à Mary une invitation à son mariage. C'était sa manière de se venger, avait-elle supposé, de lui faire savoir qu'il avait trouvé quelqu'un d'autre à aimer. Quelqu'un qui était prêt à lui donner tout ce qu'il espérait de la vie, tout ce qu'elle lui avait refusé. Mary n'avait pleuré que deux fois au cours de sa vie d'adulte. Le jour où elle avait reçu l'invitation au mariage de George, qu'il avait écrite de sa propre main, et l'autre… c'était la raison de sa venue à Cedar Cove.

George était allé de l'avant, et elle s'en réjouissait. Elle l'avait aimé sincèrement ; sans doute l'aimerait-elle jusqu'à la fin de ses jours. Jamais elle n'avait envisagé de se marier, mais si elle l'avait fait, ça aurait été avec lui. Le merveilleux, le tendre, l'affectueux George.

Elle porta une main à son front, sentit sous ses doigts ses cheveux qui commençaient tout juste à repousser après les rayons et la chimiothérapie. Avec un soupir, elle tendit la main vers son thé.

Le cancer.

Le diagnostic avait bouleversé sa vie. La veille encore, elle était au sommet de sa carrière. Et voilà qu'une mammographie suspecte l'avait mise face à un cancer du sein au stade quatre, avec métastases. Son univers avait basculé. Au lieu de présider des réunions, de prendre des décisions, d'être au centre de l'attention générale, elle s'était retrouvée dans un centre, à écouter des professionnels de la santé lui expliquer comment combattre la maladie. Elle ne donnait plus de conseils, elle en recevait.

Toute sa vie durant, Mary avait été une dirigeante. Rien ne lui résistait. Intelligente, avertie, sophistiquée, elle avait affronté sans ciller des avocats de renom, des institutions financières, et même le gouvernement fédéral.

Elle avait été la première femme à s'élever aussi haut dans la hiérarchie d'une des plus grandes sociétés de courtage de New York, la première à être nommée vice-présidente. Elle avait amassé une fortune personnelle qui dépassait de loin toutes ses attentes. Cependant, l'argent ne signifiait pas grand-chose quand il s'agissait de cancer. Elle ne pouvait intimider la maladie, ne pouvait la dominer par la force de sa personnalité, ne pouvait la soudoyer ni s'en décharger sur une de ses secrétaires.

Et elle ne pouvait pas non plus l'ignorer.

Le cancer était là, face à elle, et ne lui laissait pas le choix.

Elle était malade, et son état risquait d'empirer. Tout ce qui était possible avait déjà été fait. Il ne lui restait plus qu'à attendre, et à se reposer. En vingt ans, Mary n'avait jamais pris de repos ; sa vie tout entière avait tourné autour de sa carrière. Désormais réduite à réfléchir sur sa vie, elle était troublée par une série de décisions qu'elle avait prises… des décisions concernant George.

Il était temps pour elle d'être honnête. Elle qui avait toujours été franche avec autrui constatait avec stupeur qu'elle ne l'avait pas été avec elle-même.

Les excuses qu'elle avait invoquées pour ce voyage lui étaient venues sans difficulté.

Des mensonges. Rien que des mensonges.

Le moment était venu d'admettre la vérité. Elle était à Cedar Cove pour George.

— Mary ?

Elle ouvrit brusquement les yeux. Jo Marie se tenait devant elle. La jeune femme avait retiré son tablier, son pull et son jean. À présent, elle portait un pantalon en toile noire et un chemisier en soie blanche, fermé en haut par une épingle rose.

— J'ai quelques courses à faire.

Mary la dévisagea sans répondre, voyant mal pourquoi son hôtesse éprouvait le besoin de l'en informer.

— Ne vous donnez pas la peine de répondre au téléphone.

Pourquoi diable aurait-elle fait une chose pareille ?

— J'organise une journée portes ouvertes dimanche et…

— D'accord, marmonna Mary, qui ne comprenait toujours pas en quoi cela la concernait.

— Je ne serai pas absente longtemps. Hailey est là si vous avez besoin de quoi que ce soit.

— Ne vous sentez pas obligée de me rendre des comptes, madame Rose. Vous êtes chez vous, et vous faites ce qui vous plaît.

— Oui, bien sûr, mais je voulais que vous le sachiez au cas où quelqu'un arriverait.

— Vous attendez quelqu'un ?

— Pas vraiment. Mais j'espérais…

Elle n'acheva pas sa phrase.

— Si vous avez besoin de…

— Je n'aurai besoin de rien, coupa Mary.

Elle regrettait à présent d'avoir choisi une maison d'hôtes. Elle avait entendu dire qu'on y était souvent accueilli avec chaleur. Mary avait trouvé le site de la Villa Rose en faisant des recherches sur Internet et avait été séduite par la beauté et l'élégance du lieu. La photo du panorama avait suffi à la convaincre de venir, et elle s'était empressée de réserver.

— Inutile de me dorloter, ajouta-t-elle, d'un ton peut-être un peu trop brusque.

Elle ne voulait pas être traitée différemment d'autrui. Ni parce qu'elle avait le cancer ni pour aucune autre raison.

Jo Marie acquiesça et s'en alla. Ses pas résonnèrent sur les marches en bois.

Résolue à reprendre le fil de ses pensées, Mary ferma de nouveau les yeux. Depuis des années, elle se sentait coupable de la manière dont elle avait traité George, surtout vers la fin de leur relation. Sous prétexte d'agir pour leur bien à tous les deux, elle avait été cruelle. Et maintenant, profitant de la chaleur du soleil et songeant à lui qui était peut-être de l'autre côté de Puget Sound, à Seattle, elle luttait contre le désir intense de le revoir, peut-être pour la dernière fois.

Elle secoua la tête pour se raisonner. Elle ne pouvait pas. Ou plutôt, ne voulait pas. George était marié. Faire irruption dans sa vie à présent serait doublement répréhensible. Elle avait fait son choix.

Elle devait vivre avec.

4

J'étais sur le point de sortir quand le téléphone sonna. Un instant, je fus tentée de l'ignorer. Je me ravisai aussitôt : la maison d'hôtes était mon entreprise et mon gagne-pain.

— La Villa Rose, dis-je automatiquement.

— Jo Marie.

Je reconnus aussitôt la voix et me raidis.

— Ici le lieutenant-colonel Milford.

Ma main se crispa sur l'appareil. La dernière fois que j'avais vu le lieutenant-colonel Milford, c'était à la messe du souvenir qui avait été dite en l'honneur de Paul à Fort Lewis. Dès l'instant où j'avais appris que mon mari était tombé en Afghanistan, cet officier m'avait été d'un grand soutien. Il avait patiemment répondu à mes questions, m'avait offert des paroles de réconfort, et avait promis de faire tout ce qui était en son pouvoir pour retrouver la dépouille des disparus. Il avait été le supérieur direct de Paul, et les deux hommes se vouaient un respect mutuel.

— Je vous appelle au sujet de l'engagement que j'ai pris envers vous et les autres familles endeuillées.

La gorge nouée, j'étais à peine capable d'articuler un son.

— Je m'en souviens, murmurai-je.

Sans doute allait-il m'annoncer que le corps de Paul avait été retrouvé. D'un côté, je voulais l'entendre, j'en avais besoin, et de l'autre, je mourais d'envie de me boucher les oreilles et de lui crier de se taire. S'ils avaient localisé le lieu de l'accident, ce serait la confirmation définitive que mon mari était mort. En dépit de tout ce qu'on m'avait dit, du fait qu'on m'avait maintes fois affirmé que Paul n'avait pu survivre, je ne pouvais m'empêcher de me cramponner à l'idée qu'il avait Dieu sait comment trouvé un moyen de s'en sortir et qu'il était vivant.

— Jo Marie ?

À l'évidence, le lieutenant-colonel avait dit quelque chose que je n'avais pas entendu.

— Pardon ?

— L'hélicoptère a été abattu en pleine montagne, vous le savez. Jusqu'à récemment, l'endroit était inaccessible, mais certains changements nous permettent désormais d'accéder à cette zone.

Il ne précisa pas quels changements, mais je compris. Paul et son équipe avaient été envoyés en plein cœur d'un territoire contrôlé par Al-Qaïda, et particulièrement accidenté. Je déglutis avec peine et mordis ma lèvre inférieure.

— Voulez-vous dire que je peux enterrer mon mari ?

Ma voix tremblait.

— Oui et non. Comme je vous le disais, nous avons désormais accès au site. Une équipe a été dépêchée sur place. Lorsque les corps auront été rapatriés, nous devrons bien sûr procéder à des tests ADN.

— Naturellement.

— J'avais promis de tenir les familles au courant.

— Oui, merci.

— Puis-je faire quoi que ce soit d'autre pour vous, Jo Marie ?

Je voulais lui hurler de me ramener Paul en vie. De me rendre tout ce que j'avais perdu sur ce flanc de montagne à l'autre bout du monde. Mais je savais que cette requête était à la fois impossible et déraisonnable. Tôt ou tard, il faudrait que je renonce à la conviction insensée qui me portait à croire que Paul était encore vivant. Tant que sa dépouille demeurait là-bas, je pouvais me bercer d'illusions, m'accrocher à ce fil ténu d'espoir. Je n'avais rien d'autre.

— Paul Rose était un bon soldat et un officier remarquable.

Le lieutenant-colonel Milford n'avait nul besoin de me dire ce que je savais déjà.

— Vous êtes sûre que je ne peux rien faire d'autre pour vous, Jo Marie ? reprit-il après une brève hésitation.

— Rien pour le moment… merci pour votre appel.

— Je vous recontacterai dès que nous aurons de plus amples informations.

— Oui, s'il vous plaît, parvins-je à articuler, luttant contre les larmes. C'était gentil à vous de téléphoner.

— N'oubliez pas que je suis là si vous avez des questions.

— Je m'en souviendrai.

Je raccrochai d'une main tremblante. Dès qu'il s'agissait de Paul, l'émotion me submergeait. Ma vie, mes rêves étaient tous liés à lui, et il m'avait été arraché. Pourrais-je un jour m'accoutumer au tour tragique et inattendu qu'avait pris ma vie ? Notre rencontre, notre amour, la perspective de notre avenir ensemble m'avaient offert certains des plus beaux jours de ma vie. À l'époque, j'avais renoncé à rencontrer l'homme qu'il me fallait. Il était arrivé au moment où je m'y attendais le moins.

Comment le destin avait-il pu nous unir pour nous séparer aussi vite ?

Je pris une profonde inspiration, résolue à me ressaisir. J'avais déjà une pensionnaire, et d'autres n'allaient pas tarder. Les jambes encore flageolantes, je me laissai tomber sur une chaise et appuyai les coudes sur la table.

Comme s'il avait senti que j'avais besoin de réconfort, Rover s'approcha, mit ses deux pattes de devant sur ma cuisse et y posa son menton. Je plaçai la main sur sa tête et restai immobile, respirant à fond jusqu'à ce que les tremblements cessent.

Je m'étais à peine ressaisie quand Hailey descendit les marches.

— Je vais sortir un moment, l'avertis-je. Si Mary Smith a besoin de quelque chose, pourras-tu t'en charger ?

Hailey me regarda, les yeux brillants. Jusqu'à présent, je ne l'avais jamais laissée seule à la maison d'hôtes et il était évident que cette nouvelle responsabilité lui plaisait.

— Bien sûr, répondit-elle, enthousiaste.

— Je ne serai pas longue.

Déjà, Rover tirait sur sa laisse, impatient de s'en aller.

— Je m'occupe de tout, promit Hailey tandis que je prenais une assiette de cookies.

Elle se hâta de venir m'ouvrir la porte.

— Bonne promenade.

— Merci. Tu peux manger des cookies si tu veux.

— D'accord. J'adore ceux au beurre de cacahuètes. À propos, où est Mark ? Je croyais qu'il serait là aujourd'hui.

Je me contentai de hausser les épaules.

— Il travaille sans doute sur autre chose.

— Il sait que la journée portes ouvertes a lieu dimanche ?

— Oui, il le sait, rétorquai-je, m'efforçant de cacher ma déconvenue.

Je n'ai jamais su rester longtemps en colère. Aussi irritée que j'aie été par Mark, je regrettais de plus en plus notre dispute à mesure que l'après-midi avançait. Je n'appréciais guère son attitude, mais, après tout, elle partait d'un bon sentiment : si nous nous étions querellés, c'était parce qu'il redoutait que je me fasse mal.

Je ne voulais pas qu'un malaise subsiste entre nous. De plus, j'avais été ébranlée par l'appel du lieutenant Milford et j'avais besoin d'un ami. Mark savait écouter. Il ne disait pas grand-chose, mais quand il parlait, j'étais toujours frappée par sa sagesse et son intuition. L'assiette de cookies serait peut-être un moyen d'enterrer la hache de guerre.

Que Mark accepte ou non de revenir travailler importait peu. C'était notre amitié qui comptait le plus. Nous nous étions tous les deux conduits comme des idiots. L'un de nous allait devoir faire le premier pas, et bien que réticente à admettre mes torts, j'étais prête à lui suggérer que nous mettions cette différence d'opinions derrière nous. J'espérais qu'il serait du même avis.

Rover avait dû lire dans mes pensées, car il prit automatiquement la bonne direction. Mark vivait à cinq minutes à pied de chez moi et nous avions accompli ce trajet plusieurs fois au cours des mois écoulés, mais toujours pour des raisons professionnelles.

Son atelier se trouvait au fond du jardin. S'il n'était pas là, j'y laisserais l'assiette de cookies. Ce serait ensuite à lui de faire un pas vers la réconciliation, ce qui m'arrangerait. J'avais déjà eu assez de mal à prendre l'initiative. Il n'est pas facile de ravaler sa fierté.

En approchant de la maison, j'entendis la radio. Mark devait être là. Rover se mit à japper et je m'empressai de le faire taire, préférant ne pas annoncer notre arrivée. Je n'avais pas vraiment songé à ce que j'allais dire et je regrettais de ne pas m'être mieux préparée.

Je redressai les épaules et poussai la porte. Mark leva tout juste les yeux. Il ponçait un berceau sur lequel je l'avais déjà vu travailler, une pièce magnifique. Personne ne la lui avait commandée mais il s'y consacrait durant ses heures de loisir.

Quand il vit que c'était moi, ses mains s'immobilisèrent. Après une hésitation presque imperceptible, il se remit à la tâche.

— Bonjour.

La bouche sèche, je m'arrêtai gauchement sur le seuil.

— Bonjour.

Il n'avait visiblement pas l'intention de me faciliter la tâche.

— J'ai fait des cookies ce matin.

— Au beurre de cacahuètes ? demanda-t-il tout en continuant à lisser les angles rugueux.

— Tes préférés. Je t'en ai apporté.

Mark leva la tête, comme s'il les remarquait pour la première fois.

— Je suis venue faire la paix.

Il passa à l'autre extrémité du berceau, mais continua à me faire face.

— Parce que tu veux que je recommence à travailler sur ta roseraie ?

— Non… pas exactement.

— Alors pourquoi ?

— Parce que je te considère comme un ami et que je ne veux pas laisser les choses là où elles en étaient hier.

— Tu as été idiote.

— Et toi non ? répliquai-je sur le même ton. Peut-être vaudrait-il mieux que nous acceptions le fait que nous ne sommes pas d'accord sur ce point. Tu crois qu'on peut y arriver ?

Mark haussa les épaules, l'air de dire que la question lui était indifférente. Cependant, l'ombre d'un sourire se dessina sur ses lèvres, suggérant que notre désaccord lui avait pesé autant qu'à moi.

— Tu veux que je laisse les cookies ?

Il releva la tête et éclata de rire.

— Je ne suis pas fou. Oui, je veux les cookies.

J'attendis un instant, espérant qu'il allait ajouter autre chose. Il n'en fit rien. Déçue, je posai l'assiette et me retournai pour partir. Rover s'était pelotonné sur le sol et ne semblait pas vouloir bouger. Je tirai sur sa laisse. D'habitude, c'était lui qui me tirait. Sa réticence était inattendue.

— Bon, eh bien, je m'en vais, dis-je, le cœur lourd.

Alors que je me dirigeais vers la porte, traînant Rover qui s'obstinait à vouloir rester, Mark intervint :

— Pas besoin de te sauver si vite. D'ailleurs, il faut qu'on parle de ta roseraie.

Il s'éloigna du berceau et enfonça les mains dans les poches arrière de son jean.

— Que veux-tu dire ?

— Tu veux que je la fasse, oui ou non ?

Je haussai à mon tour les épaules avec nonchalance.

— C'est à toi de voir. C'est toi qui as décidé d'arrêter.

— Je suppose que oui.

Il s'avança vers la cafetière et me fit signe d'approcher, m'offrant une tasse.

Je n'avais guère envie d'un café, mais je compris que c'était sa manière à lui de tirer un trait sur notre querelle, si bien que j'acquiesçai.

— Ce n'était pas très malin de ma part, concéda-t-il. J'avais envie de la faire.

Je souris, et il me rendit mon sourire. Le fardeau de regrets que je portais pesa moins lourd tout d'un coup.

Il me tendit un café qui dégageait une nette odeur de brûlé.

— Il est frais ?

Mark hocha la tête.

— On ne peut plus frais. Je l'ai préparé hier soir.

— Tu plaisantes ? dis-je en riant.

Il sourit de nouveau mais ne répondit pas, et j'en conclus que non, il ne plaisantait pas.

— Ça va te donner des muscles, commenta-t-il en buvant une gorgée de l'épais breuvage.

— Exactement ce qu'il me faut.

Je goûtai, fis la grimace et reposai ma tasse.

Mark tira un tabouret, ce que je pris comme une invitation à m'asseoir. Quand je fus installée, il retira le film plastique qui recouvrait l'assiette de petits gâteaux.

— Tu en veux un ?

J'avais fait de la pâtisserie une bonne partie de la journée, aussi déclinai-je son offre. Il n'est guère facile de résister à la tentation quand on passe le plus clair de son temps dans la cuisine.

Mark attrapa un second tabouret et s'assit en face de moi. Il me dévisagea un instant, puis fronça les sourcils.

— Nous sommes réconciliés, non ?

— Je l'espère. Et la roseraie ? demandai-je après une hésitation. Tu vas revenir ?

— Si c'est ce que tu veux, mais ne t'attends pas à des miracles. Elle ne sera pas faite à temps pour ta journée portes ouvertes.

— J'avais deviné.

Mark mâchonna son cookie.

— Les meilleurs que tu aies faits jusqu'à présent, marmonna-t-il.

Il grignotait constamment, mais restait svelte. Sans doute faisait-il partie de ces personnes qui peuvent manger tout ce qu'elles veulent sans jamais avoir à s'inquiéter de leur poids.

— Si nous sommes réconciliés, qu'est-ce qui te tracasse ? insista-t-il en tendant la main vers un autre gâteau.

Je le fixai, déconcertée qu'il puisse lire en moi aussi aisément.

— Pourquoi penses-tu que j'ai un souci ?

Il fronça légèrement les sourcils, tandis que je me hérissais un peu sous son regard perçant. Il pointa le doigt entre ses deux yeux.

— Tu as des petites rides juste là quand quelque chose te préoccupe.

— Sûrement pas.

— Si.

Je renonçai à protester. Je savais qu'il avait raison.

— J'ai reçu un coup de téléphone troublant juste avant de partir.

— Ah bon ?

Il arqua les sourcils et prit une nouvelle gorgée de café. Comment pouvait-il boire un truc aussi amer ?

— Le supérieur hiérarchique de Paul m'a appelée.

Mark reposa sa tasse.

— À quel sujet ?

— Le site où l'hélicoptère s'est écrasé est désormais accessible.

Je serrai les poings sur mes genoux et baissai les yeux, évitant son regard. J'étais soulagée de pouvoir parler à quelqu'un de cette nouvelle.

— Le lieutenant-colonel Milford voulait m'informer que l'armée a envoyé une équipe rechercher les dépouilles des victimes.

Mark épousseta les miettes tombées sur son genou, digérant mes paroles.

— Je pensais que tu voulais que Paul soit enterré décemment.

— Oui, bien sûr, murmurai-je, surprise par le tremblement de ma voix. Je ne veux pas qu'il reste là-bas, à l'autre bout du monde.

— Dans ce cas, pourquoi dis-tu que c'était un coup de téléphone troublant ?

— J'ai dit ça ?

Je me souvenais d'avoir dit que j'avais reçu un appel. Le mot « troublant » avait dû m'échapper sans que j'en aie l'intention.

— Tu es bouleversée, c'est clair. Parce que ce qui concerne Paul rouvre une plaie en voie de guérison ?

La question était légitime. En partie, il avait vu juste.

— Peut-être.

— Mais ce n'est pas tout ?

Je hochai la tête, ravalant le nœud qui s'était formé dans ma gorge. Le regard de Mark se posa sur mes mains crispées, et je remarquai qu'elles tremblaient. J'aurais aimé les cacher, mais je ne voulais pas que mon geste soit évident.

Il resta silencieux un moment, et moi aussi. Comme si ni lui ni moi ne savions que dire.

Je finis par rompre le silence.

— Si on localise le corps de Paul, alors je serai forcée de renoncer à l'espoir qu'il soit encore en vie.

— Serait-ce possible ?

Je secouai la tête. Il allait sans dire que l'assurance-vie ne m'aurait pas été versée s'il y avait eu le moindre doute à ce sujet. Personnellement, je soupçonnais le supérieur de Paul d'être intervenu pour faciliter la remise des primes aux familles.

— Dans ce cas, il est temps de lâcher prise, tu ne crois pas ?

— Non, répondis-je avec conviction. Pas encore. Je ne peux pas.

Nous n'avions jamais évoqué Paul auparavant et je me rendais compte que, même si je considérais Mark comme un ami, il ne pouvait pas comprendre les émotions que j'éprouvais. Je n'aurais pas dû parler de cet appel. J'avais hâte de partir à présent et me laissai glisser à bas du tabouret. Rover se leva à regret.

— Il faut que je rentre, déclarai-je, et mes paroles me semblèrent raides et formelles. Viens, Rover.

Je tirai sur sa laisse et il réagit aussitôt, me bousculant dans sa précipitation pour gagner la porte. Mark me raccompagna.

— Merci pour les cookies.

— De rien… quand tu voudras.

Je levai la main en signe d'adieu. Il répondit de même.

— J'apprécie que tu sois prête à admettre tes torts.

Je faillis protester, puis compris qu'il plaisantait.

— Très drôle.

Mark eut un petit rire. Je voyais qu'il voulait m'aider mais ne savait pas comment. Il était trop tôt pour parler de ce que j'avais appris, alors que j'avais à peine eu le temps d'assimiler la nouvelle.

— À plus tard, me lança-t-il en tenant ouverte la porte de l'atelier.

J'acquiesçai. C'était sa manière de me dire qu'il allait revenir bientôt.

Je savais bien que Rover avait envie de faire une promenade plus longue, mais je ressentais le besoin de rentrer. D'ailleurs, je ne voulais pas laisser Hailey seule trop longtemps.

— Nous irons faire un tour un autre jour, lui promis-je.

Malgré tout, il continua à tirer sur la laisse jusqu'à ce qu'il comprenne enfin que cela ne servirait à rien. Alors, il céda, acceptant non sans réticence de regagner la Villa Rose.

Mark demeura sur le seuil. Je sentais son regard sur moi en m'éloignant et, quand je jetai un coup d'œil par-dessus mon épaule, je le vis qui m'observait, adossé à l'encadrement. Combien de temps il resta là, je l'ignorais.

5

Hailey m'accueillit à la porte.

— Tout va bien ?

Elle acquiesça tout en me tendant un message.

— Annie Newton a appelé et laissé son numéro. Elle a dit qu'elle rappellerait dans un petit moment.

— Très bien, merci.

Sur ce, la jeune fille s'en alla après m'avoir promis de revenir le lendemain après-midi.

À peine avais-je rangé la laisse de Rover que le téléphone sonna. Je vérifiai l'heure, songeant à la réunion à laquelle je devais assister à la chambre de commerce.

— La Villa Rose, dis-je, espérant que la conversation ne durerait pas trop longtemps.

— Bonjour. Ici Annie Newton, la petite-fille de Kent et Julie Shivers.

Bizarrement, Annie semblait éprouver le besoin de se présenter chaque fois qu'elle téléphonait.

Au cours des six mois écoulés, elle était venue à deux reprises à la maison d'hôtes en vue de préparer les noces d'or de ses grands-parents. Au début, elle avait envisagé d'organiser la fête proprement dite à la Villa Rose, mais il était vite devenu évident que la propriété n'était pas assez vaste pour accueillir les deux cents personnes qu'elle avait invitées.

— Je voulais savoir s'il serait possible que j'arrive cet après-midi plutôt que demain matin, comme je vous l'avais annoncé.

Sa requête avait été formulée d'une voix qui tremblait légèrement. Si je ne lui avais pas parlé auparavant, peut-être ne l'aurais-je pas remarqué.

— Tout va bien ?

— Oui, bien sûr, ou plutôt non, je suis un peu secouée. Je crois vous avoir dit que j'avais rompu mes fiançailles il y a six mois.

Elle n'en avait pas soufflé mot mais je voulais l'encourager à poursuivre.

— Je suis désolée, Annie. Ça a dû être une grande déception pour vous.

— Oui… en effet. Lenny a téléphoné aujourd'hui. Nous nous sommes querellés, et cela me ferait du bien de changer d'air.

— Si vous voulez venir plus tôt que prévu, il n'y a aucun problème.

— Génial.

Le soulagement s'entendait dans sa voix.

— Ce serait parfait. Mes grands-parents vont arriver demain dans la matinée et ça me fera plaisir de les accueillir. Ce sera l'occasion de passer en revue tous les événements que nous avons projetés.

— Un ami de votre famille a téléphoné plus tôt pour réserver une chambre, fis-je. Apparemment, il amène vos grands-parents de l'Oregon.

— Un ami de la famille ? répéta-t-elle, hésitante. Il n'a pas mentionné son nom ?

— Si, je l'ai noté dans mon registre. Je peux aller vérifier si vous voulez, je n'en ai que pour une minute.

— Non, ne vous donnez pas cette peine. C'est sans importance, refusa-t-elle avec un soupir, comme si c'était là une autre nouvelle inopportune.

De toute évidence, Annie passait une mauvaise journée.

— Votre chambre est prête, donc pas de problème pour venir plus tôt. Seulement…

— Oui ? releva-t-elle, aussitôt anxieuse.

— Je vais m'absenter une bonne partie de l'après-midi. À quelle heure comptez-vous arriver ?

— Oh ! ne vous pressez pas, je peux facilement patienter une heure ou deux.

— Vous êtes la bienvenue à n'importe quelle heure, Annie. Voici ce que nous allons faire : je laisserai la clé de votre chambre sur le plan de travail dans la cuisine. De cette façon, si vous arrivez avant mon retour, vous serez libre de vous installer.

— Vous êtes sûre que cela ne vous ennuie pas ?

— Pas du tout, en revanche, j'ai une autre pensionnaire. Si vous la croisez, expliquez-lui qui vous êtes.

— Bien sûr.

Sa voix était infiniment plus légère à présent. Nul besoin d'être Sherlock Holmes pour en déduire que sa conversation avec son ex-fiancé l'avait bouleversée.

Sa récente rupture expliquait peut-être qu'elle se soit lancée avec autant d'enthousiasme dans l'organisation de l'anniversaire de mariage de ses grands-parents. Pour ma part, j'avais appris à l'apprécier et admirais sa compétence. Elle avait tout planifié dans les moindres détails, collaborant avec le traiteur, le fleuriste, et même la municipalité pour obtenir l'autorisation que la cérémonie de renouvellement des vœux se déroule sous le kiosque, sur les quais. Maintes fois, elle m'avait répété qu'elle voulait que tout soit parfait pour ses grands-parents. À présent, je comprenais qu'elle avait aussi eu besoin de se changer les idées.

Si je n'avais pas eu cette réunion à la chambre de commerce, j'aurais volontiers bavardé plus longuement avec elle. Cependant, j'étais déjà en retard après ma visite à Mark, aussi raccrochai-je rapidement. J'attrapai mon sac à main et donnai une caresse rapide à Rover en me dirigeant vers la porte d'entrée. Il n'aimait pas que je quitte la maison sans lui. Dès qu'il voyait que je m'apprêtais à partir et que je n'avais pas sa laisse, il me lançait un regard abattu et posait le menton sur ses pattes en geignant. À mon retour, il avait oublié sa déception et me faisait toujours la fête comme si j'avais été absente pendant une éternité et que je lui avais terriblement, mais terriblement manqué.

— Je n'en ai pas pour longtemps, promis-je à mon fidèle ami.

En sortant, je constatai que Mark s'était remis au travail dans le jardin. Je m'arrêtai sur la première marche et souris, contente d'avoir fait l'effort nécessaire pour que nous soyons réconciliés.

De son côté, il dut entendre la moustiquaire se refermer, car il leva les yeux et se redressa, prenant appui sur sa fourche.

— Tu t'en vas ?

— Je vais à la chambre de commerce, expliquai-je.

Encouragée par Peggy Beldon, je m'y étais inscrite dès mon arrivée à Cedar Cove et assistais à chaque réunion. Nous nous soutenions les uns les autres. Je n'avais jamais vu Mark à aucune de ces rencontres, en dépit du fait qu'il travaillait à son compte et qu'il lui aurait sans doute été bénéfique de faire partie de l'association.

— Comment se fait-il que tu ne sois pas membre ?

— Qui te dit que je ne le suis pas ?

Personne, en effet.

— Je ne t'ai jamais vu aux réunions.

— Je n'y vais pas.

— Pourquoi pas ?

À mon avis, cela ne lui aurait pas fait de mal d'être un peu plus sociable.

Il haussa les épaules.

— Premièrement, je suis débordé. Ensuite, je n'aime pas les parlottes. Ces gens feraient mieux de développer leur entreprise au lieu de chercher à cultiver des faveurs à droite et à gauche.

— Tu es un vrai vive-la-joie, toi, pas vrai ?

Il sourit et acquiesça.

— Je n'ai pas de temps à perdre avec ces blablas. Tu préfères que je travaille dans ton jardin ou que j'aille grignoter des petits-fours ?

— Que tu travailles dans mon jardin.

— Qu'est-ce que je disais ?

Mark sourit de nouveau. Deux fois dans la même journée. Stupéfiant.

— Je ne serai pas longue. Une autre pensionnaire risque d'arriver dans une heure ou deux. J'ai laissé sa clé sur le plan de travail dans la cuisine.

— Et la femme qui prend un bain de soleil sur la terrasse ? C'est quoi, son histoire ?

— Mary Smith ? Je ne sais pas.

— Elle va bien ? demanda-t-il, en fronçant les sourcils.

— Elle est souffrante, expliquai-je. Si elle est un peu susceptible, n'y prête pas attention. Je crois que son vol l'a exténuée. Elle a besoin de repos, alors ne t'offusque pas si elle est un peu brusque avec toi.

— Ne t'en fais pas, je serai tout aussi brusque en retour.

— Mark ! Sois gentil.

— Entendu, promit-il.

Je partis à pied, la maison d'hôtes étant idéalement située près du centre-ville. La chambre de commerce venait de déménager et occupait désormais des locaux dans une rue qui partait de Harbor Street. Les réunions officielles se tenaient une fois par mois dans un restaurant de la ville, mais cette invitation informelle avait surtout pour but de nous faire découvrir le nouveau siège. Une journée portes ouvertes, en somme.

Il y avait déjà foule dans l'immeuble. J'aperçus tout de suite Grace Harding, la bibliothécaire qui était devenue une amie et une source précieuse d'informations sur Cedar Cove, où elle vivait depuis toujours. Elle semblait connaître tout le monde en ville. En outre, elle était restée veuve durant plusieurs années avant de se remarier et, connaissant ma situation, elle m'avait immédiatement prise sous son aile. Je lui étais reconnaissante de son amitié et de ses conseils.

Je la croisais souvent à la bibliothèque, mais ces derniers temps, nous n'avions guère eu l'occasion de bavarder.

— Jo Marie ! s'écria-t-elle en venant vers moi, les mains tendues.

— Grace, je suis vraiment contente de vous voir.

— C'est réciproque. Comment va Rover ?

— Il se porte comme un charme.

— Je suis heureuse que vous ayez décidé de ne pas changer son nom. Il lui va comme un gant.

J'avais longtemps hésité à lui donner un nom plus digne, plus original que Rover, si ordinaire. L'appeler Bouton d'or, par exemple, comme le golden retriever qui avait été le fidèle compagnon de Grace après la mort de son premier mari.

Bouton d'or.

Quel nom adorable pour un animal de compagnie ! En comparaison, Rover paraissait bien fade. Sans compter qu'il n'était plus un vagabond, désormais. Il avait trouvé un refuge, tout comme moi.

— Tout se passe bien avec les clients ? Rover ne pose pas de problème ?

— Pas le moindre.

— Tant mieux, commenta-t-elle avec un grand sourire.

Je sortis deux cartons d'invitation de mon sac à main.

— J'espère que vous pourrez venir et amener le juge Griffin.

— Je serai ravie de voir comment vous avez transformé la maison. Et je sais qu'Olivia sera enchantée aussi.

— Dans ce cas, n'hésitez pas. Cela me fera plaisir de vous faire visiter.

J'hésitai à mentionner la roseraie. En dépit de ma réconciliation avec Mark, j'étais vraiment déçue qu'elle ne soit pas terminée.

Elle glissa le carton dans son grand sac.

— Vous pouvez compter sur moi.

— Grace ! appela Troy Davis, le shérif, qui discutait avec un homme que je ne reconnus pas.

Grace m'abandonna pour le rejoindre et j'entrepris de distribuer d'autres invitations. Nombre de personnes me confirmèrent qu'elles seraient présentes dimanche après-midi. Peggy Beldon et son amie Corrie McAfee me proposèrent leur aide pour les préparatifs. Je les remerciai avec chaleur, mais j'avais les choses en main – tout au moins, l'espérais-je. Néanmoins, je promis de leur téléphoner en cas de besoin.

En rentrant à la villa, je vis tout de suite que Mark était parti et Annie Newton arrivée. Sa voiture stationnait dans l'allée. Quant à Mary, elle avait disparu, et je supposai qu'elle était rentrée à l'intérieur à cause de la fraîcheur de cette fin d'après-midi.

Mon fidèle Rover m'attendait à la porte. Après ses effusions habituelles, quelques jappements et deux ou trois sauts et cercles autour de moi, il se hâta dans le salon pour me montrer que j'avais de la compagnie.

Je trouvai ma visiteuse assise sur le canapé, face à la cheminée qui n'était pas allumée.

— Bonsoir, Annie.

Elle leva vers moi des yeux surpris. Bizarrement, le vacarme de Rover n'avait pas suffi à lui faire prendre conscience que j'étais rentrée. Elle sourit à ma vue.

— Merci de m'avoir laissée venir plus tôt que prévu.

— Je vous en prie. Avez-vous vu mon autre pensionnaire ?

— Mary Smith, c'est ça ?

— Oui.

— Elle se sentait fatiguée et elle est partie se coucher. J'espère qu'elle n'est pas souffrante.

— A-t-elle dit qu'elle descendrait dîner ?

— Non. Je ne crois pas qu'elle en ait envie.

— Sans doute que non. Elle est encore à l'heure de la côte Est et elle ne s'est probablement pas remise de son voyage. Je vais faire un thé, ajoutai-je. Vous en voulez un ?

Annie hésita quelques secondes.

— Avec plaisir, merci.

C'était une jeune femme ravissante, dotée de magnifiques yeux verts et d'une cascade d'épais cheveux auburn. Si elle l'avait souhaité, elle aurait sans doute pu figurer dans ces publicités pour produits capillaires qu'on voyait sans cesse à la télévision.

Elle me suivit dans la cuisine. Comme elle prenait place sur un tabouret, je remarquai le mouchoir en papier qu'elle tenait au creux de sa main. À l'évidence, l'appel de son ex-fiancé continuait à la tracasser. Je ne comprenais que trop bien ce qu'elle ressentait.

— Je sais écouter, si vous avez envie de parler, Annie, dis-je doucement, tout en m'affairant dans la cuisine.

Je ne voulais pas faire pression sur elle, mais nous avions établi de bons rapports ces derniers mois.

— Je ne l'aime plus, commença-t-elle. Je vous assure que c'est vrai. Ce qui m'attriste, c'est de penser à ce que nous aurions pu avoir ensemble. Ma mère m'a dit que j'étais amoureuse de l'idée d'être amoureuse, et elle a peut-être raison.

— Nos mères sont ainsi, n'est-ce pas ? observai-je en m'asseyant en face d'elle. Elles nous connaissent souvent mieux que nous ne nous connaissons nous-mêmes.

La jeune femme baissa les yeux sur le plan de travail, l'air de chercher un sens aux veines qui serpentaient à travers le marbre.

— Lenny s'imagine que je vais changer d'avis. Je l'ai fait une fois, mais cela ne se reproduira pas, affirma-t-elle d'un ton résolu.

Je nous versai un thé fumant et attendis qu'elle continue. J'avais beau être curieuse, je me refusais à la harceler de questions.

Au bout d'un moment, elle prit la tasse et l'entoura de ses mains comme si elle avait besoin de se réchauffer.

— C'est mieux comme ça.

Je la regardai avec attention.

— J'aime... j'aimais Lenny. C'est drôle, n'est-ce pas ? Je l'aimais assez pour être sa femme. Et puis, j'ai découvert qu'il avait eu une liaison depuis que nous étions ensemble. Il a appelé ça « un petit écart de conduite », mais j'ai rompu. Ensuite, il n'a cessé de me supplier de lui donner une autre chance.

— Et vous l'avez fait ?

Elle acquiesça.

— Oui. Et voilà six mois, il m'a trompée de nouveau. Ça a été fini. Là, j'ai rompu pour de bon, en expliquant la vérité à mes parents. La première fois, je ne leur avais rien dit. Il leur plaisait, vous comprenez. Il est amusant, sympathique. À le regarder, on dirait que c'est l'homme idéal.

— À part ce défaut.

Annie porta le thé à ses lèvres.

— Un défaut majeur, vous ne croyez pas ? Malheureusement, Lenny ne peut pas accepter notre rupture.

Personnellement, je pensais qu'elle avait fait le bon choix, qu'elle avait eu raison de se débarrasser de lui.

— Ce que je ne peux pas comprendre, reprit-elle en baissant les yeux, ce qui a été si difficile, c'est qu'en dépit de tout, il m'a manqué.

Elle eut un petit rire d'autodérision.

— C'est complètement ridicule, n'est-ce pas ?

— Pas du tout. Vous avez passé beaucoup de temps ensemble. Être avec lui est tout simplement une habitude.

Annie me dévisagea longuement, réfléchissant à mes paroles.

— Vous avez raison. Je le voyais chaque jour ; nous faisions pratiquement tout ensemble… tout au moins, je le supposais, ajouta-t-elle avec une grimace.

— L'essentiel, c'est que vous ayez découvert cela avant de vous marier plutôt qu'après.

— Exactement. Il jure que cela ne signifiait rien pour lui…

Elle ferma les yeux, secouant la tête.

— Il a même affirmé que cette femme l'avait séduit dans le but de détruire ses chances de bonheur avec moi.

— Vous le croyez ?

Elle balaya d'un geste ma question.

— Que je le croie ou non n'a pas d'importance. Même si elle l'a séduit, et quelles que soient ses raisons, Lenny avait le choix et il a choisi de… de me tromper.

— Je sais que c'est encore très douloureux, mais votre peine s'atténuera avec le temps, vous verrez.

J'avais appris pour ma part qu'il n'était pas facile de surmonter un deuil, mais qu'on apprenait petit à petit à vivre avec.

— Je refuse d'épouser un homme en qui je ne peux avoir confiance.

Une fois de plus, j'étais d'accord avec elle.

— Lenny semble croire que s'il me harcèle assez, je finirai par changer d'avis. Six mois ont passé et, malgré tout ce que j'ai dit et fait, il persiste à affirmer qu'il y a une chance pour nous deux.

Annie était venue ici avec un jour d'avance pour échapper à son ex-fiancé. Avait-elle peur de lui céder ? Sa décision, aussi déchirante qu'elle ait été, était la bonne à mes yeux. J'espérais seulement que son séjour à la Villa Rose l'aiderait à guérir, comme moi. Ou, au moins, qu'il lui apporterait le recul et la force dont elle avait besoin.

6

Afin de se changer les idées, Annie avait travaillé d'arrache-pied pour préparer l'anniversaire de mariage de ses grands-parents. Tout était prêt. Les invitations qu'elle avait conçues, sous forme de parchemin, avaient été expédiées dans de charmants petits tubes. Elle avait reçu des réponses de plus de cent cinquante parents et amis. En outre, elle avait rencontré le prêtre et organisé la cérémonie sur les quais. Concernant la réception, le buffet et la soirée dansante prévue ensuite, le menu était fixé, et un orchestre chaudement recommandé avait été retenu. Deux des membres d'origine du groupe, qui se produisait dans la région depuis une cinquantaine d'années, avaient maintenant été remplacés par leurs enfants. Les grands-parents d'Annie avaient sans doute dansé sur leur musique étant jeunes.

Ce qu'elle n'avait pas prévu, c'était l'acharnement dont Lenny ferait preuve pour la reconquérir. Le problème, elle s'en rendait compte à présent, venait du fait qu'elle l'avait pardonné la première fois. Il semblait supposer qu'elle le ferait de nouveau tôt ou tard. Eh bien, il se trompait lourdement.

Comme un signal, la sonnerie de son téléphone retentit, l'arrachant à ses réflexions. Annie jeta un coup d'œil au nom qui s'affichait. Ainsi qu'elle l'avait craint, c'était Lenny.

Tout d'abord elle avait ignoré ses appels, mais son silence n'avait pas eu le résultat escompté. Au bout de deux semaines, il lui avait laissé d'innombrables messages. Il était évident qu'il n'allait pas lâcher prise aussi facilement. Si elle ne mettait pas très vite fin à cette histoire, il risquait de lui gâcher la fête de ses grands-parents.

Elle décrocha, mais ne lui laissa pas le temps de parler.

— Je t'ai dit de ne pas me rappeler, dit-elle d'un ton déterminé. Tu ne me feras pas changer d'avis.

— Annie, je t'en prie.

— Combien de fois dois-je te répéter que c'est fini, Lenny ? Laisse-moi tranquille. Tu comprends ?

Sa résolution était prise et elle n'allait pas faiblir.

— Non, pas du tout. Je ne comprends rien du tout.

— Laisse-moi t'expliquer en deux mots : Nicole… et Sadie, et les autres noms que je ne connais pas.

Ses mots restèrent suspendus, comme accrochés à un fil invisible.

— Et combien de fois dois-je te répéter que c'était leur faute ? Elles m'ont séduit.

Pourquoi était-il incapable d'admettre sa part de responsabilité ?

— Tu as raison, on t'a trompé. C'était une erreur, une grave erreur, le genre d'erreur qui rompt des fiançailles et qui pousse les gens à ne jamais vouloir vous revoir.

Ils avaient déjà eu cette conversation maintes fois au cours des six derniers mois, mais il refusait d'accepter la réalité.

— Où es-tu ? demanda-t-il brusquement. J'attends devant chez toi depuis plus d'une heure pour te parler. Tu ne vois pas ce que tu me fais ? Je ne mange plus, je ne dors plus. Il faut qu'on règle tout ça avant que je devienne fou.

Les doigts d'Annie se crispèrent sur la courtepointe du lit. Lenny ne parlait que de lui. C'était à croire que le monde entier tournait autour de lui. Comment n'avait-elle jamais remarqué cela avant ? Sa mère avait sans doute raison, en effet : elle avait aimé l'idée d'être amoureuse. Après tout le temps qu'elle avait consacré à la fête d'anniversaire de mariage de ses grands-parents, n'aurait-il pas dû au moins deviner où elle se trouvait ? Elle était néanmoins soulagée qu'il ait la mémoire courte.

— Je ne suis pas à Seattle.

— Je sais, rétorqua-t-il avec irritation. Où es-tu ? Dis-le-moi et je viendrai te rejoindre pour qu'on discute de tout ça. Je suis malheureux sans toi, Annie. Aie un peu de cœur ! Pardonne-moi.

Pour rien au monde Annie ne voulait le voir.

— Lenny, c'est fini. Notre relation est terminée. Définitivement. Nous n'allons pas nous marier.

— Ma famille… ma mère surtout… quand elle va apprendre…

— Tu veux dire que tu n'as toujours rien dit à ta mère et à ta sœur ?

C'était incroyable. Eh bien, elle s'en chargerait elle-même sans perdre de temps.

— Écoute, reprit-elle suavement, si tu veux que je le leur dise pour t'éviter cette gêne, je m'en occupe.

— Non.

— Dans ce cas, cesse de me harceler.

— Je ne peux pas et je ne veux pas, pas avant que nous ayons parlé.

En ce qui la concernait, tout avait été dit. À présent qu'elle avait ouvert les yeux, elle n'allait pas faire marche arrière. Affable, spirituel et charmant, Lenny avait le don de plaire à tout le monde. Son métier de vendeur de voitures lui allait comme un gant. D'ailleurs, il obtenait fréquemment le titre d'employé du mois. Il aimait être au centre de l'attention, mais, elle avait fini par s'en rendre compte, tout chez lui était superficiel. Pour lui, la vie était un jeu. Elle aurait dû s'apercevoir bien longtemps auparavant qu'il était totalement dénué de profondeur. Comme avait coutume de dire son père, parler ne coûte rien.

— Maman t'adore et…

— Je suis sûre qu'elle aimera Nicole et Sadie aussi.

Aux yeux de sa mère, Lenny n'avait jamais tort.

— Annie, je t'en prie, dis-moi où tu es.

— Ça ne te regarde pas.

— Tu m'évites, c'est ça ?

Quelle perspicacité, songea-t-elle avec ironie. Elle ne l'avait pas contacté depuis des mois, refusait de prendre ses appels et de répondre à ses messages.

Cette conversation avec lui était sans doute une erreur, mais elle voulait se débarrasser de lui pour pouvoir se concentrer sur la fête familiale.

Elle garda le silence.

— Annie ?

— Lenny. S'il te plaît. Écoute-moi bien, dit-elle en détachant ses mots.

— Bien sûr. Je ferai n'importe quoi pour me racheter. N'importe quoi. Dis-le et je le ferai.

Il était si convaincant ! Elle aurait presque pu le croire, lui faire confiance. En même temps, elle avait trop de bon sens pour se laisser berner une nouvelle fois.

— Ce que je veux, c'est que tu m'écoutes, parce que ce que je vais te dire est sérieux.

— Moi aussi, je suis sérieux, mon chou.

— Si je t'ai renvoyé la bague de fiançailles, ce n'est pas parce que j'étais en colère…

— Je sais, coupa-t-il. Tu aurais pu m'arracher les yeux mais non, tu étais si calme, si détachée, ce qui m'incite à penser que…

— Lenny, tu parles, là. Tu ne m'écoutes pas.

— D'accord, d'accord, vas-y, dis ce que tu veux et je te promets de t'accorder toute mon attention.

Annie prit une profonde inspiration et retint son souffle, mettant de l'ordre dans ses pensées. Elle devait être d'une clarté limpide.

— Je t'ai renvoyé la bague, parce que toi et moi n'allons jamais nous marier, quoi qu'il arrive.

Quand elle eut terminé, elle lui laissa un instant pour digérer ses paroles.

— Tu comprends ce que je te dis, Lenny ?

— Je crois, murmura-t-il après une brève hésitation.

— Bien.

— Mais quand pourrai-je te revoir ?

Annie réprima l'envie de raccrocher sur-le-champ.

— Tu ne m'écoutais pas vraiment, Lenny. Nous n'allons jamais nous revoir.

Cette fois, il sembla choqué.

— Jamais ? Tu ne peux pas parler sérieusement.

— On ne peut plus sérieusement.

— Tu veux dire que tu ne veux plus me revoir, plus jamais ?

Il ne devait pas avoir été très attentif ces six derniers mois.

— Jamais, confirma-t-elle froidement.

Il avait raison sur un point – elle n'était pas en colère. Elle était résolue. Même si elle ne voyait plus très bien comment le convaincre que sa décision était irrévocable. Lenny paraissait incapable de le comprendre. Il avait un tel talent de persuasion quand il s'agissait de vendre des voitures qu'il s'imaginait pouvoir utiliser les mêmes techniques dans sa vie privée avec autant de succès.

— Pour quelle raison voudrais-je te revoir ? ajouta-t-elle.

— Ah…

Apparemment, il n'en était pas très sûr lui-même.

Annie retint un rire. Durant tout le temps qui s'était écoulé depuis leur rupture, pas une seule fois il n'avait réitéré son amour. Sa plus grande inquiétude, pour autant qu'elle puisse en juger, était de savoir comment expliquer la rupture des fiançailles à sa mère.

— Ne me téléphone plus, Lenny, s'il te plaît.

— Jamais ?

Le mot semblait s'être gravé dans son esprit, ce qui était peut-être une bonne chose.

— C'est ça. Jamais. Nos fiançailles, nos relations sont terminées, et avant que tu m'affirmes que je ne parle pas sérieusement, permets-moi de t'assurer que si. Et si tu continues à me harceler, je n'aurai d'autre choix que d'avertir la police pour qu'on t'interdise de m'approcher.

— Tu ne ferais pas ça ! se récria-t-il, le souffle coupé.

— Ne me pousse pas à bout, Lenny. Je peux le faire et je n'hésiterai pas.

Elle mit fin à la communication sans attendre sa réponse et attendit quelques minutes, priant pour qu'il ne rappelle pas. Au bout d'un moment, soulagée, elle glissa le téléphone portable dans son sac, espérant en avoir fini avec lui.

Aussi douloureuse qu'ait été leur séparation, elle était nécessaire. Lenny l'avait trompée, non pas une mais deux fois, avant leur mariage, et ce n'était qu'un avant-goût de ce qui l'attendait par la suite. Elle avait toujours su qu'il aimait flirter. Simplement, elle avait cru que cela ne portait pas à conséquence, sans doute parce qu'il se montrait ouvert et amical avec tout le monde. Peut-être était-ce un inconvénient de ne pas être jalouse de nature.

Annie ne se sentait pas d'humeur à dîner, pas plus que l'autre pensionnaire de Jo Marie. Elle lut un peu, puis envisagea d'appeler une amie pour lui rapporter sa conversation avec Lenny. Après réflexion, elle refoula cette idée. Si elle abordait ce sujet avec Élise ou qui que ce soit d'autre, elle admettrait peut-être qu'il lui manquait encore. Mieux valait se concentrer sur la fête de ses grands-parents et oublier qu'elle avait été amoureuse.

En dépit de ses sombres idées, elle dormit d'une traite jusqu'au matin, plongée dans un sommeil réparateur par l'air vivifiant de la baie.

Le lendemain, elle se sentait infiniment mieux.

Elle ne verserait plus de larmes pour Lenny. Ces quelques jours de vacances étaient exactement ce qu'il lui fallait. Certes, elle allait travailler, mais cela en valait la peine pour faire de l'événement l'apogée du mariage de ses grands-parents. Ne s'aimaient-ils pas depuis plus de cinquante ans ? Grâce à leur exemple, Annie conservait l'espoir que l'amour et l'engagement puissent durer toute une vie. Il ne lui restait plus qu'à dénicher la perle rare.

Mary Smith était déjà assise à la table du petit déjeuner quand Annie entra dans la salle à manger. La veille, leur conversation avait été des plus brèves. Mary était remontée dans sa chambre un instant après l'arrivée d'Annie. Elle n'avait pas fait mystère du fait qu'elle ne désirait ni compagnie ni papotage. Annie n'étant pas non plus d'humeur à bavarder, cela lui avait parfaitement convenu.

Elle resta sur le seuil un instant, jouissant de la lumière du petit matin. Le soleil scintillait sur les vitres et emplissait la pièce de chaleur et de clarté. Ce temps splendide, inhabituel pour le mois de mai, était une merveilleuse surprise.

— Du café ? proposa Jo Marie.

— Avec plaisir, répondit Annie en lui tendant sa tasse.

— Je crois que vous avez déjà fait connaissance, toutes les deux ?

— En effet, répondit Mary.

— Les grands-parents d'Annie vont arriver dans la journée, avec un ami de la famille, ajouta Jo Marie à l'intention de Mary.

— Suivis de toute une ribambelle de parents, dont la plupart vont séjourner ici, expliqua Annie. Mais ne vous inquiétez pas : ce sont des gens calmes.

— La maison sera pleine à craquer, commenta Jo Marie en souriant.

— Vous avez une réunion de famille ?

— Mes grands-parents fêtent leurs noces d'or. J'espère que vous aurez l'occasion de les rencontrer. Je suis sûre que vous les trouverez sympathiques.

— Je n'en doute pas, murmura Mary, sans grand enthousiasme.

— Ce qui me stupéfie, c'est qu'après toutes ces années, ils sont aussi amoureux qu'au premier jour.

Elle était toujours touchée de voir qu'ils étaient aux petits soins l'un pour l'autre : sa grand-mère préparait chaque matin les médicaments de son mari. Quant à lui, il l'aidait à faire le lit et la vaisselle. Le soir, ils s'asseyaient l'un à côté de l'autre dans des fauteuils identiques, et pendant que sa grand-mère tricotait, son grand-père faisait des mots croisés. Ils se soutenaient et s'encourageaient mutuellement.

— Cinquante ans ? Ils se sont mariés dans les années soixante ?

— Oui. Ils se sont connus à l'université, mais mon grand-père a dû interrompre ses études faute d'argent.

— Ils sont originaires de Cedar Cove ?

— Non, ils viennent de l'Oregon, expliqua Annie, mais ils se sont mariés ici. Mon grand-père a fait son service militaire dans la marine et, après ses classes, il a appris qu'il allait être envoyé au Vietnam.

— Par conséquent, Julie est venue le voir à la base, intervint Jo Marie.

— Oui, et ils ont décidé de se marier tout de suite, sans attendre la grande cérémonie qu'ils avaient prévue. C'est une des histoires les plus romantiques que j'aie jamais entendues.

— À notre époque où le divorce est monnaie courante, c'est réconfortant de rencontrer des gens qui ont su faire de leur mariage un succès, commenta Mary.

— Ça n'a pas toujours été facile. Mon grand-père travaillait dans le bâtiment. Pendant les périodes où l'économie allait mal, il est resté plusieurs mois au chômage. Cela dit, les épreuves semblent les avoir rapprochés plutôt que de les éloigner l'un de l'autre.

— Contrairement à beaucoup de familles, observa Jo Marie. Les problèmes financiers peuvent créer des pressions insupportables dans les couples.

— C'est vrai, acquiesça Mary. J'ai souvent eu l'occasion de le constater.

— Vous êtes mariée ? interrogea Annie.

Elle n'avait pas voulu être indiscrète, mais sa curiosité l'avait emporté.

— Non, rétorqua Mary, sans rien ajouter.

Annie se demanda si elle était divorcée. Si tel était le cas, cette conversation devait lui être pénible.

— Je vous demande pardon si j'ai manqué de tact, Mary.

Celle-ci l'arrêta d'un geste.

— Pas du tout. Je trouve merveilleux que vos grands-parents aient partagé cinquante ans ensemble. Je ne me suis jamais mariée… J'ai bien failli une fois, mais c'était il y a très longtemps.

Une expression de nostalgie passa sur son visage, si intense qu'Annie dut réprimer l'envie de poser une main amicale sur son épaule.

— J'ai l'impression que vous avez des grands-parents hors du commun.

— En effet.

— J'ai hâte de faire leur connaissance, déclara Jo Marie.

Sur ce, elle s'éclipsa et revint presque aussitôt, apportant un assortiment de viennoiseries, de muffins et de tranches de brioche à la banane, ainsi que deux sortes de pain, le tout fait maison.

Annie prit un muffin en souriant. Elle aussi avait hâte de voir ses grands-parents. Ils montreraient à tous ce qu'était le véritable amour.

7

Tandis que je débarrassais la table, mes deux pensionnaires se dirigèrent vers l'escalier. Annie, qui devait aller voir la fleuriste, était passée devant, et Mary la suivait lentement. Tous les quatre ou cinq pas, elle faisait une pause, comme épuisée par cet effort.

Je m'arrêtai sur le seuil de la cuisine, hésitante. Elle dut sentir ma présence, car elle se retourna et me regarda.

— Ça va, affirma-t-elle. C'est juste qu'il me faut un certain temps.

— Vous n'avez pas besoin d'aide ? Vous pourriez vous appuyer sur moi.

Elle secoua la tête.

— Non, merci. Je vais m'étendre un peu et puis je serai comme neuve. Je n'ai pas encore récupéré toutes mes forces, mais je me sens mieux qu'il y a quelques semaines.

Je me réjouis de l'apprendre, même si je n'étais pas rassurée pour autant. Je redoutais que les marches ne soient trop pénibles pour elle.

Après avoir mis le lave-vaisselle en marche, je jetai un coup d'œil par la fenêtre. Mark n'était nulle part en vue. Certes, il n'avait pas promis de venir ce matin, mais j'avais espéré qu'il serait là.

Comme pour répondre à mes interrogations, le téléphone sonna dans mon bureau.

— La Villa Rose, j'écoute.

— Je voulais te prévenir que je ne vais pas m'occuper de ta roseraie aujourd'hui.

— Oh ! murmurai-je, ravalant ma déception. Je pensais justement à toi.

Il sembla ne pas savoir que répondre.

— Je suis désolé, mais j'ai d'autres travaux en cours.

— Je sais.

— Je te promets de ne pas laisser la pelouse dans cet état. Tout sera nettoyé avant ta journée portes ouvertes.

— Merci. À propos, j'apprécierais que tu me donnes une idée du temps qu'il va te falloir pour terminer.

Ma frustration était de retour, même si je faisais de mon mieux pour n'en rien laisser paraître.

— Je ne peux pas te le dire.

— Pour la roseraie ou le calendrier ?

Il marmonna quelque chose que je ne compris pas.

— Le calendrier, dit-il, sans relever ma plaisanterie. Je t'ai déjà dit que ce projet n'était pas une priorité.

Comme si j'avais besoin qu'il me le rappelle.

— Si tu trouves quelqu'un d'autre qui peut finir dans les délais que tu veux, ne te gêne pas pour l'embaucher.

— Tu es un vrai rayon de soleil, ce matin ! répondis-je, réprimant l'envie de rétorquer sur le même ton. Enfin, Mark, ce n'est pas la peine d'être aussi grognon.

Il ignora ma remarque.

— Je te rapporterai ton assiette tout à l'heure.

— Rien ne presse.

— À plus tard.

Il coupa la communication et je secouai la tête, me demandant quelle mouche l'avait encore piqué. Grognon moi-même à présent, je regagnai la cuisine et frottai le plan de travail avec l'énergie que je réservais d'ordinaire au récurage des casseroles. J'avais cru que nous avions fait quelques progrès ces deux derniers jours, mais je m'étais lourdement trompée.

Rover se mit à aboyer, signalant l'arrivée d'un visiteur. Presque aussitôt, on frappa un coup sec à la porte et Mark entra sans attendre la réponse. Il s'arrêta sur le seuil.

— Voici ton assiette.

Pas le moindre commentaire sur les cookies.

— Ils étaient bons ?

— Tu vas à la pêche aux compliments ?

— Un simple merci ne serait pas déplacé, rétorquai-je sans prendre la peine de dissimuler mon sarcasme.

— OK. Merci. Maintenant, il faut que j'y aille. Je suis déjà en retard, déclara-t-il, la main sur la poignée de la porte.

Assis sur son arrière-train, Rover le regardait. Je me mordis la langue pour ne pas lui lancer qu'il pourrait au moins gratifier mon chien d'une caresse. Soudain, sans que j'aie dit un seul mot, il se pencha et le fit.

Rover leva le menton, savourant l'attention.

— Ce chien est idiot...

Je me sentis aussitôt insultée.

— Pas du tout. C'est un bon chien.

— Complètement idiot, répéta-t-il, tout en le caressant avec affection.

— Tu peux me dire quand tu vas te remettre à la roseraie ?

Toutes nos conversations ces temps-ci semblaient revenir au même point.

— Bientôt.

— Demain ?

— Je ne peux pas le garantir.

Mes épaules se tassèrent sous l'effet de la déception.

— Cela dit, je tâcherai de passer.

— Je t'en serais reconnaissante.

Il se redressa.

— Ne te fais pas trop d'illusions. Je ferai de mon mieux pour que ce soit présentable, mais on verra quand même que c'est en chantier.

— Compris.

Il m'adressa un léger salut de la tête et s'en alla. La porte se referma sur lui avec un léger déclic.

Il n'aurait servi à rien de réprimander Mark ou de lui rappeler qu'au départ, il avait jugé que l'entreprise n'exigerait pas plus de deux semaines de travail. Cela remontait à des mois.

Quand j'avais le cafard, je me réfugiais dans le tricot. Il n'était pas dans mes habitudes de tricoter si tôt dans la journée, mais là, je me sentais découragée. Je me rendis dans ma chambre et pris mon ouvrage, puis je m'assis face à la cheminée et essayai de me détendre.

Alors que mes doigts travaillaient la laine et tiraient sur la pelote, je continuai à songer à Mark. Nous fonctionnions toujours sur le même mode. Chaque fois que nous surmontions un obstacle, par exemple notre récente dispute, Mark cherchait à dessein à me provoquer. J'avais l'impression de faire tantôt un pas en avant, tantôt deux, voire trois, en arrière.

La raison m'aurait conseillé de le renvoyer et d'engager quelqu'un d'autre. Cela avait été ma première intention quand nous nous étions querellés. Finalement, après une nuit de réflexion, c'était moi qui étais allée faire la paix. Il ne l'aurait sans doute jamais admis, et il avait fait de son mieux pour ne pas le montrer, mais je savais qu'il avait été content de ma visite.

Nous nous étions raccommodés, du moins l'avais-je cru. Tout semblait redevenu normal, aussi normal que ça puisse l'être entre nous. Et puis, ce matin, il avait eu un brusque revirement. Il avait été grincheux, querelleur, et décidé à m'éviter.

Que s'était-il donc passé ? Franchement, je ne le comprenais pas. Je tirai si fort sur la laine que la pelote tomba du panier et roula sur le tapis. Toujours vigilant, Rover la prit dans sa gueule et me la rapporta.

— C'est bien, mon chien, dis-je en lui tapotant la tête.

Je trouvais mesquin de la part de Mark de traiter Rover de chien idiot. Il avait dit ça pour m'agacer, à coup sûr. Eh bien, il avait réussi. Je me demandai comment il aurait réagi en voyant Rover à cet instant.

J'avais beau ne pas être du genre à m'apitoyer sur mon sort, cette situation avec Mark me déprimait. Mes doigts continuaient à manier les aiguilles, mais j'avais à peine conscience de ce que je faisais. Il fallait que je me concentre davantage.

À des moments pareils, Paul me manquait plus que jamais. Chaque jour, un détail venait me rappeler tout ce que j'avais perdu, me frappant droit au cœur. J'étais transpercée par une douleur subite, un profond sentiment d'injustice et de désarroi.

C'était presque comme si Mark ne voulait pas trop s'approcher. Pas seulement de moi, d'ailleurs. Quand je disais à d'autres qu'il travaillait pour moi, ils s'extasiaient sur ses compétences. Rares, en revanche, étaient ceux qui avaient quelque chose à dire sur l'homme lui-même. Il était à n'en pas douter une énigme. Une énigme qui m'irritait et m'intriguait. Il maintenait tout le monde à distance. Pour autant que je le sache, il connaissait une foule de gens mais n'avait pas d'amis intimes. Il parlait peu de lui-même. Avait-il donc un noir secret ? Faisait-il partie du programme de protection des témoins ? Se cachait-il ? Était-il en cavale ? Je refoulai aussitôt ces théories rocambolesques, autant de signes d'une imagination débordante.

Résolue à le chasser de mes pensées, je terminai mon rang, posai mon tricot et retournai dans la cuisine. Cependant, j'avais encore les nerfs à fleur de peau, aussi décidai-je d'aller marcher, prendre l'air me ferait du bien. J'attrapai un pull, songeant que j'allais profiter de l'occasion pour rendre le livre que j'avais emprunté à la bibliothèque. Avec un peu de chance, j'échangerais aussi quelques mots avec Grace.

Rover fila aussitôt vers la buanderie, où sa laisse était accrochée. Lui aussi était prêt à faire un peu d'exercice.

Tout en descendant la colline d'un bon pas, je poursuivis mes réflexions. Je pensai de nouveau à Paul, encore hantée par la conversation que j'avais eue avec le lieutenant-colonel Milford.

Qu'éprouvaient les autres veuves ? Continuaient-elles à songer à leur mari chaque jour, des années après leur mort ? Je me promis d'aborder ce sujet avec Grace. Avait-elle parfois eu le sentiment, comme moi, de ne vivre qu'à moitié ? Je savais que je ne cesserais jamais d'aimer Paul.

À la bibliothèque, on m'apprit que Grace ne viendrait pas avant l'après-midi. Je rendis mon livre et en empruntai un autre qui avait été mis de côté à mon intention. Au retour, la côte me parut raide, et l'effort me rappela que j'avais besoin de faire de l'exercice plus régulièrement. Peut-être pourrais-je m'inscrire à un cours de natation ou au centre de fitness du quartier ?

Alors que j'approchais de la maison, une voiture s'engagea dans l'allée et s'arrêta dans un des emplacements réservés aux visiteurs. Je vis descendre un jeune homme élancé, d'allure sportive, qui pouvait avoir entre vingt-cinq et trente ans. Il remit une mèche de cheveux noirs derrière son oreille, puis, avec des gestes empreints de douceur, s'empressa d'aider une dame âgée à descendre à son tour du véhicule.

Côté passager, un vieil homme apparut et, les mains sur les hanches, se pencha à droite, puis à gauche pour soulager ses membres courbaturés.

C'étaient forcément Kent et Julie Shivers. Je me hâtai vers eux.

— Bonjour, lançai-je en arrivant à leur hauteur. Monsieur et madame Shivers, je présume ?

— En effet, confirma le vieil homme.

— Je suis Jo Marie Rose, dis-je, la main tendue. Et vous êtes Oliver ?

— Oliver Sutton, oui.

— Bienvenue à tous les trois.

— Merci, répondit Julie. Cet endroit est superbe.

— Je suis ravie qu'il vous plaise.

— Les chambres sont-elles prêtes ? s'enquit Kent. Je ferais bien une petite sieste.

— Tu as fait la sieste en route, protesta Julie, fronçant les sourcils.

— Certainement pas.

— Tu as ronflé pendant tout le trajet.

— Combien de fois faut-il que je te dise que je ne ronfle pas ?

Oliver contourna le véhicule et se mit à sortir les bagages du coffre.

— Julie a fait tant de valises qu'on dirait que nous sommes venus pour six semaines, commenta Kent, s'adressant à moi.

— Je n'ai apporté que le strict nécessaire.

— Dix livres, c'est le strict nécessaire ?

— C'est pourquoi j'ai demandé à Oliver de nous amener. Tu passes tout ton temps à ronchonner.

Pour une fois dans ta vie, est-ce que tu ne pourrais pas garder tes remarques pour toi ?

Kent émit un petit bruit dédaigneux et se dirigea vers la maison, tandis que Julie le suivait d'un pas plus lent. Je voulus aider Oliver à porter les bagages, mais il refusa.

— Je m'en occupe, ne vous en faites pas, assura-t-il en refermant le coffre. Quand Annie doit-elle arriver ?

— Oh ! elle est déjà là.

— Vraiment ? s'écria-t-il, surpris.

— Enfin, elle n'est pas ici en ce moment, rectifiai-je, ajoutant à sa perplexité. Je voulais dire qu'elle est arrivée hier soir.

— Mais elle est sortie ?

— Oui.

Je jetai un coup d'œil à ma montre et constatai avec stupeur qu'il était onze heures passées.

— Vous ne savez pas quand elle va revenir ?

— Elle n'a rien dit, mais j'imagine qu'elle ne va pas tarder. Vous êtes un peu en avance, n'est-ce pas ?

— Oui, admit-il. Kent et Julie sont matinaux.

Julie leva les yeux au ciel.

— C'est parce que Kent est incapable de veiller après neuf heures du soir à présent. À cause de lui, je manque toutes mes émissions de télévision préférées.

— Rien ne t'oblige à te coucher en même temps que moi, marmonna celui-ci, en gravissant une à une les marches de la véranda. Ça ne t'est jamais venu à l'esprit que je voulais avoir un peu de tranquillité ?

— Très bien. Dans ce cas, tu n'as qu'à dormir tout seul jusqu'à la fin de tes jours si c'est ce que tu veux.

Je me dépêchai d'avancer pour aider Kent au cas où. De son côté, Rover gagna le sommet de l'escalier en un bond et m'attendit. Je glissai ma main sous le coude de Kent. Il sourit.

— Je peux très bien y arriver tout seul, mais si vous voulez me tenir la main, je n'ai pas d'objection, chuchota-t-il.

— Ne l'écoutez pas, intervint Julie, qui, derrière nous, se tenait à la rampe. Il a besoin d'une prothèse du genou, seulement il est trop têtu pour se faire opérer.

— Je ne vais pas me laisser charcuter par un docteur, éructa son mari.

— Tu n'es qu'un vieil idiot ! marmonna sa femme entre ses dents.

— J'ai entendu, riposta Kent en la regardant par-dessus son épaule. Et toi, tu n'es qu'une vieille chouette qui se mêle de tout !

— Il entend ce qu'il veut, à propos, me dit Julie.

Kent feignit de ne pas avoir saisi ce dernier commentaire.

Je les précédai dans la cuisine et lâchai Rover, qui alla droit à son panier, mais garda nos invités à l'œil.

— Où dois-je signer ? demanda Kent, l'air un peu gêné, en tendant la main vers son portefeuille.

— Oh ! ne vous inquiétez pas, Annie s'est occupée de tout.

— J'espère qu'elle sera bientôt là, s'inquiéta sa femme.

— Je suis sûre que oui. Désirez-vous un café ?

Ils déclinèrent mon offre, et je leur remis leurs clés. Kent et Julie se dirigèrent aussitôt vers leur chambre, suivis d'Oliver, qui portait leurs bagages. Le couple continua à se chamailler dans le couloir.

C'était donc là le couple si amoureux vanté par Annie ?

Oliver ressortit et ferma la porte derrière lui.

— Tout va bien ? demandai-je.

— Je crois que oui. J'espère seulement qu'ils ne vont pas s'entre-tuer avant la fête.

8

Après le petit déjeuner, Mary s'était allongée sur son lit. Au bout d'une demi-heure, elle se sentit suffisamment reposée pour aller faire une petite promenade. Un peu d'air frais lui ferait du bien. D'ailleurs, le médecin lui avait conseillé de reprendre une vie normale dès que possible.

Son énergie revenait peu à peu, même si ses mouvements étaient encore lents. Certes, elle n'était pas encore prête à enjamber des immeubles, comme Superwoman, mais peu importait. Elle faisait des progrès. Au moins n'était-elle plus en proie à des nausées continuelles.

Mary descendit l'escalier, s'attendant à voir Jo Marie se ruer hors de la cuisine pour venir prendre de ses nouvelles. Elle marqua une pause sur la dernière marche, mais la jeune femme ne se montra pas. Elle s'engagea donc dans le couloir et jeta un coup d'œil dans la pièce. Pas de chien en vue. Jo

Marie devait être occupée ailleurs, ce qui était très bien, pensa-t-elle.

D'un pas prudent, Mary quitta la propriété et, attirée par le carré de gazon à côté du kiosque, emprunta la route qui menait aux quais. Le soleil brillait en ce début de journée. Un grand panneau annonçait une série de concerts dans la baie pour le mois suivant.

Un des artistes à l'affiche était comparé au chanteur Tony Bennett, que George l'avait emmenée voir des années plus tôt. La vedette se produisait à Seattle, et, sachant combien elle l'appréciait, George avait fait des pieds et des mains pour se procurer deux billets pour ce concert qui se jouait à guichets fermés. Il lui avait tenu la main durant toute la soirée. Oh ! Comme il avait été romantique, attentionné et aimant !

Avec les autres hommes qu'elle avait connus, l'acte d'amour avait toujours été fiévreux, une frénésie de vêtements arrachés avant de rejoindre hâtivement le lit. Il n'en avait jamais été ainsi avec George. Il était doux, tendre, attentif… et tellement amoureux.

George.

Elle était si près de Seattle qu'il n'était guère étonnant qu'il soit aussi présent dans ses pensées. En fait, le souvenir de George l'obsédait depuis le moment où l'avion avait touché le sol.

Assise à l'une des tables de pique-nique près du kiosque, Mary contempla les eaux de la baie, fixant l'horizon. Là-bas, de l'autre côté de la pointe, se trouvait Seattle.

Et George.

Les hommes étaient entrés dans sa vie et en étaient sortis, mais un seul avait vraiment compté. Elle l'aimait alors, et elle l'aimait encore. Mordillant sa lèvre inférieure, elle lutta contre l'émotion qui la submergeait, en vain. Sa gorge se noua et elle ressentit une brûlure à la poitrine. Une fois de plus, elle blâma le cancer. Cette satanée maladie avait pris le contrôle de sa vie. Ce n'était pas juste. Elle faisait de l'exercice, son régime alimentaire était équilibré, elle effectuait régulièrement des bilans de santé. Elle ne méritait pas cette épreuve.

Elle avait vécu son diagnostic comme une condamnation à mort, tout en se disant que, si elle devait mourir, elle s'en irait la tête haute, en luttant. Et donc, avec la détermination qui la caractérisait, elle s'était battue. De toutes ses forces, avec chaque atome de volonté dont elle disposait, elle avait fait face. Elle avait refusé de se soumettre et d'attendre la fin. Renoncer ne faisait tout simplement pas partie de sa personnalité. Par conséquent, elle avait affronté la maladie comme elle avait affronté tous les obstacles qu'elle avait rencontrés jusque-là.

Soudain désemparée, Mary se leva et s'approcha de la rambarde qui surplombait le quai. Une énorme étoile de mer, la plus grosse qu'elle ait jamais vue, s'accrochait à un rocher en contrebas. C'était ainsi qu'elle se voyait : elle se cramponnait, tenant bon, bataillant désespérément pour que sa vie redevienne comme avant.

Mary avait besoin de structure. Attachée à ses habitudes, elle avait créé de l'ordre dans ses journées ; à vrai dire, dans toute son existence. C'était ainsi qu'elle fonctionnait le mieux. À huit heures, elle était à son bureau, une tasse de café devant elle. À dix heures, à trois, à cinq, elle savait précisément ce qu'elle serait en train de faire et où elle irait. Sa routine était soigneusement organisée.

Le cancer avait chamboulé tout cela.

Elle sortit son téléphone portable. George ne vivait peut-être même plus dans la région, auquel cas à quoi bon se torturer en vain ? Quel mal y avait-il à vérifier la liste des avocats en exercice à Seattle ? Elle avait résisté à cette tentation jusqu'alors, mais si son nom figurait dans l'annuaire, elle en aurait le cœur net et elle cesserait de se poser la question.

Il ne lui fallut pas longtemps pour obtenir sa réponse. Le nom de George était là, sous ses yeux, accompagné d'un numéro de téléphone.

George Hudson, avocat à la Cour.

Troublée, Mary s'engouffra dans un coffee shop, le Java Joint, qui proposait une vaste gamme de cafés de toutes sortes, reflétant la passion des habitants de la région pour ce breuvage.

Le jeune homme qui se trouvait derrière le comptoir portait un tablier blanc noué à la taille et un badge à son nom, Connor. Il paraissait avoir à peine quinze ans, mais devait être plus âgé.

— Vous désirez ?

— Un café.

— Vous ne voulez pas goûter notre proposition du jour ?

— C'est un café ?

— Bien sûr, avec un mélange d'arômes. Aujourd'hui, il est à la barbe à papa.

— Vraiment ? demanda-t-elle, sidérée.

— C'est un de nos cafés les plus populaires.

— Avec celui aux cacahuètes et au pop-corn ?

— Nous n'avons pas encore essayé celui-là, répondit Connor en souriant.

— Je vais prendre un café normal.

— Pas de problème. Vous séjournez dans la région ?

— Oui, pour quelques jours. Je suis descendue à la Villa Rose.

— Vous avez dû voir Hailey. La maison d'hôtes est superbe, n'est-ce pas ?

— Vous connaissez Hailey ? s'étonna Mary.

Elle n'avait jamais vécu dans une petite ville, et il lui semblait stupéfiant que tout le monde connaisse tout le monde ici. Née sur la côte Est, à Boston, elle avait commencé à travailler à seize ans. Atteint d'alcoolisme, son père était incapable de garder un emploi, si bien que sa mère en avait deux pour nourrir la famille. Mary l'avait secondée dès son plus jeune âge. Elle s'était occupée de son jeune frère, qui malheureusement avait marché sur les traces de son père, ce qui l'avait dissuadée de fonder une famille. D'ailleurs, elle avait trop d'ambition, trop d'énergie pour se cantonner au rôle de mère. De plus, elle adorait la côte Est, mais George… George, encore… ne pouvait s'imaginer ailleurs qu'à Seattle.

— Bien sûr, répondit Connor, interrompant le fil de ses réflexions. Elle fait souvent un saut ici.

— Ah bon.

— J'ai un an de plus qu'elle, ajouta-t-il. Je travaille ici pour payer mes études.

— C'est bien.

Mary avait dû faire la même chose, et cela n'avait pas été facile. Heureusement, elle avait obtenu des bourses.

— Oui, j'ai de la chance. Les petits boulots ne courent pas les rues en ce moment.

— Je sais bien, acquiesça-t-elle en lui tendant un pourboire.

Il écarquilla les yeux à la vue du billet de cinq dollars.

— Si vous voulez une autre tasse, dites-le-moi et je vous l'apporte.

— Merci.

Mary choisit une table qui donnait sur Harbor Street. Une femme arrosait les plantes placées à côté des réverbères. Mary ne s'était jamais vraiment intéressée aux fleurs et n'aurait su nommer la variété en question, mais elle admira leurs couleurs, d'un jaune et d'un rouge éclatants.

— Vous êtes venue pour le concours de cris de mouette ? s'enquit Connor.

— Je vous demande pardon ?

— Cedar Cove organise un concours de cris de mouette chaque été. C'est un grand événement par ici. L'année dernière, le gagnant est passé à la télévision.

Mary sourit.

— J'avoue que je n'en ai pas entendu parler.

— Il aura lieu samedi matin, sur les quais. Le gagnant sera celui qui attirera le plus de mouettes avec son cri. Si vous êtes toujours en ville, vous devriez venir faire un tour. C'est rigolo, et il y a aussi un marché de producteurs du pays.

— Je n'y manquerai pas.

— Hailey vient ici presque chaque samedi avec sa mère. Elles vendent leur gelée maison. Ma favorite, c'est celle aux cerises et au chocolat.

— De la gelée ?

Apparemment, il y avait un monde de parfums qui lui avait complètement échappé jusque-là.

— Ça a l'air bizarre, je sais, mais croyez-moi, c'est la meilleure de toutes.

Quel enthousiasme ! Mary sirota son café. Sa tasse était encore à demi pleine quand Connor vint lui en proposer une seconde. Un client entra, un homme vêtu d'une salopette maculée de graisse. Il lança un regard dans leur direction puis détourna rapidement les yeux. Mary y était habituée. Enfin, pas exactement habituée, mais le malaise d'autrui face à son crâne chauve, sa bataille évidente contre le cancer, ne la prenait plus par surprise. Elle ne s'en offusquait pas non plus. L'homme ressortit presque aussitôt, emportant sa boisson.

Mary prit son temps, dégustant son café jusqu'à ce qu'il refroidisse. Elle n'avait nulle part où aller, rien de spécial à faire. Et cela l'ennuyait plus que tout le reste.

Venir à Seattle n'avait peut-être pas été une bonne idée, après tout. Que s'était-elle donc imaginé ? Pourtant, elle était là. Et George, de l'autre côté de la baie.

Elle jeta un coup d'œil à la côte raide qui remontait à la maison d'hôtes et fut saisie d'angoisse. Rentrer à pied était au-dessus de ses forces. Elle aurait dû y songer quand elle était partie vers les quais. Il faudrait qu'elle trouve un taxi ou un bus pour regagner la propriété.

Son téléphone émit un bip, indiquant qu'elle avait reçu un message. Quelqu'un avait essayé de la joindre. Une amie ? Une collègue ? Dans sa hâte à sortir l'appareil de son sac, elle faillit le faire tomber. À sa grande déception, le message n'était qu'une publicité pour son restaurant préféré.

Sa main se crispa sur le téléphone. Un seul clic fit apparaître le numéro de George à l'écran. Ne voudrait-il pas savoir qu'elle se trouvait dans la région ?

— Il est marié, marmonna-t-elle.

— Vous avez dit quelque chose ? s'enquit Connor.

Elle releva brusquement la tête ; sa question l'avait prise par surprise et alarmée.

— Je parlais toute seule, murmura-t-elle, les yeux rivés sur les chiffres.

— Ma grand-mère fait ça tout le temps.

Paraissait-elle assez âgée pour être sa grand-mère ? Ce jeune homme commençait à la déprimer.

— Vous allez bien ? reprit-il.

— Pourquoi cette question ? demanda Mary en levant les yeux.

— À cause de la façon que vous avez de regarder votre téléphone… Je ne sais pas, comme s'il allait vous dire quelque chose que vous avez besoin de savoir.

— Je songeais à appeler une vieille connaissance, avoua Mary, qui avait peine à croire qu'elle était en train d'avoir cette conversation avec un adolescent qu'elle venait tout juste de rencontrer.

— Qu'est-ce qui vous en empêche ? répondit Connor en s'accoudant au comptoir. Vous ne voudriez pas avoir de ses nouvelles ?

— Ça dépend.

Il haussa une épaule.

— Ça dépend de quoi ?

— Nous ne nous sommes pas précisément quittés en bons termes.

— Dans ce cas, vous pouvez essayer d'arranger les choses.

Il semblait avoir réponse à tout. À l'entendre, c'était si facile.

Mary continuait à fixer l'appareil.

— Faites-le, l'encouragea Connor. Vous ne le regretterez pas.

Elle n'en était pas si sûre. Elle mit son sac en bandoulière et se dirigea vers la porte.

— Merci pour le café et la conversation.

— Passez ce coup de fil, conseilla Connor en pointant le doigt vers elle.

Mary sortit du coffee shop et retourna vers les quais tout à ses pensées. Devait-elle appeler George ? Elle n'avait rien à perdre. Certainement rien à gagner non plus. Mais, au fond, n'était-ce pas en partie à cause de lui qu'elle avait pris cet avion pour Seattle ?

En partie seulement.

Avant de changer à nouveau d'avis, elle pressa la touche d'appel.

À la deuxième sonnerie, une voix de femme s'éleva :

— Cabinet de George Hudson. Que puis-je pour vous ?

— Bonjour, commença Mary avec hésitation.

Il ne lui fallut pas longtemps pour se ressaisir. Elle se redressa, et quand elle reprit la parole, sa voix était assurée :

— Ici Mary Smith, une vieille amie de M. Hudson. Est-il disponible ?

— Je suis désolée, madame Smith, mais M. Hudson est au tribunal toute la journée. Puis-je prendre un message ?

— Non, merci.

— Dois-je lui dire que vous avez téléphoné ?

— Non, c'est inutile, je rappellerai plus tard.

Elle coupa la communication sans dire au revoir, et rangea son téléphone d'une main tremblante. Le fait que George ne soit pas disponible lui semblait être une réponse suffisante. Elle n'essaierait plus de le contacter. C'était le destin. Ils ne devaient pas se revoir.

Elle retourna au café et pria Connor de lui appeler un taxi. Quelques minutes plus tard, une voiture s'arrêta devant l'établissement. Connor accompagna Mary au-dehors et lui ouvrit sa portière.

Mary se pencha vers le chauffeur et lui donna l'adresse.

— C'est à deux pas d'ici, se plaignit-il.

— Je vous paierai trois fois le prix de la course, assura-t-elle, guère étonnée qu'il rechigne.

— Si vous y tenez, mais je vous dis que c'est tout près.

Sans prendre la peine de lui répondre, elle s'assit à l'arrière et referma la portière, puis sortit un billet de vingt dollars de son portefeuille, sur quoi l'homme démarra sans plus discuter. Quand ils s'arrêtèrent devant la maison d'hôtes, elle constata qu'une voiture était garée sur le parking. D'autres clients étaient arrivés.

L'excursion l'avait épuisée. Elle était prête à s'installer sur le même fauteuil que la veille et à se reposer au soleil.

Elle régla la course et se dirigeait vers la maison quand son téléphone sonna. Elle décrocha machinalement.

— Allô ?

— Mary ? C'est vraiment toi ?

George.

9

Rover vint accueillir Annie à son retour de chez la fleuriste, agitant la queue. Comme elle refermait la porte d'entrée, Jo Marie sortit de la cuisine.

— Vos grands-parents sont arrivés avec leur ami, annonça-t-elle. Oliver a demandé que je leur donne la chambre du rez-de-chaussée.

Leur ami, mais certainement pas le sien, pensa Annie.

— Oh ! très bien.

C'était une gentille attention de la part d'Oliver, Annie dut le reconnaître, et elle regretta de ne pas y avoir pensé la première. Refoulant son antipathie envers le voisin de ses grands-parents, elle reporta son attention sur Jo Marie.

— Ils sont fantastiques, non ? demanda-t-elle, sans vraiment s'attendre à une réponse.

Selon elle, ses grands-parents formaient un couple si affectueux, si généreux que Jo Marie n'avait pu manquer d'être impressionnée.

En guise de réponse, celle-ci se contenta de lui adresser un sourire hésitant. Au même moment, un minuteur sonna dans la cuisine, et elle s'empressa de s'excuser.

— Il faut que j'aille sortir mes cookies du four.

Rover lui emboîta aussitôt le pas.

Impatiente de voir sa famille, Annie emprunta le long couloir qui menait à leur chambre. Elle n'avait qu'un seul désir, qu'Oliver s'en aille avant la fête. Levant les yeux au ciel, elle fit une petite prière en ce sens, puis toqua à la porte.

La voix de sa grand-mère lui parvint.

— Va ouvrir, Kent, veux-tu ?

— Quoi ?

— On a frappé, expliqua sa grand-mère, plus fort cette fois. Tu ne vois pas que je suis occupée ?

— Inutile de monter sur tes grands chevaux ! cria Kent.

Un instant plus tard, la porte s'ouvrait. Le grand-père d'Annie plissa les yeux.

— Annie ?

— Pour l'amour du ciel, mets tes lunettes ! lança Julie en sortant de la salle de bains. Oh ! Annie, c'est toi !

Elle s'avança vivement et l'étreignit avec chaleur. La jeune femme lui rendit son étreinte avec émotion, après quoi elle embrassa son grand-père.

— Et moi alors ?

Annie fit volte-face. Bien sûr, exactement comme elle l'avait craint, Oliver Sutton se trouvait dans le couloir. C'était la dernière personne qu'elle avait envie de voir. Leur passé commun était lourd de mauvais souvenirs. Oliver était du même âge que le frère aîné d'Annie et, à une époque, elle s'était entichée de lui, mais il avait étouffé ses sentiments dans l'œuf. Il l'avait impitoyablement taquinée des années durant, jusqu'à la fin de leur adolescence. Malheureusement, comme il vivait à côté de chez ses grands-parents, il était convié à toutes les fêtes organisées chez eux, à Portland.

Entre cinq et treize ans, Annie avait constamment été en butte à des moqueries à propos de ses cheveux roux… et ça n'avait été que le début de leur déplaisante relation. Il s'était montré sans merci. Si elle avait un jour haï quelqu'un, c'était Oliver Sutton.

— Non, rien pour toi, asséna-t-elle, d'un ton suggérant qu'elle aurait préféré étreindre un porc-épic.

— Oliver a eu la gentillesse de nous amener ici, expliqua sa grand-mère.

— J'aurais pu conduire sans problème, intervint Kent. Mais puisque Oliver tenait à nous accompagner, je n'y voyais pas d'inconvénient.

— Si tu portais tes lunettes comme le docteur t'a dit de le faire…

— Je les ai égarées, marmonna-t-il. Ce que ta grand-mère oublie volontiers. Je ne vois rien du tout sans mes lunettes.

— Grand-mère pourrait avoir une paire de rechange dans son sac…

— Je refuse de traiter ton grand-père comme un bébé, coupa Julie. C'est un homme adulte. Ses lunettes ne sont pas de ma responsabilité.

— J'étais disponible, alors j'ai proposé de conduire, intervint Oliver, détournant la conversation.

Annie évita son regard, mal à l'aise. Il ne la quittait pas des yeux, ce qui la troublait bien plus qu'elle ne s'y était attendue. Elle avait brusquement l'impression d'avoir de nouveau treize ans.

— Je dois dire qu'Oliver a été absolument merveilleux, continua sa grand-mère, sans se rendre compte de son malaise.

Elle ne comprendrait jamais ce que ses grands-parents voyaient de si extraordinaire chez leur exaspérant voisin, mais elle n'avait pas l'intention de leur poser la question. Aussi loin que remontaient ses souvenirs, Oliver avait été une source d'irritation. Seule fille du groupe, elle offrait une cible constante à leurs railleries. Et Oliver avait été le meneur.

— Tu es superbe, dit-il.

Il aurait été de bon ton de le remercier, mais elle s'y refusa. En réalité, elle fit de son mieux pour ne pas se tasser sur elle-même. Il continuait à la fixer et elle avait toutes les peines du monde à ne pas le foudroyer du regard en retour. Avait-il donc oublié qu'elle le détestait ?

— Tu ne vas pas remercier Oliver pour ce compliment ? s'étonna son grand-père.

Elle parvint à marmonner une réponse inintelligible. Elle avait été la victime de prétendus compliments d'Oliver par le passé et ne se laisserait pas abuser de nouveau.

— J'étais venu suggérer que nous allions déjeuner tous ensemble, fit-il.

— Quelle charmante idée !

Pourquoi sa grand-mère était-elle si prompte à souscrire aux projets concoctés par Oliver ?

— Quoi ? demanda son grand-père.

— Kent, mets ton appareil, s'il te plaît.

— Je déteste ce truc. Il me démange.

— Tu sais à quel point cela m'agace d'avoir à répéter tout ce que je dis.

— Comment ?

Sa grand-mère lâcha un profond soupir.

— Rien.

— Quelqu'un a faim ? lança Kent. Il doit être l'heure du déjeuner, non ?

Pas de doute : son grand-père avait vraiment besoin de porter un appareil auditif.

— Retrouvons-nous dans dix minutes, proposa Julie. J'ai quelques affaires à ranger et j'aimerais me rafraîchir un peu.

— Bien sûr, répondit Annie.

Oliver et elle quittèrent la chambre en même temps. Elle passa devant, évitant soigneusement son regard, prête à invoquer n'importe quel prétexte pour s'éloigner de lui.

C'était comme si ses yeux la transperçaient. Déjà, quand ils étaient adolescents, il avait cet effet-là sur elle. Jamais de sa vie elle n'avait rencontré d'homme aussi déplaisant que lui.

— Quand nous sommes-nous vus pour la dernière fois, Annie ? demanda-t-il d'un ton dégagé.

— Je ne sais pas, mais il n'y a pas assez longtemps.

Annie s'en souvenait parfaitement. À vrai dire, elle se rappelait chaque détail concernant Oliver Sutton, bien malgré elle. Son physique de jeune premier n'arrangeait rien. Il était grand, élancé, beau comme un dieu. Le problème était qu'il en avait parfaitement conscience. D'après son grand-père, qui parlait souvent de lui, Oliver était la coqueluche de ces dames. Eh bien, que ces dames le gardent ! Et s'il laissait une foule de cœurs brisés dans son sillage, ainsi que Kent le laissait entendre, tant mieux pour lui, mais Annie était déterminée à ne pas figurer à son tableau de chasse. Elle avait appris sa leçon de bonne heure et ne tenait pas à renouveler l'expérience.

Il se mit à rire, comme si elle plaisantait.

— Oh ! Allons, tu ne vas pas me dire que tu ne m'as pas pardonné d'avoir tiré sur tes couettes quand tu avais huit ans !

Elle le toisa.

— Si tu n'avais fait que ça…

Elle s'interrompit brusquement, laissant sa phrase en suspens. À quoi bon ressasser de vieilles histoires ? Oliver s'amuserait de la litanie de reproches qu'elle avait à lui adresser et elle n'allait pas lui donner ce genre de pouvoir sur elle.

— C'est fantastique, ce que tu as fait pour tes grands-parents, reprit-il, changeant de sujet. Julie ne parle que de cette fête depuis des semaines.

— C'est mon métier. C'était bien le moins que je puisse faire.

Inutile de lui expliquer que tous ces préparatifs lui avaient permis de surmonter la période difficile qui avait suivi sa rupture avec Lenny.

— Tu as vraiment une mine superbe, Annie. Je ne t'ai jamais vue aussi resplendissante.

Un autre compliment ? Elle croisa les bras et se tourna vers lui.

— Que fais-tu ici ?

Il cilla, visiblement pris au dépourvu par sa question.

— Ta grand-mère…

— Tu sais ce que je pense de toi.

— Oui, malheureusement. Mais Julie m'a demandé de les amener, Kent et elle, et comme j'avais le temps, comment aurais-je pu refuser ?

Il sourit et croisa les bras à son tour.

— Je vois que tu as toujours un tempérament de rouquine.

— La couleur de mes cheveux n'a rien à voir avec mon humeur, riposta-t-elle en serrant les poings.

Oliver leva les mains en signe de capitulation.

— Ne me dis pas que tu vas me donner un autre coup de poing ?

Elle avait treize ans à l'époque, et il l'avait bien mérité.

— Ne me tente pas.

— Oh ! toi, tu me tentes, murmura-t-il. Tu m'as toujours tenté.

Annie repoussa cette idée. Elle savait qu'il était du genre à flirter, et elle n'était plus prête à tolérer ses enfantillages.

— Ne me mets pas de bâtons dans les roues, compris ? J'ai une foule de choses en tête et je n'ai pas le temps de jouer à des jeux idiots avec toi.

— Dommage, commenta-t-il avec une petite moue.

Annie jeta un coup d'œil à sa montre. Ses grands-parents se faisaient attendre. Tout était déjà organisé pour la fête, mais ne pouvait-elle inventer une excuse pour échapper à ce déjeuner en compagnie d'Oliver ? Il suffirait d'un mot, seulement elle voulait attendre que…

— Comment va Lenny ?

— Qui... qui t'a parlé de Lenny ? balbutia-t-elle, décontenancée.

— Ta grand-mère, évidemment. Elle m'a parlé de lui quand vous vous êtes fiancés.

— Comme tu le sais aussi, j'imagine, nos fiançailles ont été rompues...

Il arqua les sourcils, l'air sincèrement surpris.

— Depuis quand ?

— Depuis quelque temps déjà, mais ça ne te regarde pas, répliqua-t-elle, peu désireuse de lui donner des détails.

Moins Oliver en saurait sur sa vie privée, mieux cela vaudrait.

— C'est pour ça que tu n'es pas à prendre avec des pincettes ?

— Non, c'est toi qui me tapes sur les nerfs ! Je voudrais que tu me laisses tranquille et que tu t'en ailles.

— Pas question. Je ne vais pas m'en aller au moment où tout devient intéressant. Alors, que s'est-il passé entre toi et l'amour de ta vie ? Parce que c'est comme ça que ta grand-mère l'a décrit.

Annie aurait parié toutes ses économies que sa grand-mère n'avait jamais utilisé de tels termes. D'ailleurs, lors de ses dernières conversations avec ses grands-parents, elle avait évité le sujet Lenny.

— Il boit trop ?

Elle ignora sa question.

— Il dépense son argent à tort et à travers ?

Refusant d'être soumise à une batterie de questions, elle fit mine de s'éloigner.

— J'ai trouvé. C'est un coureur de jupons.

— Vas-tu t'arrêter ?

— Alors, c'est ça.

Il était hors de question qu'elle lui confirme qu'il avait vu juste.

À cet instant précis, comme si l'intéressé avait senti qu'il était le sujet de leur conversation, son téléphone portable se mit à sonner. Elle jeta un coup d'œil au nom qui s'affichait.

— Ne me rappelle pas ! ordonna-t-elle, criant presque, avant de couper la communication aussitôt.

La porte de ses grands-parents s'était ouverte.

— Qui était-ce, ma chérie ? s'enquit Julie.

— Personne d'important, répliqua Annie, se forçant à sourire.

— T'ai-je dit que Vern et Betty sont déjà là ? lança Kent depuis la chambre.

C'étaient des amis de longue date de ses grands-parents. Vern avait connu son grand-père dans la marine et avait été témoin à leur mariage, tandis que Betty était demoiselle d'honneur.

— Malheureusement, ils séjournent en ville, chez la sœur de Betty, expliqua sa grand-mère. Je regrette qu'ils ne soient pas descendus ici, le cadre est si beau. Kent et moi allons dîner avec eux ce soir. Ça ne vous ennuie pas, vous deux ?

Oliver répondit avant qu'Annie ait eu le temps de réagir :

— Pas du tout. Je serai ravi d'inviter Annie à dîner.

— Oh ! ce ne sera pas nécessaire, se hâta-t-elle de dire. J'ai une foule de choses à régler.

— Je t'aiderai, intervint Oliver.

Annie réprima le désir de lui écraser le pied.

— Merci, mais j'ai les choses en main.

— Annie, ma chérie, ne refuse jamais l'aide qu'on te propose, conseilla sa grand-mère en lui tapotant affectueusement le bras. Bien, où est ton grand-père ? Cet homme est toujours à la traîne.

— J'arrive, j'arrive, lâcha Kent en fermant la porte, tournant la poignée plusieurs fois pour s'assurer qu'elle était fermée à clé. Qu'est-ce que vous avez envie de manger ? Je propose un restaurant mexicain.

— Kent, grogna Julie, tu sais que la cuisine mexicaine me donne des brûlures d'estomac. D'ailleurs, le fromage n'est pas bon pour ton cœur.

Kent se renfrogna.

— Il y a des semaines que je n'ai pas mangé de fromage ! Si j'en ai envie, je ne vais pas m'en priver. C'est moi qui suis responsable de mon régime alimentaire, que je sache, et j'aime les plats mexicains.

— Tu pourrais commander une salade au poulet, Grand-Mère, suggéra Annie.

— Oh ! très bien. Mais je ne vois pas pourquoi tout le monde se sent obligé de céder aux caprices de ton grand-père.

Ses grands-parents partirent devant, se querellant à propos d'autre chose en se dirigeant vers la voiture.

— Ils sont comme ça depuis Portland ? questionna Annie, consternée.

— J'en ai peur. Ils se disputent depuis l'instant où nous sommes partis.

— Oh ! mon Dieu.

— Que dirais-tu d'une trêve, Annie ? Entre toi et moi. Si nous pouvons être courtois l'un envers l'autre, peut-être suivront-ils notre exemple.

Le bon sens d'Annie lui disait de ne pas faire confiance à Oliver. Pourtant, quand il baissa sur elle ses grands yeux noisette, elle faillit céder.

— Nous verrons.

Il haussa les épaules.

— Bon. Comme tu voudras.

Pendant qu'elle rejoignait ses grands-parents, Oliver rentra demander à Jo Marie si elle avait une bonne adresse à leur conseiller. Il ne tarda pas à revenir et s'assit au volant, à côté du grand-père d'Annie.

— D'après Jo Marie, il y a un excellent restaurant pas trop loin d'ici qui s'appelle le Taco Shack, annonça-t-il en démarrant.

La grand-mère d'Annie maugréa quelque chose entre ses dents et fit la moue.

— Je suis sûre que ce sera très bien, assura Annie en lui tapotant la main.

Julie se tourna vers la vitre.

— Je pense que les gens ont tort de dorloter ton grand-père. Ce n'est pas bien, je te le dis.

— J'ai entendu, grommela Kent. Personne ne me dorlote, et surtout pas toi.

— Tu ne te souviens pas…

— Julie a une mémoire d'éléphant, commenta Kent en se penchant vers Oliver. Elle parle d'incidents qui se sont passés il y a quarante ans comme s'ils avaient eu lieu hier.

— Je crois que nous allons avoir beau temps pour la cérémonie de renouvellement des vœux, intervint Annie gaiement, avant que le différend ne s'envenime.

— Qui parle de ça ? riposta son grand-père en se tournant vers elle. Au rythme où ça va avec ta grand-mère, ce mariage ne va pas durer la semaine.

— Il y a cinquante ans que tu menaces de me quitter. On penserait que ce serait chose faite à l'heure qu'il est !

— Les enfants, les enfants ! lança Oliver avec un petit rire.

— Oh ! Regardez ce joli restaurant ! s'écria Julie, pointant le doigt vers une bâtisse de style victorien.

— C'est le salon de thé dont je vous ai parlé quand j'ai commencé à chercher un endroit pour le repas. Malheureusement, ils n'organisent pas de réceptions.

— Il a l'air parfait, observa sa grand-mère d'un ton songeur. Je parie qu'ils font des déjeuners fantastiques.

— Je n'y mettrai pas les pieds, grogna Kent. On ne me verra jamais dans un salon de thé, le petit doigt en l'air, à siroter une tisane.

— De toute manière, je ne voudrais pas y aller avec toi.

— Ah ! nous y sommes, annonça Oliver, coupant court à la discussion alors qu'il s'engageait dans le parking du restaurant. L'endroit m'a l'air très bien.

Après les désaccords incessants de ses grands-parents, Annie avait l'estomac noué. Dans tous les souvenirs qu'elle avait d'eux, ils formaient un couple uni, aimant. Elle ne se rappelait pas les avoir jamais entendus échanger des paroles coléreuses. Et, à présent, alors qu'ils étaient à la veille de fêter leurs noces d'or, c'était presque comme s'ils ne supportaient plus de se voir.

Quand tout cela était-il arrivé ? Et comment réussirait-elle à faire de cette fête un succès s'ils se disputaient sans cesse ? Avec un peu de chance, leur comportement était dû à la nervosité, et tout rentrerait très vite dans l'ordre.

En parfait gentleman, Oliver ouvrit la portière arrière et aida sa grand-mère à descendre. Kent, qui ne l'avait pas attendue, se trouvait déjà à mi-chemin du restaurant. Julie se hâta pour le rattraper.

— Tout va s'arranger, assura Oliver.

— Comment peux-tu dire ça ? murmura Annie, au bord des larmes. C'est un désastre.

— Ce n'est pas si grave, dit-il, s'efforçant de dissiper ses craintes. Ils sont un peu stressés à cause de toute cette effervescence autour de leurs noces d'or.

— Tu veux dire que j'ai eu tort de me donner la peine d'organiser cette fête ? s'indigna-t-elle. C'est ça ?

— Je veux dire qu'il ne faut pas que tu t'inquiètes. Tout ira bien.

Annie poussa un soupir, espérant qu'il avait raison. Elle passa une main sur son visage.

— Pardon, je suppose que je suis un peu à cran.

— Je pourrais t'aider à te détendre, proposa Oliver en mettant une main au creux de son dos.

— Oui, sûrement !

— Avec un baiser, par exemple.

— Laisse tomber, Oliver, marmonna Annie en le repoussant.

— Ah ! mais ça m'a tellement plu la première fois.

10

Au son de la voix de George, Mary se mit à trembler. Les jambes flageolantes, elle chercha des yeux un endroit où s'asseoir. Par chance, le fauteuil où elle s'était reposée la veille était tout près. Elle s'y laissa tomber, pressant l'appareil contre son oreille.

— Où es-tu ? demanda George d'un ton pressant.

— À Washington.

— La ville ou l'État ?

— L'État.

Sa propre voix semblait aussi essoufflée que si elle avait gravi une volée de marches en courant.

— Ça va ? insista-t-il plus posément. Tu as besoin de quoi que ce soit ?

Horrifiée, elle sentit les larmes lui monter aux yeux. Elle était incapable d'articuler un mot.

— Mary ? Parle-moi.

— Je… j'ai le… cancer, hoqueta-t-elle.

Ses paroles furent suivies d'un long silence, comme si George était aussi choqué qu'elle le jour où on lui avait annoncé le diagnostic. Cependant, il se ressaisit très vite.

— Quand puis-je te voir ?

Au prix d'un suprême effort de volonté, Mary parvint à maîtriser son émotion. Elle attrapa un mouchoir dans son sac et le porta à son nez. Quand elle recommença à parler, sa voix était calme et ferme.

— Je ne crois pas que ce soit une bonne idée.

— Je ne suis pas d'accord.

George, l'adorable George, si tendre et si attentionné. Comment avait-il jamais pu se persuader qu'il était amoureux d'elle ? C'était au-delà de sa compréhension.

— Il faut que je te voie.

À l'évidence, l'annonce de son cancer l'avait secoué. Ça avait été une erreur de lâcher la nouvelle ainsi, sans l'y avoir préparé. Tout comme appeler son cabinet avait été une erreur.

Une âpre bataille se livrait en Mary.

— Dis-moi où tu es, insista-t-il, et je viendrai tout de suite.

— Tu es censé être au tribunal, protesta-t-elle.

— Je m'en moque.

— George, non.

— Dans ce cas, promets que tu me laisseras te voir.

Mary ferma les yeux, luttant contre le désir presque irrésistible de céder. Quelle folie l'avait prise de se mettre à sa recherche ? En d'autres circonstances, jamais elle n'aurait fait preuve d'une telle lâcheté.

Dix-neuf ans plus tôt, lorsqu'elle avait quitté George, elle n'avait jamais eu l'intention de le revoir ou de lui parler de nouveau. À présent, elle mourait d'envie de sentir ses bras autour d'elle, d'être enveloppée de sa tendresse et de son affection. Tout aurait valu la peine si elle pouvait le revoir. Une dernière fois.

— Mary, tu m'entends ?

— Oui, murmura-t-elle.

Il hésita, puis doucement, très doucement, ajouta :

— S'il te plaît.

Un sanglot monta dans sa gorge, pareil à la plainte d'un animal blessé.

— Mary, tu pleures ?

Même à la fin de leur liaison, elle n'avait pas versé une larme et voilà qu'elle sanglotait comme un nouveau-né, submergée par l'émotion.

— Je ne peux pas supporter de t'entendre pleurer.

— Ce n'est rien, ce n'est rien, affirma-t-elle.

Livrer bataille contre la faiblesse, quelle qu'elle soit, était une nouveauté pour elle. Elle prit plusieurs inspirations, luttant quelques secondes pour recouvrer le contrôle d'elle-même. Puis elle se redressa.

— Je suis sûre que ta femme n'apprécierait guère que nous nous rencontrions et…

— Je suis divorcé, coupa George.

Divorcé ?

— Depuis quand ? souffla Mary, ébranlée.

— Depuis des années. Et toi ?

Pour la première fois depuis le début de leur conversation, elle se détendit.

— Je ne me suis jamais mariée.

— Jamais ? répéta-t-il.

Si elle avait voulu partager sa vie avec quelqu'un, ça aurait été avec lui.

— Je n'ai jamais vraiment aimé Kathleen, continua-t-il. Quand nous nous sommes mariés, elle savait que mon cœur t'appartenait.

Mary ne voulait pas entendre tout cela, pourtant, elle buvait chacune de ses paroles.

— Pendant un certain temps, ça n'a pas eu d'importance, poursuivit George. Nous étions contents d'être ensemble. Mais avec les années, les choses ont changé. Je n'ai pas été surpris quand elle a demandé le divorce.

— Vous avez eu des enfants ? demanda-t-elle d'une voix étranglée.

— Non.

— Si quelqu'un méritait d'être père, c'est bien toi.

Il y eut un silence au bout du fil.

— Je suis désolée, murmura-t-elle.

Elle l'avait privé de cette chance comme de tout le reste. Il comprit parfaitement ce qu'elle voulait dire.

— Je sais, murmura-t-il en retour.

Ils se turent un instant tous les deux, perdus dans leurs pensées. Mary n'était guère encline à rompre le silence. Dès leur premier regard, il y avait eu entre eux un lien profond. Au début, il s'était manifesté par une attraction physique, mais ce fil, cet attachement, était aussi spirituel et beaucoup plus fort que tout ce qu'elle avait pu connaître avec qui que ce soit d'autre, y compris les membres de sa famille. Quand elle avait entendu la voix de George, ça avait été comme si ces vingt dernières années s'étaient évanouies. Envolées. Disparues. Comme s'ils n'avaient jamais été séparés.

— Depuis combien de temps es-tu malade ? demanda-t-il d'une voix sourde, à la fois inquiète et pleine d'appréhension.

— J'ai été diagnostiquée il y a plusieurs mois.

— Où es-tu atteinte ?

Elle hésita, puis se décida. Autant qu'il sache le pire.

— Aux seins. J'ai subi une double mastectomie.

Il ne fit aucun commentaire.

Sur le moment, Mary s'était révoltée face à cette ablation alors qu'au fond, il n'y avait qu'un seul choix sensé : celui de vivre. Avec le recul, elle se disait que ça aurait dû être une décision facile. Ça ne l'avait pas été. Elle avait eu le sentiment d'être dépouillée de sa féminité.

— Quel stade ? ajouta-t-il dans un souffle.

Il avait peur, devina-t-elle, mais il tenait à tout savoir.

— Quatre.

— Le pronostic ?

— Réservé.

Ce seul mot suffisait à tout expliquer.

— Alors, c'est pour cela que tu es venue. Pour faire la paix avec moi ?

Était-ce le cas ? Plus tôt, debout sur les quais, tandis qu'elle regardait les vagues lécher le rivage, elle était parvenue à la même conclusion que lui. Si elle était sur le point de mourir, elle voulait s'en aller la conscience tranquille, en ayant essayé de réparer ses torts. Elle avait menti à George, l'avait induit en erreur et elle avait vécu avec ce remords toutes ces années. À l'époque, compte tenu des circonstances, sa décision lui avait semblé la meilleure chose à faire. Elle ne pouvait pas être la femme, l'épouse ni la mère qu'il voulait qu'elle soit. Leur relation à distance avait été vouée à l'échec dès le départ : s'il n'en avait pas eu conscience, elle si. Parce qu'elle était la plus forte des deux, elle avait choisi de rompre, et elle avait terriblement fait souffrir George.

— Je suppose que oui, admit-elle doucement.

— Dans ce cas, tu accepteras de me voir.

Elle comprit qu'il n'allait pas abandonner.

— Oh ! George, est-ce vraiment nécessaire ?

Elle mourait d'envie d'être avec lui, mais elle ne voulait pas qu'il la voie ainsi. Automatiquement, elle porta la main à son crâne. Son crâne chauve.

Il ne restait que du duvet là où poussaient autrefois ses épais cheveux bruns. Elle faisait de son mieux pour le cacher sous un foulard en soie, mais cela ne trompait personne. Les perruques ne lui allaient pas du tout. Elle y avait renoncé au bout d'une semaine.

— Je veux te voir, insista-t-il. Tu me dois bien ça.

Elle lui devait bien plus, songea-t-elle, pourtant elle hésitait toujours. Elle ferma les yeux, le cœur lourd.

— D'accord, chuchota-t-elle avec réticence.

— Merci.

— Mais avant notre rencontre, il y a certaines choses que tu devrais savoir.

Il hésita.

— Très bien.

— D'abord, je ne suis plus du tout la même qu'il y a vingt ans.

Cette époque-là était révolue depuis longtemps.

Il se mit à rire.

— Parce que tu crois que, moi, je n'ai pas changé ?

Dans son esprit, il n'avait jamais changé, en effet. Elle continuait à l'imaginer tel qu'il était lors de leur première rencontre : jeune et extrêmement séduisant. Le temps avait fait son œuvre sur elle, mais elle ne pouvait imaginer George sous un jour différent.

— Tu ne me reconnaîtras sûrement pas.

Il eut un léger rire.

— Bien sûr que si, Mary.

— Bon, si tu veux. Il faut que tu y ailles maintenant. Je ne devrais pas avoir à te rappeler que tu es au tribunal aujourd'hui.

— Je viendrai cet après-midi. Dis-moi où et quand.

Il était si empressé, si désireux de faire tout ce qu'il fallait.

— Je viendrai, moi, suggéra-t-elle, songeant que c'était la solution la plus pratique.

— Non. Tu as été malade. Donne-moi le nom de ton hôtel. Tu es descendue à l'hôtel, j'imagine ?

Tout devenait compliqué.

— À vrai dire, non.

Il attendit qu'elle s'explique, et comme elle ne disait rien, il insista :

— Mary, où es-tu ?

— As-tu entendu parler de Cedar Cove ?

— Bien sûr. Pourquoi as-tu décidé d'aller là-bas ?

— Si je te le dis, je ne sais pas si tu me croiras.

— Essaie.

— Oh ! George, j'avais peur. J'ai traversé tout le pays sur un coup de tête. C'était une idée insensée.

— Pour me voir.

Il semblait à la fois content et fier de son geste.

— Oui, je suis venue à cause de toi.

Mais il y avait aussi d'autres raisons, des raisons dont il ignorait tout.

— Et tu avais peur d'être trop près de moi, devina-t-il.

— Oui, je suppose. Je croyais que tu étais toujours avec Kathleen. Je ne voulais pas bouleverser ta vie.

— J'aurai fini au tribunal à deux heures et demie, trois au plus tard. Sinon, je me ferai remplacer par mon associé.

Mary jeta un coup d'œil à sa montre. Il était midi tout juste passé. Il avait dû trouver ses messages et rappeler durant son heure de déjeuner.

— Je vérifierai les horaires du ferry, mais s'ils ne sont pas pratiques, je ferai le tour par Tacoma.

— Entendu, murmura Mary, espérant ne pas avoir commis une erreur en acceptant cette rencontre.

— Je viendrai directement à ton hôtel.

— Non, dit-elle aussitôt.

Peut-être n'aurait-elle pas dû lui révéler qu'elle était à Cedar Cove. Elle le regrettait déjà à demi.

— Dans ce cas, dis-moi où te retrouver.

Mary hésita à nouveau, elle ne connaissait que le Java Joint, et ce lieu ne serait guère idéal, à plus d'un titre. Soudain, elle se souvint de la ravissante villa de style victorien qu'elle avait remarquée lors de son arrivée en ville. Une élégante bâtisse au crépi rose, aux fenêtres agrémentées de rideaux en dentelle, avec un cerisier splendide et des parterres fleuris devant. L'endroit lui avait fait penser à un décor de carte postale.

Mary avait immédiatement été attirée par ce lieu qui, deux ans plus tôt, n'aurait jamais retenu son attention. Mais, deux ans plus tôt, sa féminité n'était pas en doute, du moins pas à ses yeux. Elle portait des jupes droites et des talons aiguilles. Tandis qu'à présent, elle se battait contre le lymphœdème et les autres effets secondaires de la chimiothérapie.

— Il y a un salon de thé au centre-ville…

— Un salon de thé ?

Elle sourit, entendant la surprise dans sa voix.

— Ça ne me ressemble pas, n'est-ce pas ?

— Pas du tout.

— Tu le trouveras sans difficulté – la façade est peinte en rose.

— Un salon de thé rose, répéta-t-il, et elle eut l'impression qu'il réprimait un rire.

La Mary d'autrefois aurait évité comme la peste un tel établissement, trop stéréotypé à son goût.

— Je ne suis pas la femme dont tu te souviens, George. Ne l'oublie pas. Sinon, tu vas être amèrement déçu.

— Eh bien, j'ai hâte de rencontrer la femme que tu es devenue.

Sa compréhension et sa gentillesse rendaient la situation plus difficile encore.

— J'espère être là vers quatre heures ou juste après.

— D'accord. À tout à l'heure.

Elle ne mit pas fin à la communication, voulant le garder près d'elle aussi longtemps que possible. Au bout de quelques secondes, elle comprit que lui non plus n'avait pas raccroché.

— Je n'ai jamais cessé de t'aimer, murmura-t-il alors.

Une larme solitaire roula sur la joue de Mary.

— Ne m'aime pas, George.

— Il est trop tard pour que j'arrête à présent. Croyais-tu vraiment que le temps changerait mes sentiments pour toi ?

Elle n'avait aucune réponse à lui donner.

— Raccroche, souffla-t-elle, d'une voix que l'émotion rendait tremblante. Tu vas être en retard pour l'audience.

— Raccroche la première, chuchota-t-il en retour.

— Ce n'est pas moi qui suis attendue au tribunal.

— Raccroche, Mary.

Comme il ne lui laissait pas le choix, elle obtempéra, mais garda le téléphone dans sa main crispée, le serrant de toutes ses forces.

Seigneur, qu'avait-elle fait ? Comment avait-elle pu être assez sotte, assez faible pour contacter George ? Que s'imaginait-elle donc ?

Rien. Rien n'était possible.

Il était trop tard pour elle. Trop tard pour eux deux.

11

Mary était au téléphone et mes autres pensionnaires étaient partis déjeuner au Taco Shack. Libre de m'adonner à mes activités, je pris mon sécateur et sortis cueillir des fleurs.

L'État de Washington était célèbre pour ses rhododendrons, et par chance j'en avais plusieurs dans la propriété, dont un rose aux fleurs magnifiques, assez abondantes pour que je puisse en faire diverses compositions. J'avais toujours aimé les bouquets, et prenais régulièrement plaisir à en disposer un peu partout dans la maison.

Peggy Beldon m'avait conseillé d'être vigilante au cas où mes clients souffriraient d'allergies, de sorte que je refrénais mes ardeurs, mais les rhododendrons étaient si beaux que, pour une fois, je craignis d'avoir dépassé la mesure.

Je remplis un vase pour la salle du petit déjeuner et un deuxième pour le salon. Un troisième bouquet fut installé sur le palier du premier étage et un dernier sur celui du second. Les fleurs ajoutaient une touche de couleur et dégageaient un parfum délicat dans toute la villa.

Je descendais les marches quand Mary reparut, l'air un peu secouée. Bien que légèrement inquiète, j'hésitai à l'aborder. Que cela soit dû à la lassitude ou à la retenue, elle essayait de garder ses distances, et je respectais sa réserve. Mon seul souhait était de rendre son séjour aussi confortable que possible sans pour autant être envahissante.

— Voudriez-vous des fleurs coupées dans votre chambre ?

Mary détourna les yeux, hésitant comme s'il s'agissait là d'une décision capitale.

— Oui, ce serait charmant. Merci.

— Je m'en occupe tout de suite. Puis-je vous apporter autre chose ?

— Je ne crois pas, dit-elle en mettant une main sur la rampe d'escalier pour commencer à monter.

— Si vous le souhaitez, je peux vous faire un thé.

— Non, merci.

Elle me croisa sans lever les yeux. Un instant, je crus qu'elle avait pleuré, mais Mary ne semblait pas être le genre de femme qui cède facilement aux larmes.

Après lui avoir monté un bouquet, je grignotai un sandwich au beurre de cacahuètes et à la confiture en guise de déjeuner. Rover, fébrile, ne tenait pas en place. Il alla par deux fois à la buanderie, puis en ressortit et me fixa avec intensité. Ensuite il s'approcha de son panier, en fit le tour deux ou trois fois, mais ne s'y coucha pas. Au lieu de quoi, il alla se tenir à la porte du jardin, comme s'il avait besoin de sortir. Cependant, quand je l'ouvris, il resta immobile et me regarda comme si j'étais censée lire dans ses pensées.

— Qu'est-ce que tu as ?

Au bout d'un moment, il retourna à la buanderie et s'arrêta sous le portemanteau où j'accrochais sa laisse.

— Tu veux aller faire un petit tour ?

Il se dressa sur ses pattes arrière et appuya celles de devant sur ma cuisse avec le même regard insistant. Déconcertée, j'allai décrocher sa laisse. À sa vue, il exécuta une petite danse de joie, confirmant qu'une promenade était exactement ce qu'il avait en tête.

Nous avions une sorte de routine, et en général, nos promenades avaient lieu après le petit déjeuner. La demande de Rover, si toutefois c'en était une, me surprit d'autant plus que nous étions déjà sortis le matin même.

— Bon, d'accord.

J'attrapai un cookie en me dirigeant vers la porte.

Dès le seuil franchi, Rover se mit à tirer comme un forcené, m'entraînant derrière lui. Décidément, son comportement n'avait rien d'habituel.

— Que se passe-t-il, Rover ?

Il était tellement agité que je décidai de me laisser guider. Il devint vite évident qu'il se rendait chez Mark. Pas une seule fois il ne s'arrêta pour marquer son territoire.

— Rover, Mark n'est pas chez lui. Il travaille ailleurs aujourd'hui, tu te souviens ?

Mark m'avait clairement dit qu'il ne serait pas disponible parce qu'il travaillait sur un autre projet. Un projet qui était prioritaire sur ma roseraie !

Indifférent à mes protestations, Rover continua à tirer sur sa laisse. Il me conduisit à l'arrière de la maison de Mark, à l'endroit où ce dernier avait installé son atelier.

— Rover, grondai-je, Mark n'est pas là.

— Qui est là ?

La voix de Mark s'éleva à l'intérieur, faible, essoufflée.

— Mark ?

Je me précipitai vers la porte et tournai la poignée. Peine perdue. Je toquai de toutes mes forces.

— Il y a quelqu'un ? Mark ? Mark, ça va ?

— Oui, répondit-il, de la même voix étouffée. Entre.

— Je ne peux pas. C'est fermé à clé.

— Clé…

Il semblait parler au prix d'un gros effort, comme s'il souffrait.

— Le tiroir à côté de l'évier, dans la cuisine.

— Tu ne peux pas ouvrir ?

— Non.

— Bon. Je reviens.

Je courus vers la maison. Rover, resté devant l'atelier, émit un couinement de détresse en me voyant détaler.

— Je reviens !

Je trouvais bizarre que Mark ait fermé à clé la porte de son atelier mais pas celle de son domicile. Apparemment, ses biens les plus précieux se trouvaient là-bas et non dans son foyer. Je n'étais jamais entrée chez lui auparavant, mais, malgré ma curiosité, je ne pris pas le temps de visiter.

Évidemment, la clé n'était pas à l'endroit indiqué. Je claquai un tiroir après l'autre jusqu'au moment où je tombai sur un trousseau. Je regagnai l'atelier en hâte, cependant, il me fallut deux ou trois essais pour trouver celle que je cherchais. Quand je poussai enfin la porte, Rover se rua à l'intérieur en aboyant.

Mark était invisible.

— Ici, murmura-t-il entre ses dents.

Il était dans le coin, par terre, les jambes coincées sous une lourde table qui s'était renversée. Sans doute était-ce là le projet si important qui exigeait toute son attention.

Je m'agenouillai à côté de lui. Son visage était blême.

— Je vais appeler une ambulance.

— Non.

Sa voix était dure, sans réplique.

— Mark…

— Ça va aller, enlève cette fichue table, c'est tout.

Pour qui me prenait-il ? Superwoman ?

— Je ne peux pas soulever ça.

Je n'allais pas non plus rester là à discuter. Il avait besoin de plus d'aide que je ne pouvais lui en apporter. Par chance, j'avais mon téléphone portable sur moi. Je le sortis de ma poche et composai le numéro d'urgence.

— Jo Marie, grogna-t-il en grimaçant, faut-il toujours que tu fasses le contraire de ce que je te demande ?

Je l'ignorai et expliquai la situation à la standardiste. Après m'avoir posé quelques questions, elle m'assura qu'elle envoyait des secours.

— Tu t'es cassé quelque chose ? demandai-je à Mark.

— Comment veux-tu que je le sache ? riposta-t-il. J'ai l'air d'être docteur ?

— Inutile de monter sur tes grands chevaux.

Je regrettai aussitôt de m'être emportée. La douleur devait être insupportable.

— Tu as l'impression de t'être cassé quelque chose ?

— J'imagine que je ne souffrirais pas à ce point si je n'avais qu'une égratignure au genou.

Il ferma les yeux et détourna la tête.

— Pourquoi la porte était-elle fermée à clé ?

— Je ne voulais pas être dérangé.

Je ne voyais vraiment pas ce qu'il pouvait avoir de si secret à faire, mais bon, Mark ne s'était jamais comporté de manière tout à fait normale.

Il saisit sa cuisse à deux mains, peut-être dans l'espoir d'atténuer la souffrance.

— C'est ta jambe qui te fait mal ?

— Oui.

Sa réponse fut plutôt un grognement, comme si ma question l'irritait au plus haut point.

— Puis-je faire quelque chose ? demandai-je, me sentant totalement impuissante.

— Partir, marmonna-t-il.

— Je ne vais pas te laisser comme ça.

— Quelle surprise ! ironisa-t-il.

Nous restâmes un instant silencieux tous les deux avant qu'il reprenne la parole :

— Pourquoi es-tu venue ?

— À cause de Rover. Il m'a harcelée jusqu'à ce que j'aille chercher sa laisse et il m'a tout de suite entraînée ici.

Mark fronça les sourcils.

— Comment a-t-il su… ?

Je me posais cette question moi-même. Rover était vraiment un chien remarquable. J'aurais parié que Mark ne le trouvait plus si idiot à présent.

— Va-t'en, veux-tu ? reprit Mark d'une voix bourrue. L'ambulance va arriver d'une minute à l'autre. Tu as fait ton devoir.

— Je ne vais pas te laisser seul.

— Pars !

Mark Taylor était l'homme le moins amical, le moins reconnaissant que j'aie jamais connu. Il semblait si résolu à me chasser que je me levai. Puisqu'il n'était pas d'humeur à tolérer ma présence, je décidai d'aller guetter l'ambulance devant la maison.

Il me dévisagea avec stupeur, l'air sidéré de me voir obéir, pour une fois.

— J'ai expliqué aux secouristes où nous étions, mais mieux vaut leur montrer le chemin.

Il se laissa aller en arrière, ferma les yeux et acquiesça. Je lui pressai l'épaule doucement.

— Il n'y en a plus pour longtemps.

Une portière de voiture claqua, et je me ruai au dehors.

— Par ici !

Mark avait beau se plaindre que j'aie appelé les secours, je savais qu'il était soulagé et résolus de ne pas m'offusquer de sa mauvaise humeur, bien compréhensible après tout.

Les ambulanciers eurent tôt fait de soulever le meuble qui le retenait prisonnier. Je vis tout de suite sa cheville enflée, qui formait un angle peu naturel. À l'évidence, il s'était cassé la jambe. La douleur devait être épouvantable, mais Mark tenta quand même de se relever.

Les secouristes ne lui en laissèrent pas le temps. En dépit de ses protestations, une civière fut amenée sur place.

— Ça va aller maintenant que vous m'avez dégagé de là-dessous.

— Tu as la jambe cassée, lui fis-je remarquer.

— Vous êtes sa femme ? me demanda un des hommes, qui portait un badge au nom de Mack McAfee.

Mark s'esclaffa, trouvant l'idée hilarante.

— Seulement une amie.

À vrai dire, après les événements du matin, je me demandais si Mark me considérait vraiment comme telle.

— Nous allons le transporter à l'hôpital de Bremerton. Vous pouvez nous retrouver là-bas ?

— Je ne veux pas qu'elle vienne à l'hôpital, grogna Mark alors que les deux hommes l'emmenaient.

Je feignis de n'avoir rien entendu.

— Je suis à pied et j'ai mon chien. Je vais rentrer chez moi et vous suivre en voiture.

— Heureusement que vous étiez là, commenta le chef des pompiers.

Je fus tentée de lui expliquer que c'était grâce à Rover que j'avais trouvé Mark, mais je n'étais pas sûre qu'il me croirait. Et quoi d'étonnant, d'ailleurs ?

Cette histoire était digne d'un scénario de film avec Lassie ou Rintintin. Rover, le chien vagabond, doté de pouvoirs surnaturels.

Je retournai en hâte à la villa avec Rover. Pour autant que je le sache, Mary était toujours dans sa chambre et les Shivers, leur petite-fille et Oliver Sutton n'étaient pas revenus de leur déjeuner. D'autres clients devaient arriver deux heures plus tard, aussi fallait-il que je sois de retour d'ici là.

Jugeant sans doute sa mission accomplie, Rover se pelotonna dans son panier et s'endormit aussitôt. Je laissai un mot à l'intention d'Annie et de ses grands-parents et me dépêchai de repartir.

En mettant la clé de contact, je pris conscience que mon cœur battait à tout rompre. J'avais vraiment été secouée par cet incident.

À l'hôpital, j'appris qu'on avait envoyé Mark passer des radios. N'ayant rien de mieux à faire, je m'assis dans la salle d'attente et me mis à feuilleter une revue.

J'avais terminé la première et entamais la lecture de la seconde quand j'entendis la voix de Mark, qui protestait contre quelque chose. Nul besoin d'une boule de cristal pour deviner qu'il ne serait pas un patient accommodant. Et sa jambe cassée allait forcément l'empêcher de travailler. Autrement dit, je pouvais oublier mes espoirs d'avoir une roseraie avant l'automne. Je me sentis aussitôt coupable d'avoir eu une pensée aussi égoïste.

Une auxiliaire apparut, poussant Mark dans un fauteuil roulant. Sa jambe gauche était plâtrée jusqu'au genou.

— Votre amie est ici, annonça-t-elle.

Il leva les yeux vers moi et les détourna aussitôt. C'était donc ainsi. Pas le moindre soupçon de reconnaissance. Quel ingrat, ne pus-je m'empêcher de penser.

— Je vais chercher la voiture, dis-je à la jeune femme, ignorant Mark.

S'il tenait à jouer à ce jeu, j'en étais également capable.

Il me fallut quelques minutes pour gagner l'entrée des urgences. Lorsque j'y arrivai, Mark et l'auxiliaire m'attendaient.

— Merci, fis-je à celle-ci, gênée que Mark garde le silence.

Une fois installé dans ma voiture, il se tint raide comme un piquet sur le siège à côté de moi.

— Tu pourrais quand même te montrer poli, marmonnai-je.

Vu son humeur, je n'espérais aucune réponse.

— L'infirmière a découpé un jean parfaitement correct, grommela-t-il.

— Tu aurais préféré qu'on te l'enlève en tirant sur ta jambe cassée ?

Il garda le silence un instant, puis grommela quelques paroles inintelligibles.

— Tu as besoin que je m'arrête à la pharmacie ?

Il secoua la tête.

— On va me livrer les médicaments à domicile.

— Et des béquilles ?

— J'en ai une paire à la maison.

Ce n'était donc pas une première pour lui.

— Tu t'es déjà cassé la jambe ?

Il ne répondit pas, et je n'avais pas l'intention d'être indiscrète alors qu'il n'était clairement pas enclin à bavarder.

J'empruntai les quais pour retourner à Cedar Cove. Le trajet sembla durer une éternité. Le silence entre nous était aussi écrasant que la table avait dû l'être sur sa jambe. Quand je me garai devant chez lui, il n'attendit même pas que la voiture soit à l'arrêt complet pour mettre la main sur la poignée.

— Tu vas avoir besoin de ces béquilles, lui fis-je remarquer.

Même Mark ne pouvait affirmer qu'il était capable d'aller du véhicule à la maison sans elles. Il poussa un soupir et hocha la tête.

— Dans le placard de la chambre du fond.

Je coupai le moteur et me dirigeai vers la porte en dissimulant un sourire. Finalement, j'allais voir l'intérieur de sa maison.

12

Comment diable allait-elle survivre à ce déjeuner ? C'était déjà assez gênant qu'Oliver soit là, mais ses grands-parents semblaient de plus incapables de s'entendre sur quoi que ce soit. Annie trouvait stupéfiant qu'ils soient parvenus à rester mariés pendant toutes ces années. Que s'était-il passé pour qu'ils changent à ce point ? Autrefois, elle les voyait trois ou quatre fois par an, mais ses visites s'étaient faites plus rares après son départ à l'université et son entrée dans la vie active. Et ces deux derniers Noëls, ses grands-parents avaient passé les fêtes à Hawaï avec des amis.

Julie passa à l'attaque alors qu'ils parcouraient les menus.

— Je ne vois vraiment pas pourquoi tu persistes à manger de la cuisine mexicaine, déclara-t-elle en regardant Kent.

— Il se trouve que j'aime les enchiladas, répliqua-t-il sans s'émouvoir.

La vieille femme marmonna quelque chose entre ses dents qu'Annie ne comprit pas, ce qui était sans doute préférable, se dit-elle.

Kent prit une chips, qu'il trempa dans la sauce qu'on venait de leur servir.

— Tu râles parce que le fromage n'est pas bon pour ma santé, eh bien, j'aime ça. Si je choisis d'en manger, je ne vois pas de quel droit tu m'en empêcherais.

— Il faut bien que quelqu'un essaie, maugréa Julie, bien distinctement cette fois.

Annie se recroquevilla derrière son menu, gênée par les regards que suscitaient les chamailleries de ses grands-parents. Kent parlait assez fort pour que toutes les personnes attablées au restaurant entendent leur conversation.

— Si ces enchiladas me tuent, reprit-il, je mourrai heureux.

— Dans ce cas, ne te gêne pas. Tu as absolument raison. Si tu veux te boucher les artères et mourir, c'est ta décision. Je prendrai du bon temps avec la prime d'assurance-vie.

— Amuse-toi bien. Comme je disais, je mourrai heureux.

Sur ce, Kent commanda trois enchiladas accompagnées de riz et de haricots. Julie opta pour une salade de poulet sans crème fraîche, mais avec une portion supplémentaire d'avocat. Oliver choisit des fajitas au poulet et Annie une assiette composée d'entrées, à laquelle elle toucha à peine.

Comment aurait-elle pu avaler quoi que ce soit ? Quand elle n'était pas occupée à jouer les arbitres entre ses grands-parents, elle était forcée de gérer les regards insistants d'Oliver. Elle dut se faire violence pour ne pas lui envoyer des coups de pied sous la table. Il la dévorait des yeux comme si elle était une tranche de rôti appétissante. Naturellement, il le faisait exprès pour la troubler. Il jouait à ce petit jeu depuis qu'ils étaient tout jeunes. Il avait toujours pris un malin plaisir à l'agacer. Rien n'avait changé, constata-t-elle amèrement.

— Vas-tu cesser ? souffla-t-elle alors qu'ils sortaient du restaurant après avoir réglé l'addition.

— Quoi ? demanda-t-il innocemment.

— Tu sais très bien de quoi je parle. Laisse-moi te dire tout de suite que je ne vais pas tolérer ça.

Oliver parut sincèrement perplexe.

— Tolérer quoi ?

Annie plissa les yeux.

— Cesse de me dévisager constamment ! cria-t-elle d'une voix forte.

Elle se retourna et, à sa grande stupeur, ses grands-parents les observaient, bouche bée. Elle n'eut d'autre choix que de s'expliquer.

— Oliver me fixait, dit-elle à voix basse, avec l'impression d'être une écolière en train de moucharder un camarade pour lui attirer des ennuis.

— Mais, bien sûr, ma chérie, répondit sa grand-mère en la prenant par le bras. Tu es ravissante, Annie, et Oliver est un jeune homme qui apprécie les jolies femmes.

Annie réprima l'envie de contredire sa grand-mère. À quoi bon ?

Ils se dirigèrent vers leur voiture, Annie marchant devant avec Julie, et les deux hommes à l'arrière. Le trajet de retour se fit dans un silence tendu. Tout le monde était fâché. Pour sa part, Annie avait hâte de s'éloigner d'Oliver. Quant à ses grands-parents, ils semblaient ne plus s'adresser la parole.

En arrivant à la maison d'hôtes, Kent et Julie regagnèrent leur chambre. Annie les suivit pour s'assurer qu'ils n'avaient besoin de rien.

— Ton grand-père fait la sieste chaque jour, à présent, chuchota Julie. Sinon, il est grognon.

— J'ai entendu, se plaignit son grand-père. Vas-tu arrêter de parler de moi comme si j'avais deux ans ?

— Eh bien, mon cher, c'est la vérité. Tu es impossible si tu ne fais pas la sieste.

— Il n'y a pas un mot de vrai là-dedans, protesta Kent en secouant la tête, avant de fermer la porte.

Oliver et Annie se retrouvèrent seuls dans le couloir. Sans un mot, Annie se dirigea vers sa propre chambre. Moins elle lui parlerait, mieux cela vaudrait.

Assise sur son lit, elle tendit la main vers son téléphone portable et vit qu'elle avait reçu six nouveaux textos de Lenny. Elle ne prit pas la peine de les lire, ni même de les ouvrir. Résolue à l'éliminer complètement de sa vie, elle les effaça un à un.

Alors qu'elle terminait, l'appareil se mit à sonner dans sa main. De surprise, elle faillit le laisser échapper. Par chance, c'était sa mère.

— Maman, je suis tellement contente que tu appelles !

Les mots se bousculaient dans sa tête. Elle allait avoir besoin d'aide pour survivre à cette fête de famille.

— Papa et maman sont bien arrivés ? demanda sa mère.

— Oui, mais tu ne vas pas me croire quand je te dirai comment ils sont venus.

À la pensée que cet insupportable Oliver avait fait tout son possible pour lui taper sur les nerfs, elle sentit sa voix trembler.

— C'est Oliver qui les a amenés, déclara sa mère comme si c'était prévu depuis le début.

— Tu le savais ? se récria Annie, le souffle coupé.

— Eh bien, oui. Maman m'a téléphoné hier soir et m'a expliqué qu'elle lui avait demandé de les conduire. Papa refuse de porter ses lunettes au volant et elle s'inquiétait.

— Et tu ne m'as rien dit ?

Toute sa famille s'était-elle liguée contre elle ?

— Je ne pensais pas que ce soit très important, répondit sa mère d'un ton innocent.

— Maman ! Tu sais quelle opinion j'ai d'Oliver. Il me terrorisait quand j'étais petite.

Tout en parlant, elle se rendit cependant compte que sa mère ne savait pas la moitié de ce qu'il s'était passé.

— Oh ! mon chou, tout cela remonte à des années. Vous êtes adultes, à présent, et tu l'as vu il n'y a pas si longtemps. L'été dernier, n'est-ce pas ? À propos, comment va-t-il ? Il est devenu très séduisant.

En effet, l'été précédent, Oliver et Peter avaient fait une randonnée ensemble et lui avaient rendu visite en route. Annie s'apprêtait à riposter qu'il n'avait pas changé, mais ravala ses paroles juste à temps. Il était évident que ses parents et son frère le tenaient en haute estime – sans parler de ses grands-parents. Et comment aurait-elle pu nier qu'il était séduisant ?

— Dis-lui que nous sommes ravis de le voir, entendu ?

À contrecœur, Annie assura sa mère qu'elle n'y manquerait pas.

— Donc, le voyage s'est bien passé pour papa et maman ? reprit sa mère.

Elle hésita, ne sachant que dire.

— Ça a l'air d'aller, je suppose.

— Papa a des problèmes de cœur ? s'inquiéta sa mère.

— Pas exactement.

— Dans ce cas, qu'y a-t-il ?

— Ils se querellent sans arrêt, avoua Annie avec un soupir.

— À quel propos ?

— Pour tout.

— Oh ! Papa est de mauvaise humeur ?

— À vrai dire, ils semblent tous les deux maussades.

— C'est les nerfs, ma chérie. Ne te fais pas de souci pour ça.

Ben voyons, songea Annie. Elle ne pouvait imaginer que de bonnes relations fonctionnent ainsi. Elle avait toujours considéré le mariage de ses grands-parents comme un exemple. Or, d'après ce qu'elle avait vu jusqu'ici, ils ne paraissaient même pas éprouver d'affection l'un pour l'autre.

— Et toi, Annie, comment vas-tu ? questionna sa mère, coupant court à ses réflexions.

— Très bien, maman.

— Lenny nous a téléphoné. Il te cherchait, mais je ne lui ai rien dit. Bon débarras.

Elle hésita, mais finit par reprendre :

— Quand j'ai compris que tes grands-parents n'étaient pas au courant de votre rupture, je le leur ai dit. J'espère que ça ne t'ennuie pas.

— Non, pas du tout… mais ils ont dû le répéter à Oliver parce qu'il m'a bombardée de questions.

— Oh ! je suis désolée. Cela te dérange qu'il le sache ?

— Je suppose que non.

Elle aurait préféré qu'il continue à la croire fiancée. Elle poussa un nouveau soupir.

— Ça t'ennuierait qu'on parle de tout ça plus tard, maman ? Je ne veux pas penser à Lenny en ce moment. Mais je vous suis reconnaissante de votre soutien.

— Bien sûr que nous te soutenons, ma chérie.

— À dire vrai, je me sens soulagée, continua-t-elle.

C'était la vérité. Tout ce dont elle avait besoin désormais, c'était que Lenny accepte sa décision. Elle s'étonnait qu'il s'accroche ainsi, et surtout qu'il n'ait encore rien dit à sa propre mère. Cela dit, elle devait lui reconnaître certaines qualités. Dommage qu'il soit incapable d'être fidèle…

— Nous parlerons plus longuement ce week-end, murmura sa mère avec douceur. Tu as été si accaparée par les préparatifs de la fête que nous n'avons pas bavardé comme il faut depuis une éternité.

Sa mère avait raison. Une fois la fête terminée, elle projetait de recommencer à sortir. Si une chose pouvait convaincre Lenny que tout était fini entre eux, ce serait qu'elle fréquente un autre homme. Elle soupçonnait que son absence de vie sociale l'avait incité à croire qu'elle l'aimait toujours. Il avait tort. Son cœur avait été meurtri, voilà tout, et elle avait eu besoin de temps pour guérir.

— Quand comptez-vous arriver, papa et toi ? demanda-t-elle, désireuse de changer de sujet.

— Nous devrions être à Cedar Cove demain en fin d'après-midi. Ton père veut partir vers trois ou quatre heures. As-tu besoin de quoi que ce soit avant ?

— Non, rien du tout, maman. J'ai les choses en main.

Annie perçut le soulagement de sa mère à l'autre bout du fil.

— Tu es exactement la personne qu'il fallait pour organiser cet événement, commenta celle-ci. Nous t'en sommes tous très reconnaissants. Je veux que tu saches combien j'apprécie les efforts que tu as faits pour papa et maman.

— Ça me fait plaisir.

Maintenant, il ne restait plus qu'à empêcher ses grands-parents de gâcher les célébrations.

— Appelle-nous si tu as besoin de quelque chose.

— Promis.

Elles papotèrent encore un peu, puis mirent fin à la communication. En dépit de la méfiance que lui inspirait Oliver, Annie se sentait mieux disposée à son égard après sa conversation avec sa mère. Néanmoins, elle voulait avoir une explication franche avec lui et fixer des limites à sa conduite, de sorte qu'elle puisse arriver au terme du week-end sans être tentée de l'étrangler.

Ne sachant quelle chambre il occupait, elle décida d'aller se renseigner auprès de Jo Marie. Comme elle ouvrait sa porte, Oliver sortit de la chambre située en face de la sienne.

Choquée par cette rencontre, Annie prit une brève inspiration. Il était déjà assez pénible de savoir qu'il séjournait dans le même hôtel qu'elle, mais là… cette proximité la troublait.

— Salut, Annie.

Tout sourire, il avait sa guitare à la main. Elle fut immédiatement agacée mais se refusa à le laisser paraître, sachant qu'il saisirait la première occasion pour la mettre mal à l'aise.

— Je voudrais te parler, dit-elle sans lui rendre son salut.

— Bien sûr. Quand ?

— Que dirais-tu de maintenant ? répondit-elle.

Le plus tôt serait le mieux, songea-t-elle. En un rien de temps, la villa grouillerait d'amis et de parents, et alors, il serait trop tard.

— Très bien. Tu veux venir dans ma chambre ?

— Sûrement pas.

— Sans doute une sage décision de ta part, murmura-t-il en souriant de plus belle.

— Que veux-tu dire par là ? rétorqua-t-elle, décidée à ne pas se laisser intimider.

— Rien.

Elle renonça à insister. Elle espérait que cette conversation serait aussi civilisée que possible.

— J'ai vu des fauteuils dehors, suggéra-t-elle.

— Parfait, dit-il, avant de la précéder dans l'escalier.

Annie le suivit, réfléchissant à toute allure à ce qu'elle voulait lui dire et à la meilleure entrée en matière. Son instinct premier la poussait à lui reprocher sa conduite passée et à exiger qu'il ne la harcèle plus à l'avenir. Cependant, cela reviendrait à entamer la discussion par un point négatif ; même si elle ne voyait pas vraiment de points positifs le concernant, elle jugea qu'il valait mieux ne pas l'accabler d'emblée.

Oliver lui tint galamment la porte, s'effaçant pour la laisser passer et ils prirent place sur les fauteuils en bois. Le soleil brillait, mais l'air était frais. La guitare d'Oliver était posée sur ses genoux.

— De quoi voulais-tu parler ? demanda-t-il, l'air innocent.

Annie ne s'y trompa point. Il savait parfaitement de quoi il retournait. Elle se pencha légèrement vers lui.

— Ça me fait plaisir de te revoir.

— Tu ne mens pas très bien, Annie, répondit-il avec un grand sourire.

Voilà, il l'avait coincée. Pourquoi, mais pourquoi avait-elle dit une chose pareille ? Il avait raison, c'était un gros mensonge.

— D'accord, j'ai été surprise que tu sois là. Pourquoi n'es-tu pas au travail ?

Elle avait entendu dire qu'il avait un très bon poste de concepteur de logiciels dans une société de high-tech, à côté de Portland.

— J'ai décidé de démissionner.

Cela ressemblait bien à Oliver. Alors que d'autres cherchaient du travail sur un marché déprimé, lui éprouvait le besoin de quitter un emploi bien rémunéré.

— Pourquoi ça ? questionna-t-elle, ne comprenant décidément rien à cet homme.

Il haussa les épaules, comme si c'était sans conséquence.

— J'ai toujours eu envie de voyager. Je suis jeune et je n'ai pas d'attaches, et si je veux voir le monde, c'est le moment ou jamais.

— Tu vas faire l'Europe en sac à dos ? ironisa-t-elle.

— L'Australie.

— Oh !

Elle avait toujours rêvé d'y aller aussi, mais garda le silence.

— Je projette aussi de visiter la Nouvelle-Zélande et les îles Cook pendant que je suis dans la région.

— Ça devrait être intéressant, commenta-t-elle, espérant maintenir un ton léger et amical.

Il plaça la guitare sous son bras et gratta une corde avant de lever les yeux vers elle.

— Je suis désolé de t'avoir dévisagée durant le déjeuner.

Ses excuses prirent Annie au dépourvu. Elle s'attendait à tout sauf à cela.

— Tu es devenue une femme superbe, tu sais.

Elle ouvrit la bouche pour lui dire que la flatterie ne le mènerait à rien, mais la referma aussitôt.

— Ça m'a gênée que tu m'observes sans arrêt, alors je préférerais que tu ne recommences pas.

Il acquiesça, plaqua un ou deux accords et se mit à fredonner.

— J'apprécierais aussi que tu ne tripotes pas ta guitare pendant qu'on discute, ajouta-t-elle, jugeant important d'avoir toute son attention.

Il se redressa brusquement, l'air perplexe.

— Pourquoi pas ?

— J'espérais que nous pourrions parler comme deux adultes.

— Je réfléchis mieux quand j'ai une guitare entre les mains.

Elle se rappela que, plus jeune, il aimait écrire des chansons. La plupart de celles dont elle se souvenait contenaient des couplets où il se moquait d'elle, de ses taches de rousseur ou de son appareil dentaire. Son frère lui avait expliqué qu'à présent, Oliver se servait de sa guitare pour attirer les femmes. Apparemment, elles trouvaient cela excitant. Pour sa part, Annie n'était pas si aisément impressionnée.

Il posa l'instrument et fixa son attention sur elle. Annie comprit aussitôt qu'elle avait commis une erreur. Il était beaucoup plus facile de lui parler quand elle n'était pas obligée de soutenir son regard.

— Cette réunion de famille est importante pour moi.

— D'après ta grand-mère, tu t'es donné beaucoup de mal pour tout organiser.

— C'est vrai. Tu vois donc à quel point cela compte pour moi que tout se passe bien.

— Naturellement. Si je peux faire quoi que ce soit…

— Tu peux, dit-elle aussitôt, saisissant la perche qu'il lui tendait.

— Tout ce que tu veux. Tu n'as qu'à demander.

— Très bien, commença-t-elle en se raidissant. Alors, s'il te plaît, ne profite pas de cette occasion pour me taquiner ou faire de moi la cible de tes plaisanteries idiotes ou…

— … t'embrasser, compléta-t-il d'une voix sourde.

À ce souvenir, Annie sentit ses joues s'enflammer. Oliver lui avait donné son tout premier baiser. Elle avait treize ans et lui un an de plus. Adolescente naïve qu'elle était, elle s'était crue amoureuse de lui et avait pensé que lui aussi avait un faible pour elle. C'était arrivé un soir tard, alors qu'elle était en vacances chez ses grands-parents avec sa famille. Les étoiles scintillaient dans le ciel où se dessinait un croissant de lune. Fleur bleue dans l'âme, elle s'était étendue sur une couverture et avait contemplé la voûte céleste. Son frère était dans sa chambre et ses parents et grands-parents disputaient une partie de belote. Personne ne l'avait vue se faufiler au-dehors.

C'est là qu'Oliver l'avait trouvée.

Il s'était allongé auprès d'elle et ils avaient bavardé longtemps. Il lui avait parlé différemment de toutes les autres fois où ils avaient été ensemble. Il lui avait désigné plusieurs constellations, et elle avait été stupéfaite par ses connaissances sur le ciel nocturne.

Ce soir-là, il lui avait révélé qu'il attendait toujours ses visites avec impatience et qu'il aimait qu'elle soit là. Il lui avait tenu la main, pressant ses doigts entre les siens. Encore aujourd'hui, elle se souvenait du bond qu'avait fait son cœur. Tout semblait si follement romantique. Petite idiote qu'elle était, sa tête s'était immédiatement remplie d'idées à l'eau de rose.

— Tu ne m'as jamais pardonné, n'est-ce pas ? demanda Oliver, coupant court à ses réflexions.

— Ne dis pas de bêtises.

— Je devrais recommencer.

— N'y pense même pas, Sutton. Je ne suis plus une petite fille stupide qui a la tête dans les nuages.

— Tu étais une fille adorable, qui avait des étoiles plein les yeux.

— Tu m'as fait marcher, répliqua-t-elle, encore embarrassée par la scène qui s'était déroulée toutes ces années auparavant.

— Je suis prêt à me racheter.

— Merci, mais non.

Convaincue que cette conversation ne mènerait nulle part, Annie se leva. Elle avait hâte de retourner à l'intérieur.

Oliver l'imita. Avant qu'elle ait eu le temps de réagir, il la prit par les épaules et la fit pivoter vers lui.

Elle aurait pu protester. Se dérober. L'instinct lui soufflait que si elle l'avait repoussé, il l'aurait immédiatement lâchée. Quant à savoir pourquoi elle n'en fit rien, elle ne le comprendrait peut-être jamais.

Là, sur la terrasse baignée du soleil de la fin d'après-midi, Oliver se pencha et l'embrassa pour la deuxième fois de sa vie. Ses lèvres chaudes et humides se posèrent doucement sur les siennes et, avant d'avoir pu s'en empêcher, elle se rendit, savourant le goût de sa bouche. Il l'entoura de ses bras et elle noua les siens autour de lui alors que le baiser continuait, encore et encore.

Il ne fallut que peu de temps à Annie pour reprendre son bon sens et se dégager. C'était encore pire que la première fois. Encore mieux.

— Ce n'était pas si mal, non ? chuchota-t-il.

Annie ne répondit pas ; elle n'osait pas. Au lieu de quoi, elle prit la fuite et s'engouffra dans la maison, laissant claquer la porte derrière elle.

13

Mary arriva au salon de thé avec près d'un quart d'heure d'avance. Une serveuse amicale prénommée Dianna l'installa à une table devant la fenêtre, et le soleil qui entrait à flots dans la pièce réchauffa peu à peu son corps glacé.

Elle était affreusement nerveuse à la perspective de revoir George. On lui avait donné une carte, mais elle était incapable de se concentrer sur la liste de gâteaux, si tentante soit-elle. Plus que tout, elle redoutait qu'il ne la reconnaisse pas. Comme elle l'en avait averti, elle n'était plus la femme qu'elle avait été vingt ans plus tôt. Ni la femme dont il se souvenait. Outre le fait qu'elle avait subi une ablation des deux seins, elle était très amaigrie à la suite de la chimiothérapie. Quant à son crâne chauve, elle l'avait dissimulé sous un foulard en soie de crainte que le choc ne soit trop sévère pour lui.

Déjà, elle regrettait d'avoir accepté ce rendez-vous. Il n'en sortirait rien de bon, se répétait-elle.

George serait choqué par son aspect, ce qui serait compréhensible. Elle détestait penser qu'en plus de tout le reste, le cancer avait affecté sa capacité à prendre des décisions rationnelles. Pour compliquer le tout, George voudrait évoquer le passé, sa grossesse, et c'était là un sujet qu'elle souhaitait pardessus tout éviter.

Elle était presque tentée de se lever et de partir avant qu'il arrive, mais la curiosité et le besoin de le revoir l'emportèrent.

Quand la porte s'ouvrit et que George franchit le seuil, Mary eut le souffle coupé. Il n'avait pas changé du tout. Ses cheveux, gris à présent, lui conféraient un air digne, distingué. Il devait avoir belle allure au tribunal ; s'il n'était pas ce qu'on pourrait appeler un canon de beauté – il avait les yeux un peu enfoncés dans leurs orbites et un nez un peu trop proéminent –, il possédait un visage expressif, qui respirait l'intelligence et la détermination.

Il marqua une pause et parcourut la salle du regard. Seules quatre ou cinq tables étaient occupées. Un groupe de six femmes arborant chapeaux rouges et boas violets, assises au centre, bavardaient avec animation. Leurs rires résonnaient dans tout le salon de thé. Non loin de là, un couple parlait à mi-voix, la tête penchée l'un vers l'autre.

Mary se redressa et ses mains se crispèrent sur la serviette en lin. Si elle avait désiré s'en aller, ce n'était plus possible.

George attendit qu'une serveuse s'approche de lui. Comme elle, il était en avance.

— Je dois retrouver une amie, expliqua-t-il. Pourrais-je avoir une table au soleil ?

— Bien sûr.

Il suivit l'hôtesse. Mary avait à dessein choisi une place à demi dissimulée par une grosse plante verte, de façon à le voir sans qu'il la remarque tout de suite. Le hasard voulut qu'on lui propose la table voisine. Il s'assit, lui tournant le dos, et elle put constater qu'il était aussi nerveux qu'elle. Au bout de quelques minutes, elle s'arma de courage et s'avança vers lui.

Il leva la tête. Ses yeux s'écarquillèrent de surprise – ou de choc. Mary n'aurait su le dire.

— Mary, dit-il en se levant lentement. Mary…

Il prit ses mains et les pressa dans les siennes.

— Oh, ma douce, mon adorable Mary.

Il porta ses doigts à ses lèvres pour y déposer un baiser.

— Je suis désolée, murmura-t-elle, d'une voix altérée par l'émotion. Je suis affreuse. Je n'aurais jamais dû accepter que tu viennes.

— Non, coupa-t-il. Non, ne dis pas cela. Je…

Visiblement trop affecté pour continuer, il se hâta de faire le tour de la table pour lui tirer une chaise. Quand elle fut assise, il se pencha vers elle.

— Tu es encore plus belle que dans mes souvenirs, souffla-t-il.

Pour lui et pour lui seul, elle n'avait pas changé. Il la voyait telle qu'elle avait été vingt ans plus tôt. Mary ne l'en aima que davantage.

Un instant plus tard, la serveuse vint prendre leur commande.

— Du thé ? suggéra George en regardant Mary.

— Oui, ce sera très bien.

La jeune femme leur dressa consciencieusement la liste des variétés disponibles.

— Earl Grey, s'il vous plaît.

— Désirez-vous manger quelque chose ? demanda Dianna. Nous avons une salade Cobb en plat du jour.

— Non, merci, j'ai déjà déjeuné, répondit Mary.

En réalité, elle avait à peine grignoté tant elle était nerveuse à la perspective de ce rendez-vous. D'ailleurs, depuis qu'elle avait entamé son traitement, son appétit avait presque entièrement disparu, ce qui expliquait en partie qu'elle ait perdu tant de poids.

— Tous nos desserts sont faits maison, proposa la serveuse, avant d'en citer plusieurs aux noms appétissants.

— Je voudrais Fruits de la forêt, déclara George automatiquement.

— Rien pour moi, merci, déclara Mary en levant les yeux vers Dianna.

— Si, elle va prendre une part de Délice au chocolat, intervint George.

— Oh ! George, franchement.

Dianna ne s'attarda pas pour entendre ses objections.

— Tu adores ça, lui rappela-t-il.

Comment s'en était-il souvenu, après toutes ces années ? Comprenant qu'il ne servirait à rien de protester, elle capitula. Elle en mangerait une bouchée pour lui faire plaisir.

George tendit la main vers elle. Son regard exprimait tant de tendresse et d'affection qu'elle ne put le soutenir. Elle baissa la tête, redoutant de céder aux larmes et de les plonger tous les deux encore plus dans l'embarras.

— Combien de temps ? demanda-t-il.

Mary n'avait pas besoin qu'il précise sa pensée. Il voulait connaître le pronostic.

— Je ne le sais pas encore. Il est trop tôt pour le dire. Tout dépendra de ma réaction au traitement.

Elle marqua une pause, hésitant à poursuivre sur le sujet, même si George exprimait son besoin de savoir. Elle n'était pas venue le retrouver pour s'épancher sur sa maladie.

— Ma vie est devenue une succession d'examens. Aucun de nous n'a de garanties, tu le sais. Je pourrais me faire renverser par un bus et mourir demain, ajouta-t-elle avec un sourire forcé.

La main de George se resserra sur la sienne.

— Qu'ont dit les médecins ?

— George, s'il te plaît. Je ne veux pas que mon cancer soit au centre de notre conversation. Ne parlons pas de moi, d'accord ?

Il soupira et se tassa légèrement.

— Je préférerais parler de toi.

— Une autre fois, chuchota-t-elle. Donne-moi de tes nouvelles.

Il semblait ne pas savoir par où commencer.

— J'avoue ne pas avoir très bien réagi à notre rupture.

— Cela ne s'est pas passé au mieux, admit-elle à regret.

— Si c'est le cancer qui t'a ramenée, alors je lui en suis reconnaissant.

— George, avertit-elle. Nous n'allons pas évoquer cela, tu te souviens ?

Il paraissait sur le point d'insister quand la serveuse revint, apportant le thé et les deux parts de gâteau. Mary dut reconnaître que le Délice au chocolat, recouvert de crème fouettée et nappé de sauce, était incroyablement appétissant.

George remplit leurs tasses.

— Tu disais…

— Rien, coupa Mary, peu désireuse de reprendre cette conversation. Parlons de toi. Tu as bien réussi, n'est-ce pas ?

— Relativement.

Il prit une bouchée de son dessert, et Mary suivit son exemple. À sa grande surprise, la tarte au chocolat lui parut délicieuse, riche et fondante. Elle en savoura le goût, puis tendit la main vers son thé.

George posa sa fourchette.

— J'ai effectué quelques recherches et je pense pouvoir t'aider.

— M'aider ? répéta Mary en fronçant les sourcils. À quel sujet ?

— Pour ton cancer.

— George, s'il te plaît, laissons cela.

Elle ne l'avait pas vu depuis dix-neuf ans et elle ne voulait vraiment pas que leur première rencontre se transforme en dispute.

— Écoute-moi, insista-t-il. J'ai entendu parler d'une clinique en Europe, qui a mis au point un traitement révolutionnaire censé faire des miracles. J'ai quelques contacts et je peux nous obtenir un rendez-vous.

Mary ne se sentait pas assez forte pour se rendre à l'étranger.

— J'apprécie que tu te sois renseigné, mais…

— Tu ne peux pas baisser les bras, Mary.

— Je suis une battante, George ; je l'ai toujours été. Tu me connais sans doute mieux que personne. Je ne vais pas baisser les bras.

— Je ferai le voyage avec toi. Je serai…

Elle leva une main, lui intimant le silence.

— Arrête. S'il te plaît.

La frustration se lut sur ce visage qu'elle aimait tant, et elle dut se faire violence pour réprimer l'envie de lui effleurer la joue.

— Tout ira bien. Maintenant, cesse de parler de ces mesures drastiques. Je ne suis pas encore morte. Je vais aller mieux, attends et tu verras.

— Tu devrais savoir à l'heure qu'il est que je ne suis guère patient.

— Je ne suis pas d'accord.

Jamais elle n'avait connu d'homme aussi patient que lui.

— J'avais abandonné l'espoir de te revoir, dit-il, avec tant d'émotion qu'elle sentit les larmes menacer de nouveau. Depuis toutes ces années, j'attends cet appel de ta part.

Bouleversée, Mary prit une bouchée de tarte pour dissimuler sa détresse.

— Je sais, murmura-t-elle quand elle fut capable de parler sans se trahir.

Le silence s'installa entre eux. George but son thé à petites gorgées, et elle fit de même. Ils avaient l'un et l'autre peur, elle le devina, d'aborder le sujet qui leur tenait le plus à cœur. Il ne lui posa pas de questions quant à l'avortement, et elle ne lui dit rien non plus. Mary, si intrépide en affaires, se découvrait réticente à parler. Elle pouvait intimider tout un conseil d'administration, mais n'osait pas dire à l'homme qu'elle aimait ce qu'il avait le droit absolu de savoir. Pourtant, ce n'aurait été que justice.

— Comment trouves-tu ton gâteau ? demanda-t-elle à la place.

— Délicieux. Et le tien ?

— Excellent.

Allaient-ils rester là à parler de tout et de rien au lieu des choses qui comptaient vraiment ? Mary s'éclaircit la gorge et alla de l'avant.

— J'ai été navrée d'apprendre que tu avais divorcé.

George acquiesça.

— Ce n'était la faute de personne. Kathleen et moi n'étions tout simplement pas bien assortis.

— Je suis désolée que tu n'aies pas eu d'enfant.

— Moi aussi.

Il hésita et ses mains se crispèrent sur sa tasse. L'espace d'un instant, son regard se durcit.

— J'aime à penser que j'aurais été un bon père.

— Le meilleur, chuchota-t-elle tandis que sa voix se brisait.

Elle se mordit la lèvre inférieure et, luttant pour se ressaisir, but une nouvelle gorgée de thé.

— Je sais que tu as choisi un hôtel à Cedar Cove pour garder tes distances avec moi, mais…

Elle se détendit.

— Mais ? l'encouragea-t-elle.

— Ça n'a pas marché, si ?

— Non, dut-elle avouer avec un sourire. C'était impossible en sachant que tu étais si proche. Je n'aurais pas dû téléphoner, mais je suis contente de l'avoir fait.

— Moi aussi.

À présent, ses yeux lui faisaient l'effet d'une caresse. Il ne pouvait détacher son regard d'elle. On aurait pu croire qu'il contemplait une œuvre d'art, un chef-d'œuvre de Van Gogh ou de Rembrandt. Pour lui, elle demeurait belle en dépit de ses joues creusées, de sa pâleur, de l'absence de cheveux.

— Quand est ton vol de retour ?

— Lundi, en début d'après-midi.

Il se raidit.

— Déjà ?

Elle acquiesça sans rien dire.

— Tu ne peux pas rester plus longtemps ?

Il avait l'air anéanti, comme s'il ne parvenait pas à accepter de l'avoir retrouvée pour la perdre de nouveau si vite.

— Non.

Elle avait entrepris ce voyage contre l'avis de son médecin. Elle avait d'autres examens à subir, une série interminable de rendez-vous l'attendait.

— Dans ce cas, nous n'avons que quelques jours.

— George, je ne suis pas venue ici pour bouleverser toute ta vie.

— J'ai annulé tous mes rendez-vous pour la semaine prochaine.

— George ! se récria-t-elle, d'un ton empreint de reproche.

— Acceptes-tu de dîner avec moi ce soir ? insista-t-il.

Comment le lui refuser ? Mary avait supposé que cette rencontre avec George serait la seule, qu'ils n'auraient pas d'autre occasion de se parler. La perspective de passer plus de temps en sa compagnie l'emplissait de joie. Le bon sens aurait exigé qu'elle décline son invitation, mais elle en était incapable.

— D'accord.

— Bien. Nous irons à Seattle. Ma voiture est garée devant.

Cependant, Mary sentait déjà ses forces la déserter. Elle se fatiguait si vite à présent.

— Cela t'ennuierait que nous restions ici ?

— Non, bien sûr, si c'est ce que tu préfères, mais je ne connais aucun restaurant dans la ville. Et toi ?

— Moi non plus.

George fit signe à la serveuse.

— Pourriez-vous nous recommander un bon endroit où dîner ce soir ?

Dianna sourit et répondit avec empressement :

— Oh ! oui, il y a deux très bons restaurants en ville. DD dans Harbor Street, sur la baie, si vous aimez le poisson et les fruits de mer, et Le Phare, pour les steaks.

George jeta un coup d'œil à sa montre.

— Devrions-nous réserver, à votre avis ?

— À Cedar Cove ? gloussa Dianna. Pensez-vous !

Il remercia la jeune femme, puis se tourna vers Mary.

— Il vaudrait mieux que je me repose un peu avant de sortir, annonça celle-ci à regret.

Il lui était pénible de l'admettre, mais fermer les yeux pendant quelques instants lui ferait un bien fou.

— Certainement. J'ai quelques e-mails à envoyer. Je vais te raccompagner à ton hôtel et puis j'irai dans un café travailler un peu. À quelle heure veux-tu que je vienne te chercher ?

Mary hésita. Elle avait pris un taxi pour venir et avait eu l'intention de repartir de la même manière.

— Tu es sûr que cela ne te gêne pas ?

— Absolument.

— Peut-être vaudrait-il mieux reporter notre dîner à demain ?

— Non, répondit George. Notre temps est compté. Je n'ai pas l'intention d'en gaspiller une seule minute.

Leur temps était compté. C'était si vrai, songea-t-elle amèrement.

— Vers dix-huit heures, alors ? suggéra-t-elle.

— Ce sera parfait.

Son visage s'éclaira, comme s'il n'avait pas été aussi heureux depuis longtemps. À bien des égards, George lui faisait penser à un enfant. Il appréciait les petits plaisirs, les joies simples de la vie.

La serveuse leur apporta l'addition. George régla, laissant un généreux pourboire, puis il aida Mary à se lever et lui offrit son bras. Une fois sur le parking, Mary n'eut aucun mal à reconnaître sa voiture, un modèle luxueux avec une plaque minéralogique personnalisée : GGH. Le deuxième nom de George était Gair, le nom de jeune fille de sa mère : George Gair Hudson.

Il ouvrit la portière passager et attendit que Mary soit confortablement installée avant de contourner le véhicule.

Mary le regarda et sourit.

— Je ne suis pas invalide, tu sais.

Le sourire de George s'effaça.

— Je veux prendre soin de toi, Mary. Laisse-moi faire ce que je peux, d'accord ?

Trop émue pour répondre, elle se contenta d'acquiescer. En dépit de sa faiblesse, elle se sentait inspirée et revigorée par la compagnie de George.

Quand ils atteignirent la maison d'hôtes, il se gara et l'aida à descendre.

— Ce soir…, commença-t-il, avant de s'interrompre.

— Oui ?

— Pourrons-nous parler de ce qui s'est passé il y a toutes ces années ?

Le cœur de Mary se serra. Elle lui devait bien cela, mais elle n'était pas sûre de trouver le courage de se confronter si vite à leurs souvenirs.

— Pas encore, murmura-t-elle.

— Mais nous en parlerons ?

— Oui, promit-elle.

14

Tous mes pensionnaires étaient sortis pour la soirée. Les Shivers devaient retrouver un couple d'amis et Annie et Oliver avaient dû s'éclipser de leur côté. Quant à Mary, elle était partie quelques minutes plus tôt en compagnie d'un homme à l'allure distinguée. Elle n'avait pas dit où ils allaient, mais ils dînaient probablement en ville eux aussi.

Par conséquent j'étais seule, comme la plupart du temps. J'inspectai le réfrigérateur en quête d'idées, constatai qu'il restait des crevettes et des œufs durs, et décidai aussitôt de confectionner une salade Cobb. J'avais du bacon déjà cuit et de la laitue en quantité.

Je mélangeai mes ingrédients en fredonnant et m'apprêtais à manger quand Rover entra dans la cuisine et leva vers moi ses grands yeux marron. Il m'implorait du regard, l'air de me reprocher de ne pas l'avoir invité à partager mon festin.

— Tu as des croquettes.

Il ne réagit pas.

— D'ailleurs, tu n'aimes pas la laitue.

Il trottina vers la buanderie, mais au lieu de grignoter son repas, il s'assit sur son train arrière, contemplant sa laisse. Je faisais des progrès en matière de communication avec ce chien et compris qu'il quémandait une nouvelle promenade.

— Non, Rover. Nous sommes déjà sortis deux fois aujourd'hui. Ça suffit.

Faisant de mon mieux pour l'ignorer, je pris place à table, ma délicieuse salade devant moi, et étalai une serviette sur mes genoux. Rover tourna la tête en direction de la maison de Mark.

— Il n'était pas de très bonne humeur quand je l'ai quitté, fis-je remarquer à mon chien.

C'était tout juste s'il ne m'avait pas mise à la porte. À notre retour de l'hôpital, je l'avais aidé à gravir les marches et à rentrer chez lui. À peine le seuil franchi, il avait affirmé qu'il se débrouillerait et qu'il n'avait plus besoin de moi. Autrement dit, il me priait de partir et il n'avait pas mis les formes pour me le faire comprendre.

J'enfournai une première bouchée, savourant le goût de ces crevettes de l'Oregon que j'affectionnais. Rover m'adressa un regard lourd de reproches.

— Il ne me reste pas beaucoup de crevettes, lui décrétai-je.

Il s'allongea sur le sol, le menton sur ses pattes, les yeux rivés sur moi.

Deux bouchées plus tard, je capitulai. Je ne pouvais supporter sa réprobation plus longtemps.

— Bon, d'accord, grommelai-je en me levant.

Je ressortis tous mes ingrédients du réfrigérateur et confectionnai une seconde salade, identique à la première. Par mesure de précaution, je pris aussi une boîte contenant de la soupe que j'avais mise au congélateur plus tôt dans la semaine. C'était une de mes favorites, une soupe à la courge parfumée au gingembre.

Je glissai le tout dans un sac et pris non sans réticence le chemin de chez Mark. J'emmenai Rover, puisque l'idée venait de lui. Peut-être que si j'arrivais les bras chargés de vivres, Mark ne m'accueillerait pas comme une intruse. Je ne pouvais néanmoins prévoir les réactions de cet homme vraiment impénétrable.

Mon chien tira sur sa laisse durant tout le trajet, mais moins vigoureusement qu'il ne l'avait fait plus tôt dans la journée. Arrivée chez Mark, je montai les marches qui menaient à la porte d'entrée et appuyai sur la sonnette.

Aucune réponse.

— On dirait qu'il n'est pas là, dis-je à Rover.

Comme pour prouver que j'avais tort, il aboya deux ou trois fois et posa la patte sur la porte.

À l'évidence, il n'allait pas renoncer aussi vite. Après un temps qui me parut infiniment long, j'appuyai une nouvelle fois sur la sonnette.

— Une minute ! grommela Mark à l'intérieur.

Un instant plus tard, il apparut sur le seuil, lourdement appuyé sur ses béquilles. Il me toisa avec agacement, comme si je n'étais qu'une empêcheuse de tourner en rond. Son ingratitude m'exaspéra aussitôt. J'eus toutes les peines du monde à ne pas accuser Rover de m'avoir fait perdre mon temps.

— Je t'ai apporté à dîner, dis-je, brandissant le sac afin de lui montrer que j'avais une raison d'interrompre son emploi du temps si chargé.

Mark fronça les sourcils.

— Pourquoi ?

Je ne pouvais quand même pas lui dire que c'était mon chien qui me l'avait suggéré.

— Je ne sais pas – c'est idiot de ma part, mais j'ai pensé que tu aurais faim et que tu aurais du mal à faire la cuisine, répondis-je sans tenter de dissimuler mon sarcasme.

Je regrettais vraiment d'avoir cédé à Rover.

Mark me fixa en retour, l'air de se demander si je disais la vérité. Il fronça les sourcils de plus belle, me soupçonnant visiblement d'avoir une arrière-pensée.

— Tu veux que je le laisse à la porte ? demandai-je, de plus en plus irritée.

Il hésita, puis secoua la tête.

— Entre.

Tiens, tiens, en voilà une surprise. Il m'admettait dans son antre. Fallait-il s'en réjouir ?

À l'instant où il avait ouvert le battant, Rover s'était rué à l'intérieur. Mark s'effaça tant bien que mal pour me laisser passer. Dans le salon, la télévision était allumée sur une chaîne d'informations et une ottomane était placée devant le fauteuil. Il avait dû y reposer sa jambe.

— Tu veux que je mette ça dans la cuisine ?

— S'il te plaît.

Il me suivit, se déplaçant plutôt aisément avec ses béquilles.

Ma curiosité était éveillée, et je jetai un coup d'œil autour de moi sans en avoir l'air. Aucun objet personnel en vue. Ni photos ni bibelots. Des murs nus. La maison ressemblait plus à une chambre d'hôtel qu'à un foyer. Et encore, il y avait souvent des tableaux dans les chambres d'hôtel. Mark n'avait rien de tout cela.

— Comment te sens-tu ?

— À ton avis ?

— D'accord, c'était une question idiote. Je faisais la conversation, c'est tout.

J'aurais dû me rendre compte depuis longtemps qu'il n'était pas d'humeur à recevoir une visite. Je déposai le sac sur le plan de travail et me tournai vers lui, les mains derrière le dos et Rover à mes pieds. Mon chien était vautré sur le sol comme s'il s'attendait à rester là un bon moment.

— Tu ne prends pas de calmants ?

— Non, je n'aime pas ça.

Ce fut à mon tour de froncer les sourcils, mais la décision lui appartenait après tout. Pour ma part, je n'étais pas du genre à jouer les héroïnes. Si un médecin me disait que des calmants me feraient du bien, je les ingurgiterais sans l'ombre d'une hésitation. Sur ce point, Mark et moi étions encore opposés.

Je fis mine de partir mais il reprit la parole :

— Je te dois peut-être des excuses, lâcha-t-il, les mains crispées sur ses béquilles.

Peut-être ?

Je serrai les dents, réprimant l'envie de rétorquer qu'il m'en devait en effet toute une série. Il avait été brusque, irritable, ingrat et tout sauf accueillant. Je n'aurais vraiment pas dû me soucier qu'il mange ou pas, et d'ailleurs je ne m'en serais pas souciée si Rover ne s'en était pas mêlé.

— Je te remercie de m'avoir trouvé, murmura-t-il avec réticence.

Les mots semblaient collés à sa langue, suggérant qu'il n'était pas habitué à s'excuser.

— Je ne sais pas ce que j'aurais fait si tu n'étais pas venue.

Je serrai les dents de plus belle. Cet accident aurait dû lui servir de leçon et le dissuader de fermer sa porte à clé. Quel genre d'entrepreneur était-il, d'ailleurs ?

— C'est Rover que tu dois remercier.

Rover releva la tête et regarda Mark, acceptant de bonne grâce sa gratitude. C'était un chien qui pardonnait facilement, et je n'étais pas tout à fait à sa hauteur.

— Je t'ai apporté de la salade et de la soupe de courge, dis-je, en voyant sa gêne.

— C'est ma préférée. Comment le savais-tu ?

— Je ne le savais pas. J'en avais au congélateur, voilà tout. Tu veux que je la réchauffe ? Ou tu préfères la salade ?

— Je veux bien de la soupe.

— D'accord.

Je remarquai qu'il avait un micro-ondes et allai chercher un bol dans le placard.

— Tu n'es pas obligée de faire tout ça, tu sais.

J'en avais parfaitement conscience, mais ne relevai pas.

— Je te mets la salade au réfrigérateur pour plus tard.

— Non, laisse-la ici, s'il te plaît.

— Très bien.

Sur ce, jugeant que ma présence n'était plus désirée, je tendis la main vers la laisse de Rover.

— Bon, j'y vais.

Il tira une chaise de cuisine et s'assit.

— Avec cette jambe cassée, je ne pourrai pas reprendre le travail sur ta roseraie avant un certain temps.

— Je m'en doutais.

— J'en suis désolé.

— Moi aussi.

Je me dirigeai vers la porte, Rover sur mes talons.

— Merci, Jo Marie, lança Mark. Pour tout.

De la reconnaissance. Venant de Mark ? J'avoue que cela me fit plaisir. Il n'était pas le personnage si bourru que j'avais vu plus tôt. La douleur à sa jambe avait dû être atroce, et cela expliquait sans doute qu'il ait été si grincheux.

— Veux-tu que je vienne voir demain matin si tout va bien ?

— Non, dit-il d'un ton sec.

Je ne pus retenir un sourire. Tout était redevenu normal.

En rentrant à la villa, je constatai que Kent et Julie étaient encore là.

— Nous attendons nos amis, expliqua Julie. Ils viennent nous chercher.

— Oh ! je croyais que vous étiez déjà sortis.

— Non. Oliver et Annie nous ont emmenés faire une promenade en voiture autour de la baie. Je leur ai montré l'endroit où Kent m'a demandée en mariage.

Sa voix s'était adoucie et une lueur attendrie brillait dans ses yeux.

— Combien de fois faut-il que je te répète que je ne t'ai pas demandée en mariage sur les quais ? protesta Kent. Nous étions au cinéma…

— Certainement pas, l'interrompit Julie. Une femme se souvient de ces choses-là et nous étions exactement à l'endroit où le kiosque se trouve à présent. Sinon, pourquoi Annie aurait-elle organisé le renouvellement de nos vœux là-bas ?

Kent croisa les bras.

— Je me rappelle parfaitement avoir rassemblé le courage de te demander en mariage en regardant Steve McQueen.

— Nous ne sommes jamais allés au cinéma à Cedar Cove !

— Très bien. Si c'est ce que tu veux croire, je devais être avec une autre fille.

Cette fois, Julie plissa les yeux.

— Je me suis toujours attendue à ce que tu rencontres quelqu'un d'autre… une autre fille…

— Oh ! Bon sang de bonsoir ! s'écria Kent dans un profond soupir. On ne peut pas discuter avec toi !

Sur ce, il sortit de la cuisine à grands pas et regagna leur chambre, claquant la porte derrière lui.

Julie battit des cils.

— Je vous prie d'excuser mon mari, dit-elle, contrariée.

Comment ces deux-là étaient parvenus à rester mariés cinquante ans durant alors qu'ils étaient constamment en désaccord ? Quand Annie avait parlé de ses grands-parents, ses yeux brillaient d'émotion. Elle avait décrit leur amour et leur affection l'un envers l'autre, disant qu'elle espérait partager un jour une relation aussi aimante avec son mari.

— Je crois que nous allons attendre nos amis au salon, ajouta Julie, comme s'il ne s'était rien passé et que Kent se reposait un peu avant le dîner.

— Voudriez-vous une tasse de thé ? demandai-je, me prêtant à son jeu.

Elle avait beau faire de son mieux pour le cacher, je devinais qu'elle était peinée.

— Merci, ce serait gentil.

Elle sortit d'un pas digne et se dirigea vers la pièce voisine. Un instant plus tard, je lui apportai un thé.

— Où sont Annie et Oliver ?

— Ils sont allés dîner. Oliver est tellement adorable. J'avais toujours espéré…

Elle laissa sa phrase en suspens.

— Oui ?

— J'avais toujours espéré qu'Annie finirait par tomber amoureuse d'Oliver, avoua-t-elle timidement. Je ne lui ai jamais rien dit, bien sûr, puisqu'elle semble le détester. Je ne vois pas du tout pourquoi elle est si hostile envers lui. Mais maintenant qu'elle a rompu ses fiançailles avec ce vendeur de voitures, peut-être y a-t-il un espoir.

À en juger par l'attitude d'Annie envers Oliver, j'avais tendance à penser que cet espoir était bien mince.

— Je l'ai rencontré une fois, vous savez, continua-t-elle. Son nom m'échappe pour le moment. Il était assez beau garçon, je suppose, mais quelque chose chez lui m'a tout de suite déplu. Quelque chose dans son regard.

D'après ce qu'Annie m'avait confié, Julie avait précisément mis le doigt sur le problème. Le fiancé – ou plutôt l'ex-fiancé – d'Annie semblait faire les yeux doux au premier jupon venu.

— Il était très sûr de lui, très arrogant. Kent m'a dit que j'imaginais des choses, mais j'ai su dès le début que ce vendeur ne saurait pas rendre ma petite-fille heureuse.

— En avez-vous parlé à Annie ?

— Non. Kent trouvait que ce n'était pas une bonne idée. Il a dit que je donnerais l'impression de vouloir mettre mon grain de sel partout et je suppose qu'il avait raison.

Intéressant. Sur un point au moins, Julie était d'accord avec son mari. Je demeurai songeuse, retenant un sourire.

— Nous avons interrompu votre dîner, reprit-elle. Ne vous sentez pas obligée de me tenir compagnie, je vous en prie. Nos amis seront là dans quelques minutes.

À vrai dire, j'avais complètement oublié ma salade, mais, soupçonnant que Julie n'était pas d'humeur à bavarder, je me retirai. Épuisé par les événements de la journée, Rover était pelotonné dans son panier. En bon chien qu'il était, il resterait là jusqu'à ce que j'aille me coucher, après quoi il me suivrait dans ma chambre.

Je n'avais plus d'appétit. Je grignotai une seule bouchée, puis décidai de garder mon repas pour le lendemain.

Les amis des Shivers arrivèrent presque aussitôt et Kent sortit de la chambre. Deux minutes plus tard, les deux couples avaient disparu. Apparemment, il y avait eu une réconciliation.

La maison était redevenue silencieuse. Je me rendis dans ma chambre et m'installai devant la télévision avec mon tricot, mes pensées revenant au coup de téléphone du lieutenant-colonel Milford.

C'était durant ces instants calmes que Paul me manquait le plus. J'avais désespérément envie de le sentir auprès de moi. J'avais soif de ces moments privilégiés où il me suffisait de fermer les yeux pour m'imaginer qu'il était là et que nous étions heureux. Les mots n'étaient pas nécessaires. C'était une sensation si réelle que j'étais convaincue que je n'aurais qu'à tendre la main pour le toucher.

Bien qu'imaginaire, la présence de Paul me réconfortait. Il apaisait mon cœur meurtri. Il était peut-être mort aux yeux du monde, mais il demeurait bien vivant pour moi.

Lorsque j'avais pris la direction de la maison d'hôtes, il était venu me dire que je guérirais en ce lieu. Ses paroles et son amour m'avaient donné le courage d'aller de l'avant. Je n'avais jamais parlé à personne de ses apparitions – même s'il m'avait vraiment semblé que Paul était là, je redoutais ce que les gens pourraient en penser.

N'étaient-elles en réalité que le fruit de mon imagination ?

15

Pour Annie, la soirée s'annonçait mal. Elle avait eu beau prétexter qu'elle était trop occupée pour sortir, Oliver et ses grands-parents avaient insisté.

Seule contre trois, elle avait dû capituler et se sentait prise au piège.

— Oh ! Annie, tu t'es déjà donné beaucoup trop de mal, avait déclaré sa grand-mère. Laisse Oliver t'inviter à dîner.

— Oui, laisse-moi t'inviter, avait renchéri ce dernier avec un petit sourire, sûr de lui.

Il savait pertinemment qu'elle tenait dur comme fer à l'éviter et qu'elle aurait fait presque n'importe quoi pour ne pas l'accompagner. Or il semblait chercher par tous les moyens à l'embarrasser.

Non, Oliver Sutton n'avait pas changé du tout.

Il suggéra qu'ils aillent dîner chez DD. Ayant hâte d'en avoir terminé, elle accepta sans protester. On les conduisit à une table sur la terrasse qui dominait la baie, et malgré les réticences d'Annie, le spectacle des rayons du soleil se reflétant sur l'eau l'apaisa aussitôt. Il était rare de jouir d'un temps aussi clément à cette saison.

Les voiliers amarrés dans le port de plaisance se balançaient doucement au gré de la houle et, tout au long des quais, des jardinières fleuries étaient suspendues aux lampadaires. Le cadre était féerique.

— Qu'est-ce qui te tente ? demanda Oliver en parcourant le menu.

Absorbée dans la contemplation de la vue, Annie n'avait pas encore pris la peine de consulter la carte.

— Je ne sais pas encore.

Elle était beaucoup trop nerveuse pour avoir faim.

— Je vais sans doute prendre seulement une entrée.

À peine eut-elle prononcé ces mots qu'elle se figea, certaine qu'Oliver allait faire un commentaire désobligeant sur son poids.

— Qu'y a-t-il ? demanda-t-il en la dévisageant.

— J'attendais que tu fasses une remarque sarcastique, rétorqua-t-elle avec raideur.

— Pourquoi ferais-je une chose pareille ?

L'air totalement détendu, il se laissa aller contre le dossier de sa chaise et croisa les jambes. En arrivant, il avait commandé un verre de sauvignon blanc. Annie, en revanche, préférait boire de l'eau.

— Tu cherches toujours à me mettre mal à l'aise, reprit-elle.

— Vraiment ?

— Tu le fais à présent, en me renvoyant tout ce que je dis sous forme de question.

— Vraiment ?

Elle le foudroya du regard. Tout cela n'était qu'un jeu pour lui.

— Tu viens de le refaire.

Oh ! Comme elle aurait aimé effacer ce sourire idiot de son visage !

La serveuse revint prendre leur commande. Oliver choisit le plat du jour, le saumon de la rivière Copper, un poisson à chair délicate qui n'était au menu que quelques semaines par an. Pour sa part, elle opta pour un velouté aux palourdes accompagné de salade.

La jeune femme nota le tout et s'éloigna. Annie prit son verre d'eau, évitant le regard d'Oliver. Elle redoutait par-dessus tout qu'il évoque le baiser qu'ils avaient échangé un peu plus tôt dans la journée. Encore incapable de comprendre ce qu'il s'était passé, elle était gênée d'y penser. Et plus humiliée encore de s'avouer qu'elle y avait pris plaisir.

— Tes grands-parents sont rigolos, commenta-t-il, avant de boire une gorgée de vin.

Sidérée, Annie leva les yeux.

— Tu plaisantes ? Ils se disputent comme des chiffonniers !

— Bien sûr.

— Bien sûr ?

Annie n'en croyait pas ses oreilles. Elle avait été choquée par leurs prises de bec incessantes à propos de la moindre vétille. Si l'un des deux fermait la fenêtre, l'autre s'empressait de la rouvrir. Leur comportement était à l'opposé de celui dont elle se souvenait. C'était même un miracle qu'ils soient toujours ensemble.

— Tu ne vois pas ? insista Oliver.

— Quoi ?

— Ils sont tellement à l'aise tous les deux qu'ils peuvent dire exactement ce qu'ils pensent. Ça me paraît à la fois stupéfiant et merveilleux.

— Merveilleux ? répéta Annie.

Pour sa part, elle trouvait cela complètement déconcertant. Ses souvenirs d'enfance regorgeaient de scènes affectueuses ; à l'époque, ils se tenaient par la main, échangeaient des regards complices, sa grand-mère riait des mots d'esprit de son grand-père. Et maintenant, ils passaient leur temps à se lancer des piques.

— Annie, mon chou, dit-il gentiment, comme s'il s'adressait à une enfant, tes grands-parents s'aiment profondément.

— Comment peux-tu affirmer cela après ce qui vient de se passer ?

— Que veux-tu dire ?

— Cette promenade dans Cedar Cove.

Oliver était assis dans la même voiture qu'elle. N'avait-il pas entendu la même conversation ?

— Ils n'étaient d'accord sur rien. Grand-Mère prétend que Grand-Père l'a demandée en mariage sur les quais, et lui jure ses grands dieux que c'était au cinéma.

— Est-ce important ?

— Pour eux, oui. Tu aurais dû les entendre quand nous sommes rentrés à la villa. Franchement, Oliver, j'ai peur de leur comportement à la cérémonie de renouvellement des vœux. J'ai peur que Grand-Mère dise « non » au lieu de « oui ».

Il se mit à rire. À l'évidence, il ne s'inquiétait pas autant qu'elle.

— Ce n'est pas drôle, protesta-t-elle.

Aux yeux d'Oliver, tout était matière à plaisanter. De son côté, en revanche, elle se tracassait sincèrement.

— Tout ira bien, Annie, alors cesse de te faire du souci.

Facile à dire.

— Ça t'ennuierait qu'on change de sujet ?

Oliver posa son verre.

— Pas du tout. Parle-moi de Lenny et de toi.

Évidemment, il fallait qu'il choisisse le sujet dont elle voulait le moins parler.

— Pas question.

— D'accord, acquiesça-t-il, en s'attardant sur le mot. Parle-moi de toi alors.

— Je préférerais qu'on parle de toi, rétorqua-t-elle, contente de détourner l'attention sur lui.

Il se redressa.

— J'ai cru que tu n'allais jamais me le proposer.

Annie se demanda pourquoi elle n'y avait pas songé plus tôt. Bien sûr qu'Oliver allait vouloir parler de sa propre personne. Et cela lui convenait parfaitement. Elle ne voulait pas qu'il s'intéresse à elle ni à sa vie.

— Que veux-tu savoir ?

Une foule d'idées se pressèrent dans la tête d'Annie.

— Tu as dit tout à l'heure que tu avais l'intention d'aller dans le Pacifique sud. Combien de temps vas-tu y rester ?

— Un an.

Eh bien, songea-t-elle de plus en plus agacée, certains étaient peut-être en mesure de faire ce genre de choses, mais d'autres en revanche, plus responsables, avaient besoin de travailler. Oliver avait toujours été une sorte d'électron libre.

— Et qu'envisages-tu de faire pendant toute une année ? insista-t-elle sans prendre la peine de dissimuler son sarcasme.

— Voyager.

À l'entendre, c'était une évidence.

— Je suppose que tu vas faire de l'auto-stop ?

Comme c'était bohème ! Comme c'était prévisible !

— À vrai dire, j'ai réservé un camping-car.

L'Australie et la Nouvelle-Zélande. Enfant déjà, elle était fascinée par ces deux pays. Durant ses fiançailles avec Lenny, elle avait suggéré qu'ils partent en lune de miel en Nouvelle-Zélande, mais Lenny avait eu tôt fait de remiser cette idée. Il voulait une croisière aux Caraïbes et la différence de coût était si considérable qu'elle avait dû se ranger à son avis. Pourtant, elle aurait tant aimé voir le Pacifique sud…

— Pourquoi souris-tu ? interrogea Oliver, coupant court à ses pensées.

— J'ai toujours été attirée par cette partie du monde, murmura-t-elle, devenue soudain plus attentive. Qu'est-ce qui t'a fait décider d'aller là-bas ?

— La même chose que toi, j'imagine. La curiosité. Je rêve d'y aller depuis l'adolescence.

— Pourquoi maintenant ?

— Pourquoi pas ?

Bonne question.

— Je pourrais remettre mon voyage, continua-t-il, mais cela n'aurait pas de sens. Je suis jeune, célibataire et sans attaches. Si je ne me décide pas maintenant, je ne le ferai jamais.

— Tu voyages seul ?

— Deux de mes amis partent avec moi, mais Alex ne peut prendre que trois mois et Steve six, par conséquent nous allons d'abord en Nouvelle-Zélande et ensuite dans l'archipel de Cook.

Annie avait lu l'histoire de ces îles, dont les indigènes avaient été les premiers à s'installer en Nouvelle-Zélande. Elle avait rédigé un exposé sur cette nation alors qu'elle était encore au collège. Elle trouvait bizarre de s'en souvenir encore aujourd'hui.

— D'après ce que je sais, les îles Cook sont un lieu extraordinaire, dit-elle, se surprenant elle-même de ses propos.

— Viens avec nous.

Malgré elle, Annie se mit à rire.

— Moi et trois gars. Ce serait gênant.

— Pas du tout. Tu serais avec moi et tu adorerais ça.

Elle adorerait voyager, sans aucun doute, mais si elle décidait d'aller à l'autre bout du monde, ce ne serait pas en compagnie d'Oliver. Par chance, la serveuse arriva avec les plats juste à ce moment, lui épargnant la peine de répondre.

Ils restèrent un instant silencieux tandis qu'ils mangeaient, pourtant, mille pensées continuaient à se bousculer dans l'esprit d'Annie. Quand la conversation reprit, Oliver expliqua qu'il préparait ce voyage depuis des années, faisant des économies pour transformer son rêve en réalité. Malgré elle, Annie fut impressionnée par le soin et l'attention qu'il avait apportés à son projet. Elle avait eu tort de croire que sa décision découlait d'un coup de tête.

D'une manière ou d'une autre, ils en vinrent à parler politique. Ainsi qu'elle s'y attendait, leurs convictions s'opposaient du tout au tout. Elle argumenta avec lui pendant plusieurs minutes jusqu'à ce qu'il devienne évident qu'il la faisait marcher.

— Tu le fais exprès, n'est-ce pas ? s'indigna-t-elle, en posant sa cuillère.

À sa grande surprise, elle avait englouti la totalité de son plat, alors qu'elle n'avait pas du tout d'appétit en arrivant.

— N'est-ce pas ? répéta-t-elle.

Jamais elle n'avait connu d'homme avec qui elle avait autant de désaccords. En guise de réponse, il se contenta de sourire.

— Tu me mets en colère exprès !

C'était impardonnable à ses yeux, et elle refusait de se laisser faire !

— Avoue !

— D'accord, je l'admets. Coupable, Votre Honneur.

— Pourquoi ? demanda-t-elle.

C'était sans doute une erreur de lui poser la question, mais elle n'avait pu s'en empêcher.

— La réponse ne va pas te plaire.

— Je m'en doute, marmonna-t-elle.

— La vérité, c'est que j'aime voir tes yeux lancer des éclairs, avoua-t-il. Tu ne peux pas cacher ce que tu penses, même si tu essaies.

Annie ne fut guère amusée de sa repartie.

— J'aime débattre avec toi, ajouta-t-il. Tu m'aiguises l'esprit.

— Je suis ravie que tu me trouves si distrayante.

— Je te trouve infiniment plus que distrayante, Annie, dit-il d'une voix qui se fit tendre et sourde.

Elle réprima l'envie de lui demander ce qu'il entendait par là. Elle n'osait pas, par peur de sa réponse. Sans vraiment s'en rendre compte, elle avait baissé sa garde et découvert qu'elle appréciait la compagnie d'Oliver. Le dîner qu'elle comptait vite expédier avait duré plus de deux heures.

Ils retournèrent à la villa à pied, en faisant un crochet par les quais.

— Tu sais qui cela me rappelle, nous deux ?

La nuit était fraîche et Annie resserra plus étroitement les pans de son gilet autour de ses épaules. Sans doute pour la réchauffer, Oliver l'entoura de son bras. Décontenancée, elle songea à se dégager, mais elle éprouvait un certain réconfort à être près de lui. En dépit des sonnettes d'alarme qui résonnaient dans sa tête, elle ne bougea pas.

— Qui cela te rappelle ? répéta-t-elle, faisant écho à sa question.

— Tes grands-parents.

Ce devait être une tentative d'humour, pas très réussie d'ailleurs, se dit-elle.

— Sûrement pas.

— Ils se querellent aussi, non ?

— J'en conviens.

— Ils sont aussi différents l'un de l'autre que deux personnes peuvent l'être.

— C'est vrai aussi.

— Mais ils se font contrepoids.

— D'accord, d'accord, nous leur ressemblons par certains côtés. Cependant, ajouta-t-elle en levant l'index pour souligner son argument, et c'est un point crucial, je suis loin d'être amoureuse de toi et je crois savoir que ce que tu ressens pour moi n'a rien à voir avec de l'affection.

— Ne sois pas si sûre de toi, répliqua-t-il.

Amusée, Annie laissa échapper un rire. À cet instant précis, son téléphone se mit à sonner. Elle le sortit de son sac. C'était Lenny, bien sûr. Au lieu de répondre, elle pressa la touche « Ignorer » et remit l'appareil à sa place.

— Lenny ? demanda Oliver alors qu'ils remontaient lentement vers la villa.

— Oui.

— Tu es toujours amoureuse de lui ?

Annie n'eut nullement besoin de réfléchir.

— Non, affirma-t-elle avec conviction.

— Pourquoi n'as-tu pas bloqué son numéro ?

La logique de sa question la prit au dépourvu, la laissant incapable de comprendre son attitude, sans parler de l'expliquer à quelqu'un d'autre.

— Tu espères qu'il va te convaincre de changer d'avis ? Tu rêves secrètement de l'épouser ?

— Pas du tout.

En ce qui la concernait, leur relation était terminée et il était hors de question de renouer. Elle l'avait dit et répété à Lenny, en toute sincérité. C'était fini.

— Dans ce cas, bloque son numéro.

Oliver avait raison. Elle aurait dû le faire dès l'instant où elle avait rompu. Sans tergiverser davantage, elle ressortit son téléphone et pressa une série de touches.

— Je ne l'aime plus et je ne vais pas changer d'avis, déclara-t-elle quand elle eut terminé. C'était une question d'amour-propre, je suppose. Je voulais savoir qu'il ne renoncerait pas à moi facilement. L'entendre dire qu'il était malheureux. Il m'a fait mal, et je voulais qu'il ait mal aussi. C'est une piètre excuse et j'ai un peu honte de l'admettre, mais c'est la vérité.

Quant à savoir pourquoi elle éprouvait le besoin de se confesser à Oliver, c'était un autre mystère. D'autant qu'il risquait d'utiliser cette information contre elle à l'avenir.

— Nous sommes tous humains, assura-t-il.

Elle leva les yeux vers lui. Une fois de plus, un changement subtil venait de se produire dans leur relation. Jusqu'à ce matin, elle avait vu en lui quelqu'un à éviter à tout prix. Elle avait baissé sa garde avec lui une fois par le passé et il s'était servi de la confiance aveugle qu'elle avait placée en lui pour l'humilier.

— Qu'y a-t-il ? demanda Oliver.

— Qu'est-ce qui te fait penser que quelque chose ne va pas ?

Elle aussi pouvait jouer à ce petit jeu qui consistait à répondre à une question par une autre.

— Tu t'es crispée, tout d'un coup.

— Vraiment ?

Elle espérait l'agacer autant qu'il l'agaçait.

— Oui.

La prenant par surprise, il la saisit brusquement par les épaules et la força à se tourner vers lui.

— À quoi penses-tu ?

— Qu'est-ce qui te fait penser que quelque chose me tracasse ?

— C'est cette stupide histoire de baiser, n'est-ce pas ? demanda-t-il, les sourcils froncés.

Elle tenta de se dégager, en vain. Il tint bon, resserrant légèrement sa prise pour la maintenir face à lui.

— C'était peut-être stupide pour toi, s'indigna-t-elle, mais c'était mon premier baiser. À l'époque, je me suis crue folle amoureuse de toi, jusqu'au moment où j'ai découvert que c'était une grosse blague à tes yeux.

— Ce n'était pas une blague, rétorqua-t-il calmement.

— Bien sûr ! Tu peux dire ça maintenant, mais tu chantais une autre chanson alors. Si ce n'était pas une blague, pourquoi as-tu laissé tout le monde se moquer de moi ? Mon frère m'a ridiculisée pendant des semaines.

Elle repensa à cet épisode malheureux de son adolescence. Jamais elle ne s'était sentie aussi humiliée. Son frère et ses cousins les avaient surpris en train de s'embrasser. Au lieu de faire taire les autres, Oliver l'avait montrée du doigt en se joignant à leurs rires. Désemparée, Annie avait éclaté en sanglots avant de s'enfuir en courant pour se réfugier à l'intérieur de la maison.

— Je suis désolé, Annie.

Il y avait dans sa voix tant de douceur et de contrition qu'elle se força à rencontrer son regard.

— C'était mon premier baiser aussi, avoua-t-il.

— Non, tu m'as dit…

— J'ai menti.

— Pourquoi ? s'étonna-t-elle, écarquillant les yeux.

— Parce que j'avais quatorze ans et que je n'étais pas très intelligent, malheureusement. J'étais gêné et j'avais peur que mes copains se moquent de moi, mais j'étais fou amoureux de toi.

— Et donc tu m'as jetée en pâture aux lions !

— Oui, et je n'ai jamais cessé de le regretter. Si rien d'autre ne résulte de ce week-end, j'espère que tu pourras au moins me pardonner d'avoir été un tel idiot.

Annie avait l'impression de se noyer dans son regard sombre, qui semblait profondément sincère. Elle hocha la tête lentement.

— Merci, murmura-t-il.

Et là, au beau milieu de Harbor Street, sous un lampadaire, Oliver l'embrassa pour la seconde fois ce jour-là. Et pour la seconde fois, elle l'accueillit dans ses bras.

Leur premier baiser avait été celui de deux enfants, mais ils avaient appris bien des choses depuis. Le baiser qu'Oliver donna à Annie ce soir-là lui fit l'effet d'une décharge électrique. Il se répercuta dans toutes les fibres de son corps, chacune d'elles semblant vibrer d'impatience, cherchant davantage, voulant davantage.

Quand ils se séparèrent, Annie remarqua qu'Oliver respirait aussi fort qu'elle, comme s'ils venaient de participer à une course effrénée. Il la tint contre lui quelques instants, puis déposa un baiser sur sa tête.

Ils regagnèrent la villa en silence, gravirent les marches et chacun entra dans sa chambre après qu'ils eurent tout juste échangé un « Bonne nuit » dans un murmure.

Ce fut seulement un peu plus tard, alors qu'elle se préparait à se coucher, qu'elle se souvint de ses paroles : « Si rien d'autre ne résulte de ce week-end… »

Qu'attendait-il donc au juste ?

16

Samedi devait être le grand jour pour Kent et Julie Shivers, puisque leurs amis et parents se réunissaient pour célébrer leurs noces d'or. Je m'interrogeais : comment ce couple qui s'opposait constamment parviendrait-il à faire de cette journée un heureux événement ?

À huit heures, le petit déjeuner était prêt. Attirés par l'odeur des scones tout chauds qui flottait dans la maison, mes pensionnaires descendirent les uns après les autres. Annie apparut la première, marchant d'un pas lent, comme si elle avait mal dormi. Étant l'organisatrice principale des festivités, elle avait dû passer une nuit blanche à songer aux derniers détails. Ou à s'inquiéter au sujet de ses grands-parents.

Il me parut préférable de ne pas faire de commentaire, et je me contentai de la saluer en lui désignant la cafetière. À en juger par sa mine fatiguée, elle avait besoin d'une injection de caféine.

À peine se fut-elle servie qu'Oliver arriva à son tour. Par contraste, il paraissait gai, enjoué, parfaitement insouciant. Je ne pus m'empêcher de remarquer qu'Annie évitait son regard. À vrai dire, elle semblait même faire de son mieux pour l'ignorer.

— Bonjour, mon rayon de soleil, lui lança-t-il en lui donnant un baiser sur la joue.

Je la vis rougir jusqu'aux oreilles. Elle le foudroya du regard. Devant son trouble évident, Oliver se mit à rire.

— C'est une journée magnifique, déclara-t-il, acceptant à son tour le café que je lui proposais. Une journée exceptionnelle.

Kent et Julie vinrent bientôt se joindre à eux. Sans doute les autres membres de la famille n'allaient-ils pas tarder à arriver. Ce soir-là, toutes mes chambres seraient occupées par leurs invités. À l'exception, bien sûr, de celle de Mary Smith.

Je ne l'avais vue que brièvement et me faisais du souci pour elle, car elle passait le plus clair de son temps dans sa chambre. Cependant, elle avait dit la veille qu'elle projetait d'aller passer la journée à Seattle avec un ami. Avec un peu de chance, cette excursion lui ferait du bien.

— Les scones sortent tout juste du four.

— Des scones, répéta Kent en se frottant les mains. J'adore les scones tout chauds.

— Depuis quand ? s'écria Julie.

Kent fronça les sourcils.

— Depuis toujours.

— Tu ne me l'as jamais dit.

— Pourquoi aurais-je dû te le dire ? Pour que tu me rebattes les oreilles avec mon taux de cholestérol ?

— Quelqu'un doit surveiller ce que tu manges, puisque tu sembles incapable de le faire toi-même. Si je n'étais pas là, tu prendrais vingt comprimés par jour.

Kent regarda Annie et secoua la tête.

— Ta grand-mère est invivable.

— Eh bien, toi aussi ! s'énerva Julie, avant d'éternuer trois fois de suite.

Elle attrapa un mouchoir qu'elle porta à son nez.

— Ton grand-père a insisté pour dormir la fenêtre ouverte. J'ai eu froid toute la nuit. Je vais peut-être attraper une pneumonie et mourir. C'est sans doute ce qu'il veut !

— Oh, arrête de débiter des sottises !

— J'étais complètement frigorifiée.

— Je ne vois pas pourquoi, puisque tu as refermé cette fenêtre à la moindre occasion.

— Tu n'arrêtais pas de la rouvrir, se plaignit Julie.

Kent l'ignora et, comme pour la défier, prit un scone qu'il tartina généreusement de beurre et de confiture avant de mordre dedans avec appétit.

— Tu te conduis comme un enfant de deux ans, déclara Julie, avant de se tourner vers Annie et Oliver. Je vous prie d'excuser ce caprice.

Redoutant que l'échange ne dégénère en bataille rangée, je m'empressai d'intervenir.

— Quelqu'un veut-il du jus d'orange ?

Annie et Oliver, qui partageaient visiblement mes craintes, se hâtèrent d'accepter.

Pour ma part, la dispute à laquelle j'avais assisté la veille au soir m'avait suffi. Je ne tenais pas le moins du monde à jouer le rôle d'arbitre entre Kent et Julie.

Celle-ci regarda sa petite-fille.

— As-tu besoin de moi pour quoi que ce soit aujourd'hui ?

— Je suis là pour ça, affirma Oliver, prenant celle-ci de vitesse. Annie peut compter sur moi pour la seconder.

D'abord stupéfaite, l'intéressée n'hésita qu'un instant.

— Je voudrais que Grand-Père et toi profitiez de la journée, assura-t-elle. Tout est prêt et je sais que tout le monde a hâte de vous voir.

— Ta grand-mère a acheté une tenue neuve pour cette petite sauterie, grommela Kent en regardant sa femme d'un air désapprobateur. Elle a coûté plus cher que sa robe de mariage.

— Ma robe de mariage, souviens-toi, a été achetée le matin même de la cérémonie chez J. C. Penney au centre de Bremerton. Je n'ai pas eu de vraie robe de mariage parce que tu étais trop pressé de te marier.

— Si mes souvenirs sont bons, j'avais des raisons de l'être. J'étais sur le point d'embarquer et tu avais peur d'être enceinte.

Au comble de la gêne, Julie étouffa une exclamation de dépit. Voyant que la situation se détériorait à vue d'œil, je retournai dans la cuisine, attrapai le pichet de jus d'orange et regagnai vivement la salle à manger.

— Grand-Père, s'inquiéta Annie, tu ne vas pas parler de ça pendant la fête, au moins ?

— Il le fera exprès pour m'embarrasser devant toute la famille.

Kent plissa les yeux.

— Qu'est-ce que tu racontes ? grogna-t-il.

— Je lui parlerai plus tard, Grand-Mère, promit Annie à voix basse. Ne te fais pas de souci. Il ne dira rien qui risque de t'embarrasser.

— S'il le fait, j'en mourrai de honte, je te le jure.

— Ne t'inquiète pas, répéta Annie doucement en lui tapotant la main.

— Allez-vous cesser de marmonner, vous deux ? intervint Kent qui n'était pas parvenu à saisir leur conversation.

Je retournai dans la cuisine prendre les pâtés à la viande, le bacon et le plat aux œufs et au fromage que mes clients semblaient toujours apprécier. Je déposai le tout au centre de la table, malheureusement personne ne parut s'intéresser au repas que j'avais préparé avec tant de soin. Si les choses continuaient ainsi, la journée allait tourner au désastre.

Annie et Oliver furent les premiers à quitter la table. La jeune femme avait quelques détails de dernière minute à régler, et Oliver lui emboîta le pas, offrant ses services.

— Tu peux m'aider à préparer la salle pour la réception, entendis-je Annie dire.

— Avec plaisir.

Julie les suivit des yeux, puis elle remarqua que je l'observais.

— Je serais tellement contente que ces deux-là forment un couple.

— Julie, reste en dehors de ça, avertit Kent. Ce qui se passe entre eux ne te concerne pas.

— Je ferai ce que bon me semble, riposta la grand-mère d'Annie en foudroyant son mari du regard.

Kent lâcha un soupir et secoua la tête.

— Ça, c'est sûr. Tu es têtue comme une mule.

— Têtue comme une mule ? Eh bien, qui se ressemble s'assemble !

On aurait dit deux écoliers échangeant des insultes dans une cour de récréation.

— Laisse tomber. Je ne peux même plus te parler, marmonna Julie. Je ne sais même pas pourquoi j'essaie.

— Qu'est-ce que tu as dit ?

Avec un soupir de frustration, Julie se leva et s'éloigna. Un instant plus tard, Kent fit de même.

À neuf heures, Mary descendit lentement les marches et entra dans la salle à manger déserte. Elle avait bonne mine et sourit quand je lui dis bonjour.

Je lui apportai un thé et lui proposai un scone encore chaud, qu'elle accepta avec plaisir, mais quand je lui demandai si elle souhaitait manger autre chose, elle refusa d'un signe de tête.

— Merci, mais je n'ai pas grand appétit ces temps-ci. Un scone et un verre de jus d'orange me suffiront.

Sachant qu'elle préférait être seule, je regagnai la cuisine pour faire la vaisselle et mettre un peu d'ordre. Rover demeura allongé dans son panier, observant le moindre de mes mouvements. À la vue des restes, je fus tentée de contacter Mark. Puis je songeai que ce n'était peut-être pas une bonne idée. Il pouvait être tellement revêche… je n'étais pas certaine qu'il apprécie mes efforts.

La sonnerie du téléphone m'arracha à mes tergiversations. J'attrapai une serviette et m'essuyai les mains en hâte tout en entrant dans le bureau.

— La Villa Rose, j'écoute.

— Jo Marie, ici Dennis Milford.

Mes genoux se dérobèrent sous moi. J'attendais l'appel du lieutenant-colonel depuis notre dernière conversation. Aussitôt, un nœud se forma dans ma gorge.

— J'avais promis de vous rappeler dès que j'aurais des informations.

— Oui, murmurai-je d'une voix étranglée.

— Eh bien, les corps ont été retrouvés.

Ma main s'était crispée sur l'appareil au point que je ne sentais plus mes doigts. Une multitude de questions se bousculèrent dans mon esprit mais, malgré tous mes efforts, je ne parvins pas à articuler le moindre son. Je fermai les yeux et me raidis. L'espoir que je caressais que Paul ait d'une manière ou d'une autre survécu à l'accident venait d'être anéanti par la froide, la dure réalité. Je me préparai à la suite.

— Et ?

Le lieutenant hésita.

— Je voulais vous assurer que le site n'a pas été détérioré par des combattants ennemis.

— Oh !

Je tendis la main vers une chaise et m'y laissai tomber, mes jambes ne pouvant plus soutenir mon poids.

— Les dépouilles sont en cours de rapatriement.

Telle avait été sa promesse. Qu'un jour, quoi qu'il en soit, j'aurais la possibilité d'enterrer mon mari. Qu'aucun homme ne serait laissé sur place. Tel avait été l'engagement pris par Dennis Milford envers moi, et l'engagement pris par l'armée envers Paul quand il était devenu Ranger.

— Merci, murmurai-je.

Il hésita. Je sentais qu'il y avait autre chose, quelque chose qu'il ne me disait pas. Je le sentais dans toutes les fibres de mon corps.

— Quoi d'autre ? demandai-je avec difficulté.

— Je ne sais pas si je dois vous le dire, Jo Marie.

— Je vous en prie. Quoi que ce soit… j'ai besoin de savoir.

J'avais mal à l'oreille tant je la pressais contre le téléphone.

— Il y avait six hommes à bord de l'hélicoptère.

— Oui, chuchotai-je.

— Nous n'avons retrouvé que cinq dépouilles.

J'ouvris grand les yeux.

— Vous voulez dire…

— Je ne veux rien dire. Il est fort probable que la dernière victime ait été éjectée de l'appareil ou que le corps ait été emporté par des animaux. Je ne veux pas que vous vous mettiez en tête que Paul est encore en vie. Il ne l'est pas. Acceptez-le.

— Savez-vous quel corps n'a pas été retrouvé ?

— Pas encore. Je n'aurais même pas dû vous en parler.

— Non. Je suis contente que vous l'ayez fait.

Mon cœur battait à tout rompre. Durant tout ce temps, j'avais eu un sentiment, une intuition, je ne savais comment appeler l'étrange impression qui ne m'avait pas quittée depuis que j'avais été informée de l'accident. L'impression que Paul avait trouvé le moyen de survivre et qu'il essayait de communiquer avec moi, qu'il m'encourageait à attendre son retour.

C'était peut-être simplement parce que notre amour était si neuf et que nous nous étions rencontrés alors que nous n'espérions plus tomber amoureux, mais j'avais toujours pensé que si Paul était mort, je l'aurais su. J'aurais senti qu'il était vraiment parti. Je savais pourtant que je refusais la réalité, que je ne voulais pas accepter que mon mari était vraiment mort.

Et cette nouvelle changeait tout.

Durant les semaines qui avaient suivi l'annonce de la tragédie, j'avais été submergée par un chagrin tel que je ne pouvais pas dormir, ni avaler la moindre bouchée de nourriture. La nuit, je restais étendue, parfaitement éveillée, espérant que Paul m'apparaisse comme dans un rêve. Il ne l'avait pas fait… du moins pas tout de suite.

C'était seulement à Cedar Cove qu'il était venu à moi, lors de ma première nuit à la villa. Je me souvenais comme si c'était hier de ce moment qui avait bouleversé ma vie. J'étais pelotonnée dans l'alcôve, à demi endormie, devant la cheminée en pierre où les flammes dansaient doucement. C'était une nuit étoilée du début janvier, et soudain Paul m'avait semblé être là, parfaitement réel, aussi palpable que s'il était assis à côté de moi.

Je me rappelais avoir eu peur d'ouvrir les yeux de crainte qu'il ne s'évanouisse, car cette pensée m'était insupportable. Je voulais m'accrocher à cette vision aussi longtemps que possible.

— Jo Marie.

Je déglutis avec peine.

— Oui.

— Paul est mort.

— Oui, murmurai-je de nouveau, mais je sentais mon cœur résister.

Je ne voulais pas y croire. Je ne voulais pas accepter l'horrible vérité.

17

Après le petit déjeuner, Mary remonta dans sa chambre pour se préparer à aller à Seattle. George avait insisté pour qu'elle passe la journée avec lui et elle se demandait encore si elle avait eu raison d'accepter. En tout cas, elle avait catégoriquement refusé qu'il revienne la chercher à Cedar Cove, déclarant qu'elle prendrait un taxi pour se rendre au terminal maritime de Bremerton et emprunter le ferry qui reliait la ville à Seattle. Tout le temps qu'elle avait vécu là, elle n'avait jamais fait cette traversée et le regrettait. L'État de Washington ne s'enorgueillissait-il pas de posséder le réseau de ferries le plus développé au monde ?

Jusqu'à peu, jusqu'au moment où on avait diagnostiqué son cancer, Mary avait été trop occupée, trop absorbée par sa carrière pour s'adonner à des activités aussi frivoles que des excursions en bateau. Beaucoup trop impatiente pour faire la queue et attendre son tour d'embarquer. Beaucoup trop impatiente pour une foule de choses, y compris être mère. Ce serait peut-être sa seule occasion de rallier Seattle par la baie et elle n'allait pas la rater parce que George, son cher George, redoutait que le trajet l'épuise ou qu'elle prenne froid.

Le taxi arriva à dix heures quinze, ce qui lui donnait amplement le temps de prendre le ferry de onze heures dix à Bremerton. Le ciel était couvert, mais la météo annonçait des éclaircies, et Mary espérait apercevoir les monts Olympiques durant le voyage.

Le chauffeur de taxi se révéla être un homme amical qui bavarda volontiers durant la demi-heure de route entre Cedar Cove et Bremerton. Mary ne put s'empêcher d'être amusée par sa loquacité. Dix-huit mois plus tôt, elle l'aurait trouvé exaspérant. Bien des choses avaient changé depuis. Elle prit plaisir à l'observer et à écouter ses histoires.

Quand il l'arrêta devant le terminal, elle régla la course et ajouta un généreux pourboire. Monter par la passerelle lui parut exténuant. Elle marcha lentement, laissant les autres passagers la dépasser. À une certaine époque, elle aurait éprouvé le besoin de rester à la hauteur de tout le monde et même de prendre la tête. Ce n'était plus le cas. Elle avança à son rythme sur la rampe pentue, ménageant ses forces tandis que résonnait autour d'elle le vrombissement des moteurs des voitures en cours d'embarquement.

Une fois à bord, Mary fut soulagée de trouver une place assise. Elle contempla les eaux vertes et la vue avec émerveillement. Des mouettes décrivaient des cercles au-dessus de sa tête ; leurs cris stridents la firent sourire, lui rappelant le commentaire du jeune serveur du Java Joint à propos du concours annuel de Cedar Cove. Elle était sur le point de se lever pour aller chercher un thé à la petite cafétéria quand George se glissa sur le siège en face d'elle.

— George ! s'exclama-t-elle, interloquée. Que fais-tu ici ?

— Je n'allais pas te laisser faire la traversée toute seule, répondit-il calmement. Je tiens à passer chaque minute possible avec toi.

George avait toujours été un incorrigible romantique. C'était une des raisons pour lesquelles elle était tombée si follement amoureuse de lui.

— Comment es-tu venu ? demanda-t-elle, songeant qu'il avait dû faire le trajet en voiture.

— À ton avis ? J'ai pris le ferry au départ de Seattle, j'ai débarqué et puis je suis remonté à bord.

Mary étouffa un rire.

— Tu es dingue !

— Pour toi, je suis plus que prêt à me conduire comme un dingue.

Il vint s'asseoir à côté d'elle sur la banquette capitonnée, passa un bras autour de ses épaules et la serra doucement contre lui. En dépit de ses paroles, Mary était heureuse qu'il soit là. Faire cette traversée avec George lui donnait une importance particulière.

— Veux-tu boire quelque chose ? s'enquit-il.

Elle hocha la tête.

— J'aimerais bien un thé.

— Je reviens tout de suite.

Il se leva aussitôt, aux petits soins pour elle, mais après avoir fait deux ou trois pas, il se retourna.

Mary le regarda d'un air interrogateur. Avec un sourire, il revint, se pencha vers elle et posa doucement les lèvres sur les siennes. Elle trouva curieux qu'un si insignifiant témoignage d'affection la touche autant. Elle avait la poitrine comprimée par l'émotion. Vraiment, songea-t-elle, irritée contre elle-même, elle devait surmonter ce désir ridicule de fondre en larmes à la moindre occasion. C'était embarrassant à l'extrême.

Quelques minutes plus tard, George revint avec deux tasses de thé fumant. Il avait laissé le sien infuser plus longtemps, exactement comme elle l'aimait. Elle ne fut pas surprise qu'il s'en souvienne, il avait toujours été très attentionné.

— Quel est le programme ? s'enquit-elle, puisque c'était lui qui avait insisté pour qu'ils passent la journée ensemble. Après notre fantastique dîner d'hier, je doute d'avoir faim avant un bon mois.

George avait tenu à ce qu'elle essaie le velouté aux palourdes en hors-d'œuvre et à lui faire partager son dessert, un délicieux pudding au pain. Il ne lui avait pas caché qu'il espérait lui faire reprendre un peu de poids. Ils n'avaient pas encore évoqué le passé. Devinant sans doute qu'elle était anxieuse et fatiguée, George n'avait pas abordé le sujet, ce dont elle lui était reconnaissante.

— J'ai plusieurs idées, répondit-il en prenant sa main pour la glisser entre les siennes. D'abord, je veux te montrer mon cabinet.

— Bonne idée.

Avant la maladie, elle aurait partagé son enthousiasme. Son travail était toute sa vie, et son bureau, doté d'une vue splendide sur New York, bien qu'elle la remarque rarement, avait naguère été son royaume, l'endroit où elle se sentait chez elle, dans son élément. Le cancer avait mis une fin à son règne, comme il avait anéanti tant d'autres choses.

— Et ensuite, j'ai pensé t'emmener chez moi.

— Parfait.

Quelle délicate attention de sa part de ne pas lui proposer une liste d'activités touristiques ! Mary lui pressa les doigts en signe d'approbation.

— J'ai pris des dispositions pour que nous déjeunions dans mon appartement. De toute façon, tu as sans doute déjà visité tout ce qu'il y a à voir à Seattle.

Elle acquiesça.

— Cela dit, si tu avais quelque chose en tête…

— Pas du tout, affirma-t-elle.

Ces projets lui convenaient à merveille. Elle n'avait pas assez d'énergie pour sillonner les rues de la ville. À vrai dire, elle était consternée par la vitesse à laquelle elle se fatiguait et être confrontée à ses limites ne l'en déprimait que plus. Néanmoins, le cancer avait déjà fait assez de dégâts dans sa vie : elle refusait qu'il lui vole sa journée avec George.

— J'aimerais prendre l'air, déclara-t-elle alors que le ferry arrivait à mi-chemin.

L'approche de Seattle depuis la proue du bateau était un spectacle à ne pas manquer. George hésita, et Mary comprit qu'il s'inquiétait.

— Ça va aller, se hâta-t-elle de le rassurer.

Elle portait une veste et un foulard supplémentaire autour des épaules. Et son crâne était bien protégé du vent. Sans lâcher sa main, George la précéda au-dehors. Comme elle s'y attendait, le spectacle était splendide. L'« aiguille de l'espace » s'élançait dans les airs, lui rappelant leur première rencontre. Une bise âpre et mordante tourbillonnait autour d'elle. Bien que glacée, Mary refusa de bouger. Elle voulait se cramponner à cet instant, d'autant plus précieux que George était avec elle. Toujours attentionné, il se plaça derrière elle et l'entoura de ses bras pour la protéger du vent. Elle ferma les yeux et mit les mains sur ses bras, savourant son affection et sa chaleur.

La traversée passa à toute allure. Lorsqu'ils s'amarrèrent à Seattle, les voitures débarquèrent du ferry dans le même vacarme que lors de l'embarquement. George et Mary descendirent à pied, empruntant la passerelle qui menait au terminal.

Une fois dans la rue, George lui offrit son bras, la gardant près de lui, et ils déambulèrent lentement sur les quais. Mary remarqua immédiatement les nombreux changements intervenus depuis son départ. De nouveaux commerces s'étaient établis, et pourtant l'endroit demeurait familier. Le premier magasin qu'avait ouvert la chaîne Starbucks était tout proche, l'aquarium un peu plus bas dans la rue. Gravir la côte qui menait à Pike Place Market serait trop éprouvant à présent, se dit-elle, la gorge serrée. Ce marché occupait une place à part dans son cœur. À l'époque, chaque semaine, George lui offrait un bouquet de fleurs coupées venant de Pike Place Market, en général des compositions de plantes exotiques, aux noms qu'elle désespérait de pouvoir prononcer. Elle les gardait sur son bureau et les arrosait avec soin. Chaque fois qu'elle les contemplait, elles lui rappelaient son amour.

— Penses-tu à ce que je crois ?

Il avait mis la main sur la sienne au creux de son coude et réglé son pas sur le sien pour ne pas la fatiguer.

— À quoi suis-je en train de penser ? demanda-t-elle en lui jetant un regard furtif.

— À Pike Place Market.

— Aux fleurs.

George sourit.

— Tu te souviens du jour où le poissonnier a lancé un saumon juste au-dessus de ta tête ?

C'était un incident qu'elle ne risquait guère d'oublier. Ça avait été un moment magique. Toute la journée l'avait été, d'ailleurs. Si elle avait dû deviner, elle aurait dit que c'était cette nuit-là que leur enfant avait été conçu. À cette pensée, une tristesse mêlée de regret l'envahit et elle déglutit avec difficulté. Toujours sensible à ses humeurs, George remarqua aussitôt sa détresse.

— Ça va ?

— Oui. Tu disais que tu allais me faire visiter ton cabinet ?

George la conduisit à un rang de taxis devant le terminal et lui tint la portière ouverte pendant qu'elle montait. Après avoir donné l'adresse au chauffeur, il s'installa à son tour et le véhicule démarra en trombe vers la Quatrième Avenue.

La visite des locaux confirma à Mary que George avait bien réussi. Situé à l'angle de la prestigieuse avenue, son cabinet s'agrémentait d'un bureau en merisier, d'une cimaise et d'œuvres d'art originales qui ne pouvaient qu'impressionner les visiteurs. Une bouffée de fierté la submergea et elle sourit à cet homme qu'elle avait tant aimé.

— Cette pièce te ressemble, commenta-t-elle.

— Que veux-tu dire ?

— Regarde ton bureau.

— Eh bien ?

— Il est ordonné, impeccable et…

— J'emploie un service d'entretien qui se charge de ce genre de choses.

— Tu es méticuleux et brillant, poursuivit Mary, et tes clients devraient s'estimer heureux de t'avoir pour avocat.

Visiblement embarrassé par ses louanges, George détourna les yeux.

— Je crois qu'il est temps de partir.

Il enroula un bras autour de sa taille et la guida vers l'ascenseur.

Son appartement se trouvait à deux pas, cependant George insista pour prendre un taxi, et Mary lui sut gré de cette attention. Son logement, au vingt-quatrième étage d'un immeuble moderne, jouissait d'une vue stupéfiante sur Puget Sound et les montagnes. Mary se sentit attirée par le panorama dès l'instant où elle entra.

— Oh ! George…

— Ça te plaît ?

— Comment pourrait-il en être autrement ? C'est magnifique !

Il l'aida à retirer sa veste et alla l'accrocher dans le placard du couloir. Le couvert était dressé, le déjeuner prêt à être servi.

— Voudrais-tu commencer par un verre de vin ? suggéra George.

Mary détourna la tête.

— Je ne peux pas… le traitement…

— Du thé ?

— Ce serait parfait.

— Je m'en occupe tout de suite.

Il entra dans la cuisine, uniquement séparée du séjour par un long plan de travail.

— Laisse-moi t'aider.

Ainsi qu'elle s'y attendait, George refusa.

— Assieds-toi et détends-toi. Je ne veux pas que tu te fatigues.

De sa place, elle le vit s'affairer, ouvrir et refermer fébrilement des tiroirs. L'espace d'un instant, il se figea complètement et dut s'agripper au plan de travail. Mary n'avait pas besoin de s'interroger sur les causes de son malaise. Il l'avait amenée chez lui pour parler du passé.

C'était exactement ce qu'elle avait redouté, et pourtant il avait le droit de connaître la vérité, si douloureux ses aveux soient-ils.

— George, dit-elle doucement.

Il fit volte-face, l'interrogeant du regard.

— Viens t'asseoir à côté de moi, reprit-elle en tapotant le coussin.

— Ton thé…

— Je le boirai plus tard.

Il revint vers elle, mais au lieu de s'asseoir, il se mit à arpenter la pièce, frottant ses paumes l'une contre l'autre.

— Dis-moi, Mary, pourquoi as-tu refusé de m'épouser ? Ça aurait pu marcher. Élever ton enfant, t'aimer, c'était ce que je désirais le plus au monde…

Mary baissa les yeux, cherchant ses mots.

— Nous avons essayé tous les deux, mais j'ai compris, contrairement à toi, que c'était impossible.

Elle ne parlerait pas de la grossesse… pas maintenant. Mieux valait attendre d'être plus forte ; elle ne se sentait pas encore capable d'affronter la colère et la déception de George. Celui-ci ignora sa réponse.

— Comment as-tu pu accepter cette mutation sans m'en parler d'abord ?

C'était une vieille querelle.

— Tu le sais mieux que moi, George. Je t'en prie, pouvons-nous mettre cela derrière nous pour l'instant…

Cette conversation gênante était précisément ce qu'elle avait craint. Elle n'avait pas la force émotionnelle d'y faire face.

— Je n'aurais jamais pu être l'épouse que tu méritais, ni la mère dont un enfant a besoin – tu le sais, George. J'avais mes propres objectifs et je ne t'ai jamais caché que je n'avais aucun désir d'être mère. Et puis je ne pouvais pas imaginer traîner un enfant d'un bout à l'autre du pays. Ce n'est une vie pour personne. J'ai fait ce que j'avais à faire. Je sais que tu voulais m'épouser, mais il s'agissait de mon corps, George, et une grossesse n'avait jamais fait partie de mes projets.

Ses paroles demeurèrent en suspens dans l'air. Comme s'il ne pouvait supporter de la regarder, George se détourna et sembla réfléchir.

— Réponds à cette question : as-tu trouvé le bonheur ?

Il pivota, la dévisageant avec intensité.

Quelle question ! Avait-elle été heureuse ?

— Je l'ignore, avoua-t-elle honnêtement. Mais j'éprouve un profond sentiment de réussite.

— Avoir atteint le sommet de ta profession t'a comblée ?

Cette question-là était encore plus difficile.

— En un sens, je suppose.

Il secoua la tête.

— Je ne te crois pas. Je ne peux pas le croire.

Il serra les poings.

— Cela en valait-il la peine, Mary ? Tuer notre bébé en valait-il la peine ?

Il était calme, mais sa douleur était plus assourdissante qu'un accès de colère.

— Je voulais cet enfant, ajouta-t-il, d'une voix qui tremblait d'une émotion mal contenue.

Les yeux de Mary s'emplirent de larmes. Elle savait combien elle l'avait fait souffrir.

— Je suis désolée.

— Tu devrais l'être.

Elle ouvrit son sac pour y prendre un mouchoir et le serra dans sa main, baissant les yeux.

— Je suis allée à la clinique…

— Je ne veux pas entendre cela.

Il s'éloigna et alla se tenir face à la baie vitrée, le dos tourné à elle, les épaules rigides. Mary ferma les yeux et inspira fortement. Le moment était venu de tout lui dire.

— George, écoute-moi… j'aurais dû te dire cela il y a des années. Je suis allée à la clinique, j'ai vu le médecin…

— Je ne veux pas l'entendre, répéta-t-il, plus fort cette fois.

— Je n'ai pas pu aller jusqu'au bout, George. Je n'ai pas pu.

George se figea. Lentement, très lentement, il se retourna, les traits altérés par la stupeur.

— Comment ?

— Je prenais la pilule…, j'avais une chance sur cent mille de tomber enceinte. Je n'avais pas oublié ma pilule. Je la prenais religieusement chaque matin, et je suis tombée enceinte quand même. Alors que j'étais assise là, à la clinique, l'idée m'est soudain venue que ce bébé n'était pas un accident. Qu'il était censé venir au monde.

George la fixait, bouche bée, figé par le choc et l'incrédulité.

— Nous avons eu une fille, murmura-t-elle.

Il demeura longtemps silencieux. Puis les mots semblèrent jaillir de sa bouche.

— Pourquoi ne m'as-tu rien dit ?

— Je… je ne pouvais pas. J'étais partie, j'avais coupé les ponts. Je ne voulais pas te faire souffrir davantage.

— Me faire souffrir ? Tu ne voulais pas me faire souffrir ? répéta-t-il en la foudroyant du regard, ses yeux écarquillés et accusateurs. Tu plaisantes ? Tu as donné naissance à ma fille et tu ne m'as rien dit… Toutes ces années durant, tu m'as privé de ma propre chair, sous prétexte que tu ne voulais pas me faire souffrir ?

— George…

D'un geste, il lui imposa le silence.

— Je ne voulais pas continuer à t'aimer. Dieu sait que j'ai essayé de t'oublier. J'ai épousé une autre femme en espérant y parvenir. Ça n'a pas marché. Kathleen m'a dit que je n'étais jamais vraiment là. Elle savait qu'en dépit de mes dénégations je n'avais jamais cessé de t'aimer.

Mary éclata en sanglots.

— Oh ! George…

Il se laissa tomber sur une chaise, le visage dans ses mains.

— Et voilà que j'apprends que tu as mis mon enfant au monde et que tu me l'as caché pendant toutes ces années…

— Je ne te l'ai pas caché.

Accablée, Mary se leva, s'approcha de lui et posa une main sur son épaule, mais il se dégagea violemment, comme si son contact l'avait brûlé, puis leva vers elle des yeux emplis de larmes. Au fond de son cœur, elle croyait avoir agi pour le mieux, dans l'intérêt de leur fille et le sien…

— Elle… elle a été adoptée, souffla-t-elle.

Refusant de la regarder, George enfouit de nouveau la tête dans ses mains. Son chagrin déchira le cœur de Mary. Elle se pencha et lui effleura le bras.

— Je suis désolée, tellement désolée, murmura-t-elle, les joues striées de larmes.

Sans un mot, George tendit la main vers elle.

18

Annie fit lentement le tour de la salle de réception, portant un regard approbateur sur les superbes compositions florales qui trônaient sur les tables et les ballons multicolores qui attendaient d'être attachés au dossier des chaises. Dans quelques heures, toute la famille et les amis de ses grands-parents se réuniraient ici même. Elle n'avait plus qu'à prier le ciel pour que la fête ne vire pas à un épouvantable désastre. Si ses grands-parents ne s'étripaient pas d'ici la fin de la journée, ce serait un miracle. Que s'était-il donc passé ? Qu'est-ce qui avait changé ? Qu'était-il advenu du couple affectueux de ses souvenirs d'enfance ?

— Où veux-tu que je mette ces sièges ? demanda Oliver à l'autre bout de la pièce.

Pour toute réponse, elle le fixa sans rien dire.

— Annie ?

Elle tira une chaise et s'y laissa tomber, abattue.

— Ça ne va pas marcher, murmura-t-elle.

Les mains sur les hanches, Oliver promena un regard sur la salle.

— Il me semble que c'est parfait, au contraire.

— Je ne parle pas du lieu. Je parle de mes grands-parents.

Elle avait peine à croire que, quelques jours plus tôt, elle avait déclaré à des amis qu'elle voulait un mariage exactement comme le leur. À ses yeux, ils avaient construit leur vie l'un autour de l'autre, ils avaient fondé une famille ; ils s'étaient soutenus et encouragés au fil des années. Ils constituaient la preuve vivante que l'amour pouvait durer toute une vie.

Oh ! mon Dieu.

— Annie ? demanda Oliver, l'arrachant à ses pensées. Qu'y a-t-il ?

— Tu as vraiment besoin de poser la question ? gémit-elle.

Elle avait un nœud énorme à l'estomac et voyait déjà la fête dégénérer en catastrophe. Si son grand-père faisait la moindre allusion au fait qu'ils s'étaient mariés dans la précipitation parce que sa grand-mère avait peur d'être enceinte, ce serait une humiliation pour elle et un choc pour leurs amis.

Oliver s'approcha et s'assit en face d'elle, prenant ses mains dans les siennes.

— Ils sont tout le temps comme ça ? demanda-t-elle, la mort dans l'âme.

— Non, affirma-t-il.

— Merci, mon Dieu.

Cependant, ses inquiétudes ne se dissipèrent pas pour autant.

— Mais pourquoi se disputent-ils depuis l'instant où ils sont arrivés ? Grand-Père refuse de porter son appareil auditif et Grand-Mère s'adresse à lui en criant. Et lui s'énerve parce qu'elle crie.

— Je sais.

Oliver émit un petit rire, mais Annie ne voyait pas ce qu'il trouvait amusant là-dedans.

— Ou alors Kent s'habille et Julie lui dit que ses vêtements ne conviennent pas et qu'il doit se changer, renchérit-il, ajoutant à la liste de désaccords qu'elle avait remarqués.

— Exactement.

Annie se sentait désemparée, au bord de la nausée.

— Dire que leur mariage me paraissait être un modèle, avoua-t-elle, surprise d'avoir formulé sa pensée à voix haute.

— Annie, répondit Oliver d'un ton doux et rassurant, les gens manifestent leur amour à leur manière.

— En se querellant ? J'en doute.

— Tes grands-parents appréhendent cet événement. Ton grand-père joue aux cartes le samedi après-midi. Il préférerait de loin être à Portland, en train de taper le carton avec ses copains. Il se prête à tout ce tralala pour faire plaisir à ta grand-mère, mais il aimerait mieux ne pas y être mêlé. Ce n'est pas son truc.

Frustrée et légèrement blessée, Annie redressa le menton.

— Il n'avait qu'à me le dire ! J'aurais organisé quelque chose de plus discret, invité moins de gens.

— Il ne voulait pas décevoir ta grand-mère.

Annie ne savait que penser. Il était beaucoup trop tard pour faire marche arrière à présent, au dernier moment. Dans quelques heures, l'orchestre serait là, les serveurs dresseraient les tables du buffet et parents et amis du couple se rassembleraient sur les quais pour le renouvellement des vœux de mariage.

Oliver lui caressa les doigts. Elle se rendit brusquement compte qu'il tenait ses mains dans les siennes et se dégagea.

— Tu te rappelles l'été de tes quatorze ans ? demanda-t-il.

— Bien sûr, répliqua-t-elle d'un ton sec, irritée qu'il lui pose ces questions absurdes.

— Tu es venue passer deux semaines à Portland avec ta mère. Tu sais pourquoi ?

— Ce dont je me souviens à propos de cet été-là, c'est que j'ai fait tout ce que j'ai pu pour m'éloigner de toi.

Après ce premier baiser désastreux, elle s'était promis de ne jamais plus lui adresser la parole. Elle avait fait de son mieux pour l'éviter, aussi Oliver avait-il redoublé d'efforts pour la voir. Comme s'il était déterminé à lui gâcher la vie.

— Tu as été épouvantable avec moi, l'accusa-t-elle.

— Je sais.

— Tu sais ? Pourquoi as-tu fait ça ? Qu'est-ce que je t'avais fait pour mériter une telle méchanceté ?

Hormis m'être ridiculisée en t'embrassant, compléta-t-elle pour elle-même.

Oliver lâcha un long soupir.

— Je voulais t'embrasser de nouveau.

— Eh bien, tu t'y prenais d'une drôle de façon.

— C'est vrai que je n'ai pas été très subtil, mais tu t'es débrouillée pour me le faire payer cher.

Elle ne voyait pas en quoi. De toute manière, le moment était mal choisi pour approfondir la question. Tout cela remontait aux calendes grecques et n'avait plus la moindre importance.

— Quel rapport avec mes grands-parents ?

— Tu as oublié pourquoi vous êtes venus à Portland cette année-là ?

— Nous venions chaque été.

— Quelques jours, oui. Mais là, vous êtes restés deux semaines.

— Vraiment ?

— Je suis bien placé pour le savoir, insista Oliver. C'était une torture de te savoir à côté de chez moi.

Annie sourit malgré elle.

— Si je t'ai rendu malheureux, tant mieux. C'est ce que tu méritais.

— Ton grand-père avait subi une intervention, enchaîna-t-il, ignorant sa remarque. Et ta grand-mère refusait de quitter son chevet.

Annie fronça les sourcils. Elle se souvenait vaguement que son grand-père avait été malade. Ce qui demeurait le plus net dans son esprit, c'était la haine qu'elle vouait à Oliver et le fait qu'il la rendait malheureuse. Apprendre qu'elle lui avait rendu la pareille lui apportait une certaine satisfaction d'amour-propre, mais elle ne pouvait imaginer que cela ait été si dur pour lui.

— À l'époque, ta grand-mère venait d'ouvrir une boutique de cadeaux, n'est-ce pas ?

En effet, celle-ci s'était mise à vendre des poupées. Non pas des poupées pour enfants, mais des figurines en porcelaine, des objets de collection très populaires. Certaines d'entre elles coûtaient des milliers de dollars. Le magasin avait connu un grand succès pendant plusieurs années avant que le marché finisse par s'effondrer.

— Oui.

— Ta mère l'a remplacée pendant que ton grand-père était à l'hôpital.

Annie fronça à nouveau les sourcils, fouillant dans ses souvenirs.

— Grand-Père souffrait d'une péritonite, murmura-t-elle. Maman avait peur qu'il meure.

— Tout le monde avait peur. Après, j'ai entendu quelqu'un dire que c'était l'amour de ta grand-mère qui l'avait sauvé. Elle est restée avec lui vingt-quatre heures sur vingt-quatre.

À la réflexion, Annie ne se remémorait pas avoir beaucoup vu sa grand-mère pendant ces vacances.

— Un amour aussi fort ne peut pas mourir, Annie.

Elle voulait désespérément le croire.

— Peut-être, mais à entendre les piques qu'ils s'envoient sans arrêt…

— Ton grand-père est dépassé par les événements, et ta grand-mère n'a pas l'habitude d'être au centre de l'attention. Ils sont à cran, et leur nervosité se manifeste par de la mauvaise humeur.

— Si seulement j'avais su… Oh ! Oliver, je pense que je leur ai rendu à tous les deux un très mauvais service.

Le nœud dans son estomac se resserra encore. C'était elle qui avait eu l'idée d'une grande fête. Elle qui avait décidé de l'organisation du week-end et qui avait refusé d'écouter lorsqu'ils lui avaient suggéré de ne pas se donner tout ce mal ; ce qu'ils avaient vraiment voulu dire, c'était qu'ils auraient préféré quelque chose de plus modeste. Au lieu de quoi, elle les avait placés dans une situation gênante, à laquelle ni l'un ni l'autre n'était préparé. Elle n'avait rien compris. Tout cela parce qu'elle avait besoin d'un exutoire à sa douleur après sa rupture avec Lenny.

— Oh ! Oliver, j'ai tout gâché.

— Pas du tout. Et tout ce que tu as fait, tu l'as fait par affection pour eux.

Annie se leva d'un bond.

— Il faut que je leur parle, que je les rassure. J'annulerai tout si c'est ce qu'ils veulent.

Elle attrapa sa veste et son sac et se dirigea vers la porte, bien décidée à trouver un moyen de leur éviter cette épreuve, même si elle ne voyait pas encore très bien comment.

— Que vas-tu leur dire ?

— Je ne sais pas… je verrai une fois là-bas.

Oliver s'avança.

— Tu veux que je t'accompagne ?

Elle secoua la tête.

— Non. Reste ici et…

Elle parcourut la salle du regard.

— Continue, installe les chaises et accroche les ballons. Partons du principe que tout va se passer comme prévu jusqu'à ce que je te dise le contraire.

— D'accord. Tu veux que je t'embrasse pour te porter chance ?

— Non, dit-elle fermement, soucieuse de ne laisser planer aucun doute entre eux.

— Bien sûr que si ! lança-t-il dans son dos. Mais ne t'inquiète pas. Je me rattraperai plus tard.

Pour toute réponse, Annie agita la main en signe d'adieu. Oliver avait toujours été taquin. Jusqu'à maintenant, cela ne lui avait pas plu, mais c'était différent aujourd'hui. Elle lui était reconnaissante d'avoir pris le temps de lui expliquer pourquoi, à son avis, ses grands-parents se comportaient ainsi.

Arrivée à la villa, elle gravit les marches en courant et ouvrit la porte à la volée. Rover se mit à aboyer furieusement.

— C'est moi, Rover, annonça-t-elle.

Dès que le chien la reconnut, il se tut et regagna sa place dans la cuisine. Jo Marie s'avança, l'air troublé.

— Quelque chose ne va pas ? demanda-t-elle.

— Savez-vous où sont mes grands-parents ?

Elle secoua la tête.

— Je ne les ai pas vus depuis le petit déjeuner.

L'espace d'une seconde, Annie, horrifiée, craignit qu'ils n'aient pris la fuite. Elle se rua vers leur chambre et tambourina de toutes ses forces à la porte, jusqu'à ce que sa main lui fasse trop mal pour continuer.

Son grand-père vint ouvrir.

— Annie ! Qu'y a-t-il, mon Dieu ? demanda-t-il, alarmé.

— Il faut que je vous parle, murmura-t-elle, hors d'haleine et affolée.

— Entre, dit-il en s'effaçant pour la laisser passer.

— Où est Grand-Mère ?

— Elle boude.

La porte de la salle de bains s'entrebâilla et Julie Shivers apparut, vêtue d'un peignoir, les cheveux enroulés dans d'énormes bigoudis.

— Annie, ma chérie, que fais-tu ici ?

— Je viens de lui poser la même question, intervint Kent.

Julie s'assit sur le lit.

— Explique-nous ce qui te met dans cet état, ordonna-t-elle calmement.

Au comble de la gêne, Annie hésita. À présent qu'elle était là, elle ne savait par où commencer.

— J'ai l'impression de vous avoir imposé une énorme fête dont vous ne vouliez ni l'un ni l'autre. Je suis vraiment désolée.

Sa grand-mère et son grand-père la fixèrent en silence, comme s'ils ne savaient que répondre.

— Je me suis emballée parce que je voulais... j'avais besoin de me changer les idées après Lenny. Il ne m'est jamais venu à l'idée que tout ça ne vous plairait pas.

À vrai dire, sa mère et sa tante Patty avaient elles aussi pensé que cette fête était une excellente idée.

— Qui t'a dit ça ? demanda Julie.

— Mon petit doigt.

Sa grand-mère se tourna aussitôt vers son mari, les yeux étincelants de colère.

— Qu'es-tu allé raconter ?

Annie se hâta d'intervenir.

— Grand-Père n'y est pour rien. C'était Oliver.

Julie prit une profonde inspiration.

— Cela ne le regardait pas.

— Je suis contente qu'il me l'ait dit, protesta Annie. Écoutez, nous pouvons tout arrêter tout de suite. J'annulerai tout. Vous n'avez pas à vous inquiéter. En fait, si vous voulez, vous pouvez partir à l'instant. Je... je dirai à tout le monde que vous vous êtes enfuis ensemble, comme la première fois.

Julie jeta un coup d'œil vers son mari, quêtant son opinion.

— Qu'en penses-tu, Kent ?

L'air songeur, il reporta son attention sur elle.

— Eh bien, dit-il lentement, je me suis habitué à l'idée, mais nous ferons comme tu voudras.

— Beaucoup d'invités sont venus de loin, murmura-t-elle. Betty et Vern ont fait le déplacement depuis le Dakota du Sud. Ce serait vraiment grossier de leur faire faux bond.

— Je suis d'accord, acquiesça Kent. Il me semble qu'on devrait faire comme prévu, renouvellement des vœux et tout le tintouin.

Bien que soulagée, Annie voulait être certaine que ses grands-parents agissaient vraiment selon leur volonté.

— Que puis-je faire pour que vous soyez à l'aise ?

— Oh, mon chou, tout ira bien, affirma Julie en tendant la main vers Kent. N'est-ce pas, mon chéri ?

Celui-ci passa le bras autour de la taille de sa femme.

— Bien sûr.

— Nous nous sommes très mal conduits, ajouta celle-ci. Oh, Annie, je te présente mes excuses.

— Hé, tu pourrais t'excuser envers moi aussi.

Sa grand-mère caressa la joue de son époux.

— Nous sommes deux vieux idiots, Kent Shivers.

Il lâcha un petit rire et la pressa doucement contre lui.

— Ça, c'est bien vrai.

Julie sourit et s'adressa à Annie.

— Maintenant, retourne à tes occupations.

— Vous êtes vraiment sûrs que ça va ?

— Absolument, assura son grand-père.

— Vas-y, et nous allons finir de nous préparer.

Annie se leva et se préparait à sortir quand son grand-père la rappela.

— Hé, Annie, qu'est-ce que tu penses du nouveau soutien-gorge à balconnets de ta grand-mère ?

— Kent !

— Il me plaît, gloussa-t-il. Il y a du monde au balcon !

— Kent ! pouffa Julie de nouveau, comme si elle avait vingt ans.

Rassérénée, Annie regagna la salle de réception. Quand elle le rejoignit, Oliver avait achevé de disposer les chaises.

— Comment ça s'est passé ? demanda-t-il.

— Bien, je pense, répondit-elle en retirant sa veste. Je leur ai donné la possibilité de s'enfuir en amoureux comme autrefois, mais ils ont décidé de maintenir la fête.

— Je m'en doutais.

— Merci, chuchota Annie, songeant qu'elle avait une dette envers lui. Je crois que cette journée aurait été un désastre si tu ne m'avais rien dit.

Oliver haussa les épaules.

— Je suis sûr que non.

L'air entre eux semblait s'être chargé d'électricité. Annie tenta de s'éloigner, mais elle avait l'impression d'être clouée sur place. C'était de la gratitude qu'elle éprouvait, se dit-elle. De la reconnaissance. Il était impossible qu'elle soit attirée physiquement par Oliver. Impossible qu'elle meure d'envie de l'embrasser de nouveau, de…

Alors même que ces pensées se succédaient dans sa tête, Annie sentit qu'elle se penchait vers lui. Oliver n'eut pas besoin d'encouragement. Il tendit la main vers elle. Ses lèvres allaient se poser sur les siennes quand la porte de la salle s'ouvrit en grand.

— Annie ? Tu as besoin d'un coup de main ?

Annie et Oliver tressaillirent et se détachèrent brusquement l'un de l'autre. Elle se retourna vivement.

— Tante Patty ! Bonjour ! Comme c'est gentil d'être venue…

19

Le lieutenant-colonel Milford avait raison. Paul n'était plus. Il n'allait pas revenir à la maison. Au fond de mon cœur, je devais me résigner à la mort de mon mari. Six hommes se trouvaient à bord de l'appareil lorsqu'il était tombé ; six hommes avaient péri. Il était insensé d'espérer que l'un d'eux ait survécu. Et de surcroît que cet homme soit Paul.

Au cours de l'après-midi, j'avais accueilli deux nouveaux couples à la villa et les avais conduits à leur chambre, mais je ne me rappelais pas un traître mot de ce que je leur avais dit. Ce qu'il me fallait, décidai-je, c'était de l'exercice physique. Puisque Mark ne pouvait travailler à la roseraie, autant m'en charger moi-même.

J'enfilai des bottes en caoutchouc, attrapai un manteau et sortis, Rover sur mes talons. Munie d'une bêche, je me dirigeai vers le carré à demi terminé, ne sachant pas exactement par où commencer. À défaut d'autre chose, peut-être pouvais-je remettre les mottes de terre en place, de sorte que le jardin n'ait pas l'air aussi dévasté. Au moins, mes efforts me permettraient-ils de refouler les émotions qui me submergeaient.

Devinant que quelque chose n'allait pas, Rover se mit à geindre et continua jusqu'à ce que je cesse de creuser et que j'aille le flatter. Mes yeux étaient embués de larmes. Je fis de mon mieux pour les ignorer, reniflant plusieurs fois avant d'être contrainte de tirer un mouchoir de ma poche. Je renonçai bien vite à endiguer le flot et, sans cesser de sangloter, me jetai à corps perdu dans ma tâche.

Mark ne serait pas content. Perfectionniste comme il l'était, il n'apprécierait guère que je me sois mêlée de ce qu'il considérait comme son domaine.

Le dos douloureux et les jambes flageolantes, je remis enfin la bêche à sa place, craignant de n'avoir fait plus de mal que de bien. D'autres corvées exigeaient mon attention, mais après tout cet exercice, j'avais besoin de prendre une douche et de me changer. J'étais encore dans tous mes états. Peut-être qu'un moment sous le jet d'eau brûlante m'aiderait à m'apaiser.

Comme je retournais à la maison, la porte d'entrée s'ouvrit, livrant passage aux Shivers, dont la journée avait si mal commencé. Julie jeta un coup d'œil vers moi et comprit aussitôt que j'étais bouleversée.

— Jo Marie, mon petit, qu'est-ce qui ne va pas ?

Je devais avoir la mine défaite, les yeux rougis.

— Je suis désolée, répondis-je dans un murmure. J'ai reçu ce matin des nouvelles qui m'ont secouée.

Je ne m'étais pas rendu compte que le couple était toujours à la villa. J'avais supposé qu'ils étaient déjà partis pour leur fête avec leur fille cadette et son mari.

— Pouvons-nous faire quelque chose ? demanda Kent.

Je fis non de la tête et m'efforçai de sourire.

— Vous êtes superbes tous les deux.

C'était la vérité. Julie arborait un tailleur croisé rose avec une jupe droite à ourlet plissé. Le costume de Kent était parfaitement assorti à la tenue de sa femme. Ils formaient un très beau couple.

— Vraiment ? fit Julie en passant une main gantée sur le devant de sa veste. Nous avons attendu le dernier moment pour nous habiller. Oliver doit venir nous chercher dans quelques minutes, mais Kent était trop fébrile pour attendre à l'intérieur.

Ce dernier fit courir son index sous le col de sa chemise.

— Je n'ai jamais été à l'aise en complet-cravate, avoua-t-il. Je ne peux pas le supporter plus de quelques heures.

Julie lui tapota le bras avec affection.

— Tout sera terminé avant qu'on s'en rende compte, assura-t-elle.

— C'est ce que j'essaie de me répéter, bougonna Kent.

— Si vous vous asseyiez un instant avec nous ? me proposa Julie en désignant la balancelle.

Je baissai les yeux sur mes bottes maculées de boue.

— Je suis toute sale.

— Asseyez-vous, insista Kent. Aidez-nous à nous changer les idées.

Songeant qu'ils avaient besoin de distraction, je m'installai sur la première marche de l'escalier tandis qu'ils prenaient place sur la balancelle. Rover vint s'étendre près de moi et je lui caressai le dos, réconfortée par sa présence.

— Que se passe-t-il ? me questionna Kent, allant droit au but.

— J'ai reçu un appel du supérieur de mon mari ce matin, avouai-je, plus pour entretenir la conversation que par besoin de me confier.

Je leur expliquai la situation.

— Vous pensez que le corps manquant pourrait être celui de Paul et qu'il est peut-être encore en vie ? demanda Julie, m'observant de ses grands yeux pleins de compassion.

— Je me répète constamment que je dois accepter qu'il est mort.

— Mais vous ne pouvez pas vous empêcher d'espérer, compléta Kent.

J'acquiesçai. Il était inutile qu'on me dise que c'était absurde.

— Chacune des autres épouses, des autres mères se berce sans doute des mêmes illusions. Nous voulons toutes croire que celui que nous aimons a miraculeusement survécu. Qu'il est en train de traverser ces montagnes et de revenir lentement mais sûrement vers nous.

— Comment pourriez-vous ne pas vous cramponner à cet espoir-là ? souffla Julie.

— Franchement, aucun être humain ne pourrait s'en empêcher, ajouta Kent. Il n'est jamais facile de renoncer à ceux qu'on aime.

Leur compréhension me mit du baume au cœur, chassant le froid glacial qui s'était emparé de moi depuis ce matin.

— Paul et moi avons eu si peu de temps ensemble, expliquai-je en scrutant les eaux étales de la baie. J'aimerais penser que s'il avait survécu, nous aurions aussi fêté notre cinquantième anniversaire de mariage, un jour.

— J'étais malade d'inquiétude quand Kent était au Vietnam, murmura Julie. J'avais tellement peur de le perdre. Tous les jours, je lisais dans les journaux que d'autres jeunes hommes étaient morts. Ma plus grande crainte était qu'on m'annonce qu'il n'allait pas rentrer à la maison. Je ne pouvais pas supporter d'y penser.

Kent prit la main de sa femme dans la sienne et ils échangèrent un long regard.

— Julie m'écrivait chaque jour, dit-il. C'est grâce à ses lettres que j'ai tenu bon. Sans cela, je crois que je serais devenu fou.

— Quand je n'avais pas de ses nouvelles, toutes sortes d'horreurs me traversaient l'esprit, avoua Julie. Il s'écoulait parfois toute une semaine sans que je reçoive de lettre, et alors j'étais certaine d'avoir perdu mon mari.

En comparaison, la situation avait été plus facile pour Paul et moi. Lorsqu'il était parti à l'étranger, nous avions pu rester en contact.

Je me remémorais parfaitement cette époque-là. Mes journées entières étaient focalisées sur le moment où nous pourrions nous parler. J'avais installé mon ordinateur dans la chambre, et même dans mon sommeil, j'entendais le petit signal sonore qui indiquait l'arrivée d'un e-mail. Je me réveillais et nous passions une heure ou deux à nous envoyer des messages. Ensuite, je me recouchais et me rendormais, enveloppée par l'amour de mon mari à l'autre bout du monde.

Je chérirai ces instants toute ma vie. J'avais souvent relu les mots qu'il m'avait envoyés, surtout les premiers mois suivant l'annonce de l'accident. J'en connaissais certains par cœur. Je les avais imprimés et rangés dans un classeur. Désormais, je ne les sortais que lorsque je me sentais particulièrement seule. Rover pelotonné près de moi, je les lisais et les relisais. Peut-être le ferais-je ce soir-là. J'hésitais néanmoins, me demandant si c'était sage. Parfois ils me réconfortaient, mais ils avaient aussi l'effet contraire et me plongeaient de nouveau dans les affres du chagrin. Je résolus d'attendre le soir pour me décider.

— Voilà Oliver ! lança Kent en pointant le doigt vers la rue.

Il se leva, imité par Julie.

— Il était resté avec Annie pour préparer la salle. Je suis sûre qu'il l'a beaucoup aidée.

— Tu sais, tu as peut-être bien raison, déclara Kent en la regardant.

— À quel propos ?

— Quand tu disais qu'Oliver irait bien avec Annie.

Julie parut enchantée.

— Je le dis depuis une éternité. J'aimerais tellement qu'il entre officiellement dans notre famille.

— Autant qu'il le fasse, murmura Kent. Il a passé plus de temps avec nous qu'avec ses propres parents.

— Kent, ce n'est pas vrai. Oliver venait surtout quand les petits-enfants étaient là.

— Et quand ils n'étaient pas là, il trouvait quand même un prétexte pour venir nous voir, ajouta Kent, qui ne semblait pas y avoir vu d'objection.

— Ne te plains pas ! Il nous a été d'une grande aide au fil des années.

— Je ne me plains pas. Je dis les choses comme elles sont, voilà tout.

— Oliver déblaie la neige devant notre maison, m'expliqua Julie. S'il y a quelque chose que Kent ne peut plus faire, il s'en occupe. Il va vraiment nous manquer quand il partira en voyage.

— C'est vrai.

— Je voudrais seulement…

Julie laissa sa phrase en suspens.

— Quoi, ma chérie ?

— Tu sais… qu'Oliver et Annie…

— J'admets que ce serait bien, mais il faut qu'ils s'en rendent compte par eux-mêmes. Allons, Julie, n'essaie pas de jouer les entremetteuses ! Nous ne pouvons pas nous immiscer dans la vie d'autrui.

— Je sais, je sais, dit-elle à regret.

Oliver s'approchait d'un pas vif.

— Votre carrosse vous attend, annonça-t-il tout sourire.

— Tu es prête ? demanda Kent à sa femme.

Elle acquiesça avec un soupir.

— Je crois. Et toi ?

Il hocha la tête d'un air solennel. Puis il prit sa main dans la sienne et ils descendirent les marches.

Je savais que tout irait bien. Kent et Julie seraient entourés de leur famille et de leurs amis. Cette journée, où ils allaient célébrer leur mariage et leur vie ensemble, resterait longtemps dans le souvenir de tous.

Je demeurai assise sur les marches après leur départ. J'avais appris une leçon en observant les Shivers. Si Paul avait vécu, j'étais convaincue que nous nous serions conduits comme ils le faisaient après toutes ces années de vie commune. Seulement, nous n'aurions pas cette chance.

Mais je ne m'étais pas non plus attendue à tomber amoureuse ni à me marier. Aurais-je échangé le fait d'avoir rencontré Paul Rose contre tout ce que la vie avait à offrir ? Mon cœur connaissait la réponse.

Non. Je savais que je porterais la douleur du deuil jusqu'à la fin de mes jours, mais je n'avais pas de regrets. Même si mon mari m'avait été arraché, il ferait toujours partie de moi.

Alors que je m'apprêtais à rentrer, j'entendis une voiture s'engager dans l'allée. Je regardai par-dessus mon épaule et vis Peggy Beldon accompagnée de Corrie McAfee. Peggy et son mari tenaient une autre maison d'hôtes en ville. Quant à Corrie, elle était mariée à un ex-inspecteur de police de Seattle qui avait pris sa retraite et travaillait désormais pour le compte d'entreprises privées. Je songeai brusquement que le jeune pompier venu secourir Mark s'appelait McAfee et me demandai s'ils étaient apparentés.

Amies de longue date, les deux femmes déjeunaient régulièrement ensemble. Elles m'avaient à maintes reprises invitée à me joindre à elles, mais jusqu'à présent, je n'avais pu me libérer qu'une seule fois.

Peggy et son mari, Bob, m'avaient conseillée pour les aspects pratiques de la gestion d'une maison d'hôtes. Ils m'avaient aussi présentée à d'autres propriétaires de pensions dans la région. J'avais été stupéfaite par leur empressement à tendre la main à quelqu'un qu'ils auraient pu considérer comme une concurrente. Au lieu de quoi, ils se comportaient comme des amis, et Peggy affirmait volontiers que les membres de la profession devaient se serrer les coudes. Je savais que certains des membres de la famille Shivers venus d'autres États séjournaient chez eux, à Cranberry Point, ce soir-là. J'avais été heureuse de recommander leur établissement, sachant que Peggy et Bob seraient des hôtes chaleureux et attentifs.

J'allai à la rencontre des deux femmes.

— Bonjour ! lançai-je, contente d'avoir de la compagnie. Comment allez-vous ?

— Très bien. Nous sommes venues voir si nous pouvions t'aider pour la journée portes ouvertes, expliqua Peggy.

— Oh ! voilà une amie.

— Une vraie amie, renchérit Corrie, taquine.

— Et comment. Nous n'aurions pas offert notre aide à n'importe qui, ajouta Peggy en souriant, avant de froncer les sourcils à la vue de la roseraie inachevée. Je croyais que tu avais dit que Mark aurait fini ?

— C'est ce qu'il m'avait promis, répondis-je avec un soupir.

— Mais il ne l'a pas fait, et maintenant il s'est cassé la jambe.

— Combien de temps va-t-il être immobilisé ?

— Difficile à dire.

Mark n'était pas précisément loquace, surtout concernant ses affaires personnelles.

— J'espère que tu ne m'en veux pas de te l'avoir recommandé, soupira Peggy.

— Pas du tout. Il est très habile et ses tarifs sont plus que raisonnables.

Dans l'ensemble, Mark était un don du ciel. Un don grincheux, mais qui m'offrait néanmoins une aide précieuse dans nombre de domaines.

— Il a fait pas mal de travaux pour moi, et j'ai toujours été satisfaite, continuai-je.

— Tant mieux, répondit Peggy avec soulagement. Comme je te l'avais dit, il est un peu spécial.

Lorsque j'avais rencontré Mark, j'avais été du même avis, mais le temps passant, je me demandais s'il n'était pas seulement quelqu'un de très réservé.

— Vous connaissez son passé ? questionnai-je, faisant glisser mon regard de l'une à l'autre.

— Non, déclara Peggy, avant d'ajouter, curieuse : Et toi ?

Je fis non de la tête. Mark était tout autant une énigme à présent que le jour où je l'avais connu. Peut-être encore davantage. Plus j'en apprenais à son sujet, plus je me rendais compte que je le connaissais à peine.

— Tout ce que je sais, c'est qu'il est compétent.

Je dus en convenir.

— Voulez-vous prendre un café ? demandai-je, confuse de ne pas l'avoir proposé plus tôt.

Il semblait un peu ridicule de rester debout devant la maison alors que nous aurions pu entrer.

— Merci, mais pas aujourd'hui. Nous allions déjeuner quand nous avons vu ton enseigne et je me suis souvenue de ta journée portes ouvertes. N'hésite pas si tu as besoin d'aide, répéta Peggy.

Franchement. Étant donné que c'est moi qui t'ai suggéré d'en faire une, c'est le moins que je puisse faire. Si tu veux, j'apporterai des amuse-gueules.

Je la remerciai de nouveau, mais j'avais déjà décidé de confectionner des cookies et tout était prêt. Je voulais que les choses soient simples et que mes invités se concentrent sur la villa plutôt que sur la cuisine.

Quand les deux femmes s'en allèrent, quelques minutes plus tard, je me sentais mieux. Je m'étais ressaisie. J'avais aimé mon mari et il allait me manquer, pourtant, lentement mais sûrement, j'apprenais à reconstruire ma vie. Une vie sans Paul.

20

Abasourdi, George continuait à la fixer sans rien dire. Les coudes sur les genoux, le visage entre ses mains, il semblait incapable d'assimiler l'aveu que Mary venait de lui faire, terrassé par un fardeau que personne ne devrait jamais avoir à porter.

Si seulement il avait dit quelque chose ! Mary aurait pu tout supporter sauf ce silence. Elle aurait préféré qu'il crie, qu'il donne libre cours à sa colère et l'accable de reproches, ou même qu'il la mette à la porte. Ce qui était intolérable, c'était d'être témoin de cette douleur, de ce chagrin, de ce deuil affreux.

Enfin, il releva la tête, fit mine d'ouvrir la bouche, puis la referma.

— Je ne m'attendais pas à l'aimer, murmura Mary. J'essayais de rester détachée… et puis elle a commencé à bouger. Je l'ai sentie grandir en moi. J'ai eu beau essayer, je ne pouvais ignorer ce qui arrivait à mon corps, à mon cœur.

George se redressa lentement et se pencha vers elle, comme pour l'encourager à poursuivre.

— Je me souviens de la première fois, continua Mary, comprenant son besoin de savoir. Le médecin m'avait prévenue que cela se produirait. Ça a été une sensation si légère, si fragile, que j'ai d'abord cru l'avoir imaginée.

Elle s'humecta les lèvres et enchaîna :

— Au fil des semaines suivantes, je me suis habituée à ce qu'elle fasse partie de moi. Je me surprenais à mettre la main sur mon ventre pour la protéger. D'une étrange manière, je crois que je voulais me rapprocher d'elle… de toi.

Elle crut déceler l'ombre d'un sourire sur les lèvres de George.

— Puis elle s'est mise à bouger plus souvent. J'en suis venue à attendre ces moments-là, à les désirer. Personne n'avait encore deviné que j'étais enceinte, mais on me disait que j'avais une mine resplendissante, comme si j'étais tombée amoureuse. Mes collègues étaient convaincus que j'avais rencontré quelqu'un.

Le visage de George se crispa.

— Ce quelqu'un était notre bébé.

— Tu as fini par t'attacher à elle ?

Les mains de Mary, fébriles jusqu'alors, se figèrent.

— Comment aurais-je pu résister ? Mais cela ne changeait rien à la réalité. Je n'aurais pas été une bonne mère, et je le savais. C'est parce que je l'aimais que j'ai décidé de lui donner une famille, une vraie famille.

Il fallut à George quelques instants pour absorber ses paroles.

— Quand as-tu su que c'était une fille ?

— Je l'ai vue pour la première fois à l'échographie. Parce que j'étais un peu plus âgée que la moyenne, l'obstétricien voulait s'assurer que le bébé se développait de manière normale. Il m'a dit qu'il pensait que c'était une fille.

George hocha la tête.

— Continue.

Mary hésita.

— Je lui chantais des berceuses le soir, avant de m'endormir… avoua-t-elle avec un sourire empreint de douceur. Je me disais qu'elle deviendrait joueuse de football. Mon Dieu, elle savait donner des coups de pied !

Il sourit.

— Je regrette…

Il n'acheva pas sa pensée. C'était inutile. Mary avait compris.

— Je sais. J'aurais voulu que tu puisses la sentir bouger, toi aussi.

Mary s'était souvent demandé si elle avait agi pour le mieux en quittant George sans lui parler de sa décision. Cent fois au cours de sa grossesse, elle avait songé à le contacter, surtout vers la fin, quand elle avait beaucoup grossi et qu'elle était mal dans sa peau. Elle avait réussi à cacher sa situation à son personnel. Certains l'avaient peut-être soupçonnée, mais jamais il n'en avait été question. Les trois derniers mois, elle avait pris un congé, laissant entendre qu'elle rentrait dans sa famille, au chevet d'un parent souffrant. Ces dernières semaines avaient été épouvantables. Elle avait les mains et les pieds gonflés, terriblement douloureux.

— Tu étais seule quand tu as accouché ?

Mary acquiesça. Craignant des complications, son obstétricien lui avait conseillé une césarienne, par précaution. Après réflexion, Mary avait opté pour un accouchement traditionnel. Elle savait que ce serait sa seule grossesse et son seul accouchement, et elle voulait en faire pleinement l'expérience. Et ça avait été extraordinaire.

— J'aurais tout donné pour être à tes côtés, murmura George.

— Non, George, sois heureux de ne pas avoir été là. J'étais une patiente très difficile.

— Ça s'est mal passé ?

Mary haussa les épaules.

— Pour des raisons évidentes, je n'avais assisté à aucune séance anténatale. J'avais regardé quelques cassettes vidéo, lu quelques livres et je croyais être préparée.

— Tu ne l'étais pas ?

Mary eut un petit rire.

— Pas vraiment. Au bout de quatre heures, je trouvais le temps long et j'ai demandé au médecin de faire en sorte d'accélérer les choses. Quand l'infirmière m'a déclaré qu'il y en avait encore pour des heures, je n'en ai pas cru mes oreilles.

— Combien de temps cela a-t-il duré ?

Mary sourit à ce souvenir. Sachant George assez sensible, elle jugea préférable de lui épargner certains détails. Au moment d'accoucher, elle avait juré comme un charretier. En dépit de la douleur, elle avait tenu à donner naissance naturellement, redoutant l'effet que des médicaments pourraient avoir sur le bébé.

— Le temps qu'il a fallu, répondit Mary. Notre fille semblait résolue à rester là où elle était. Apparemment, elle était bien au chaud et elle suçait son pouce.

— Elle suçait son pouce ?

— Constamment. Les trois derniers mois, elle bougeait à intervalles réguliers la nuit, ce qui m'empêchait de dormir. Après sa naissance, je l'ai vue sucer son pouce et j'ai compris que c'était ce geste qu'elle faisait quand j'essayais de trouver une position confortable pour m'assoupir.

George sourit.

— J'ai sucé mon pouce jusqu'à l'âge de cinq ans, avoua-t-il.

Le cœur serré, Mary lui rendit son sourire, débordant d'amour pour lui et la fille qu'ils ne connaîtraient jamais.

Le sourire de George s'effaça.

— Comment était-elle ?

— Elle était superbe, George, vraiment superbe. Je l'ai contemplée des heures durant.

— Tu… tu avais mal ?

— Non. À vrai dire, je me sentais incroyablement bien. Incroyablement fière d'avoir mis au monde un enfant. C'était une sensation plus intense que tout ce que j'ai pu éprouver par la suite.

George eut un petit rire, avant de redevenir grave.

— Tu… tu l'as prise dans tes bras ou tu as été obligée de la donner tout de suite ?

— Je l'ai tenue aussi souvent que j'ai pu. Je voulais être sûre d'avoir pris la bonne décision. J'avais mis un enfant au monde. Une vie précieuse qui était à moitié toi et à moitié moi. C'était à moi de lui donner le meilleur avenir possible et je devais accepter que cet avenir n'était pas avec moi.

George prit sa main dans la sienne.

— Cette grossesse, cet enfant, c'était plus important que juste nous deux, reprit Mary en soudant son regard au sien.

— Tu sais qui l'a adoptée ?

— Oui. C'est moi qui ai choisi la famille.

Il écarquilla les yeux.

— Vraiment ?

À vrai dire, Mary avait passé des semaines à lire des dossiers de candidature à l'adoption avant de se sentir prête à passer à l'acte.

— Je me suis adressée à une agence privée. J'avais fait des recherches très poussées et celle-ci avait une excellente réputation.

— Tu as rencontré les... parents ?

— Non... j'en avais la possibilité, mais j'ai décidé de ne pas le faire. Avec le recul, je pense que c'était mieux ainsi.

— Que veux-tu dire ?

Mary détacha son regard du sien et baissa les yeux.

— Si j'avais été en contact, avoua-t-elle, la gorge nouée, je crois que j'aurais été tentée de me raviser.

— Elle t'a manqué.

— J'ai passé des semaines sans dormir, à me torturer à propos de mon choix. Jusqu'au jour où...

— Oui ?

Ce récit était infiniment plus douloureux pour Mary qu'elle ne l'avait imaginé. Tant de souvenirs étaient enfouis au plus profond de son subconscient. Alors qu'elle relatait les détails de sa grossesse, de la naissance et de l'adoption, d'autres images remontaient à la surface, comme des flocons de neige qui s'envolent sur une voiture qui prend de la vitesse.

Cela lui arrivait souvent depuis qu'on avait diagnostiqué son cancer. C'était comme si elle était propulsée dans une machine à remonter le temps, tandis que sa vie continuait à filer à toute allure.

Après avoir remis son bébé à l'employée de l'agence, Mary avait été tenaillée par le doute. Pendant un temps, elle avait envisagé de suivre une thérapie. Réservée de nature, elle n'avait jamais aimé se livrer à des inconnus, surtout concernant quelque chose d'aussi intime. De plus, elle craignait que cette information ne parvienne à l'oreille de ses supérieurs. Consulter un psychologue aurait pu donner l'impression qu'elle était fragile psychiquement ; elle n'avait pas osé prendre ce risque.

— Renoncer à notre bébé a été plus difficile que tu ne t'y attendais, c'est ça ?

Elle acquiesça sans mot dire, redoutant que sa voix ne trahisse à quel point elle avait souffert. Elle laissa s'écouler quelques secondes avant de reprendre :

— Un jour, l'agence m'a fait parvenir une lettre écrite par la mère adoptive. La famille l'avait appelée Amanda.

Mary n'avait pas eu l'intention d'entrer dans les détails, mais à mesure qu'ils parlaient, elle se sentait plus à l'aise. D'ailleurs, George avait le droit de savoir.

— Amanda, répéta-t-il, pensif. J'aime bien ce nom.

— Si… si je l'avais élevée, je l'aurais appelée Elisabeth.

— Comme ta mère ?

Mary sourit.

— Elle est morte bien longtemps avant la naissance d'Amanda, mais tu sais que je l'adorais. Je suis reconnaissante qu'elle n'ait jamais appris ma décision ; elle aurait été déçue.

— N'en sois pas si sûre ; tu as donné la vie à notre fille, la rassura George.

Mary lui pressa doucement les doigts, appréciant ses paroles de réconfort.

— Si j'avais besoin de la confirmation que j'avais fait le bon choix, je l'ai eue. La famille adoptive l'avait en fait appelée Amanda Elisabeth.

— Oh ! Mary…

— Je sais. La lettre débordait de gratitude. Elle m'a rassurée. J'ai compris qu'Amanda serait profondément aimée et que sa famille veillerait à son bien-être émotionnel, physique, et spirituel. Ce sont des gens bien, George.

— As-tu eu d'autres nouvelles depuis ?

Une note d'espoir perçait dans sa voix.

— Non. Jamais. Je ne le souhaitais pas d'ailleurs, pour le bien d'Amanda comme pour le mien.

— Et tout s'est bien passé après pour toi ?

— Plus ou moins.

— Jusqu'au cancer ?

— Jusqu'au cancer.

George s'agenouilla devant Mary, lui entoura la taille de ses bras et la tint serrée contre son cœur. Pendant un long moment, ils demeurèrent cramponnés l'un à l'autre sans parler.

Ce fut George qui rompit enfin le silence. Il se redressa, laissant sa main pressée contre la joue de Mary. Ses yeux étaient doux et tendres, emplis d'amour.

— Merci, murmura-t-il simplement.

Mary s'était attendue à de la déception, voire de la colère. La réaction de George la surprit.

— De quoi ? demanda-t-elle, stupéfaite.

Elle avait rejeté son amour, sa demande en mariage, et elle l'avait quitté. N'avait-il pas toutes les raisons de la détester ?

— D'avoir mis au monde mon enfant.

— Oh ! George.

Elle noua les bras autour de son cou et s'accrocha à lui.

Quand ils se détachèrent l'un de l'autre, elle essuya les larmes qui roulaient sur les joues de George et sourit alors qu'il faisait de même pour elle. À cet instant, Mary fut tentée, tellement tentée de lui dire le reste. Mais elle ne pouvait pas. Pas encore.

21

J'avais apprécié la brève visite de Peggy et de Corrie. Après les avoir regardées partir, je restai un instant assise dehors, savourant la chaleur du soleil.

Las de poursuivre les papillons, Rover s'allongea dans l'herbe. Je gardais un œil sur lui, mais il semblait comprendre que sa place était là et ne s'aventurait jamais très loin. Je me félicitais qu'il se conduise aussi bien. Cela me poussait à me demander s'il avait été dressé par quelqu'un… quelqu'un à qui il manquait et qui s'interrogeait sur son sort. Peut-être aurais-je un jour la réponse à cette question, mais pour le moment, j'étais contente de profiter de sa compagnie.

Je disposai quelques pots de fleurs autour du carré où j'espérais avoir ma roseraie un jour, puis me dirigeai vers la boîte aux lettres, pour y trouver surtout des publicités, quelques factures et un magazine. Il y avait une seule enveloppe. Celle-ci était manuscrite et ressemblait à une invitation. Je l'ouvris et souris en découvrant un faire-part de mariage. Il émanait d'Abby Kincaid, qui avait compté parmi mes tout premiers pensionnaires à la maison d'hôtes, au mois de janvier précédent. Venue pour le mariage de son frère, elle semblait morose, repliée sur elle-même, mal à l'aise. Peu après, j'avais appris le secret qui la rongeait : sa meilleure amie, Angela, avait trouvé la mort dans un accident de voiture alors qu'elle était au volant. À partir de ce jour-là, la vie d'Abby s'était arrêtée. Elle avait coupé les ponts avec tous ses anciens amis et camarades.

Ce qui rendait cette invitation si merveilleuse, c'était qu'elle confirmait la promesse que Paul m'avait faite dans mon rêve lorsque je m'étais installée à la villa. Que cet endroit serait un lieu de guérison, pour moi et pour ceux qui y séjourneraient.

Abby redoutait par-dessus tout de revenir à Cedar Cove et de devoir affronter les souvenirs. Contre toute attente, son retour forcé à l'occasion du mariage de son frère lui avait enfin permis de surmonter la tragédie.

— Rover, oh, Rover, dis-je tout excitée, regarde ! Abby et Steve Hooks vont se marier.

Rover inclina la tête et me regarda d'un air interrogateur.

— C'est merveilleux. Tu te souviens d'elle ?

C'était une question stupide, car évidemment il n'avait pas la moindre idée de ce dont je parlais. Mais cette nouvelle était trop réjouissante pour que je la garde pour moi.

Je rentrai en hâte dans la maison, posai le courrier sur mon bureau et tendis la main vers le téléphone.

Il n'y avait qu'une seule personne à qui je pouvais l'annoncer.

Mark répondit presque immédiatement.

— Comment vas-tu ? demandai-je.

— J'allais très bien jusqu'à ce qu'on interrompe ma sieste. Ces fichus comprimés pour la douleur me font dormir.

— Je suis désolée. Je t'ai réveillé ? dis-je, me sentant coupable.

— Ce n'est pas toi, c'est le téléphone. Qu'y a-t-il ?

— J'ai eu des nouvelles d'Abby Kincaid.

— Qui ?

— Abby. C'était une de mes premières clientes en janvier.

— Ah, oui, je me souviens. Très réservée... en ville pour le mariage de son frère, c'est ça ?

— C'est ça. J'ai reçu une invitation à son mariage ce matin.

Il semblait si grognon que j'étais soudain un peu réticente à lui faire part de l'événement.

— Tant mieux, dit-il, me prenant par surprise. Elle se marie avec le type qu'elle a retrouvé au mariage ? Le camarade d'université de son frère, non ?

Comment était-il au courant ?

— Oui. Comment le sais-tu ?

— À ton avis ? C'est toi qui m'en as parlé.

— Quand ?

Je ne me souvenais pas d'avoir jamais évoqué Abby et Steve avec lui.

— Je ne sais pas, mais comment veux-tu que je l'aie appris autrement ?

En effet. J'avais dû laisser échapper quelque chose qui m'était sorti de l'esprit.

— Et Josh et Michelle ? Du nouveau à leur sujet ?

Josh avait séjourné à la maison d'hôtes en même temps qu'Abby. Ils avaient été mes deux premiers clients.

— J'ai vu Michelle à l'épicerie il y a quelque temps, mais seulement en coup de vent.

— Ils finiront par se marier aussi, affirma-t-il.

— Oh ! Et depuis quand es-tu un expert en affaires de cœur ?

Il gloussa.

Mark, amusé ? Ça, c'était un sacré revirement. Prise au dépourvu, j'eus du mal à réprimer un rire à mon tour.

— Histoire d'intuition, expliqua-t-il.

— D'intuition ?

— Josh n'est pas resté deux jours de plus que prévu ?

— Si.

Je ne m'étais pas rendu compte que Mark était si attentif aux gens.

— C'est bien ce que je pensais.

— C'était à cause de son beau-père, tu te souviens ? Richard est mort et Josh s'est senti obligé de mettre ses affaires en ordre.

— C'était un prétexte. Il est resté pour Michelle.

— Il t'a fait des confidences ?

C'était le comble de l'ironie ! Ni Mark ni Josh n'étaient du genre à s'épancher sur leur vie privée.

— On pourrait dire ça, d'une certaine manière.

— Je ne te crois pas.

— Comme tu voudras. Je peux retourner à ma sieste maintenant ?

— Certainement.

J'étais sur le point de raccrocher quand il ajouta :

— Jo Marie ?

— Oui ?

— Excuse-moi d'avoir été bougon. Je ne voulais pas être désagréable.

— Tu es tout excusé, affirmai-je, traitant l'affaire à la légère.

Il s'inquiétait à l'idée de m'avoir blessée. Une surprise de plus.

— C'est à cause de ces fichus calmants.

— Bien sûr, plaisantai-je. Sans ces médicaments, tu serais un vrai boute-en-train.

Il lâcha un petit rire.

— Dois-je déceler dans cette remarque une pointe de sarcasme ?

— Juste un soupçon, répondis-je en souriant.

— Écoute, je tâcherai de me mettre à ta roseraie dès que je serai débarrassé de ce plâtre.

— Je sais, répondis-je avec bienveillance, car j'appréciais qu'il tienne à effectuer ce travail. Je passerai t'apporter à dîner ce soir.

— Pas la peine. J'ai de la confiture et du beurre de cacahuètes.

— Je parle d'un vrai repas !

— Le beurre de cacahuètes est un vrai repas.

— C'est ça, répliquai-je, sachant qu'il ne servirait à rien de le contredire. Je serai là vers six heures.

Il soupira, comme s'il était beaucoup trop las pour lutter contre moi.

— D'accord, je cède. Fais ce que tu voudras.

Je secouai la tête et raccrochai, après quoi je relus le faire-part. Le mariage, prévu pour le mois d'août, se déroulerait en Floride. Je me préparai un café et m'assis à la table de cuisine, songeant au jour où Abby m'avait parlé de l'accident de voiture fatal. À l'époque, elle commençait à fréquenter Steve Hooks et elle avait rompu avec lui, en partie parce qu'elle se sentait coupable et en partie parce qu'elle avait perdu toute estime d'elle-même. Il lui semblait injuste d'être heureuse, amoureuse et de continuer à vivre sa vie alors qu'Angela était morte.

La sonnette de la porte d'entrée tinta, m'arrachant à mes réflexions. Rover se leva en aboyant. C'était ma voisine, Mme Coryelle, une dame adorable qui devait approcher des quatre-vingts ans. J'avais bavardé plusieurs fois avec sa fille et j'allais de temps à autre m'assurer qu'elle ne manquait de rien.

— Madame Coryelle, entrez, je vous en prie.

Il était rare qu'elle s'aventure jusque chez moi.

— Non, non, merci, je ne peux pas rester. Une chaîne câblée diffuse toute une série d'épisodes de mon feuilleton préféré et je ne veux pas les rater !

Elle sourit et se gratta la tête.

— Je sais bien que je les ai tous déjà vus, mais j'ai beau chercher, j'oublie toujours la fin. C'est l'avantage d'avoir la mémoire qui flanche ! On prend autant de plaisir à revoir les épisodes qu'on en a eu la première fois.

— Que puis-je faire pour vous ? demandai-je, perplexe.

Elle n'avait tout de même pas fait le déplacement pour me parler de ces rediffusions ?

— Ah ! oui, j'ai failli oublier, dit-elle avec un léger rire. Le facteur a mis cette lettre dans ma boîte, mais c'est à vous qu'elle est adressée.

Je pris l'enveloppe qu'elle me tendait et jetai un coup d'œil au nom de l'expéditeur. Je ne le reconnus pas, aussi mis-je la lettre de côté pour me consacrer à ma voisine.

— Je vais vous raccompagner.

— Non, ce n'est pas la peine.

— J'insiste, et Rover aussi.

Je sortis avec elle, aussitôt suivie par mon chien. Nous eûmes vite fait de couvrir la courte distance qui séparait nos maisons. Toujours bavarde, Mme Coryelle me donna une foule de renseignements sur les rediffusions en cours, parlant des personnages principaux comme si c'étaient de proches amis. Elle s'était entichée de l'acteur qui incarnait le héros, et ne tarissait pas sur son charme.

— J'ai peut-être quatre-vingt-trois ans, mais je reconnais un bel homme quand j'en vois un.

— Moi aussi, dis-je, me souvenant de l'attirance que j'avais éprouvée pour Paul dès notre première rencontre.

Ayant ramené la vieille dame à bon port, Rover et moi retournâmes à la villa. Je n'avais pas tout à fait achevé mes préparatifs pour la journée portes ouvertes. Avec le recul, je regrettais de ne pas avoir attendu que tous les travaux soient terminés avant d'envoyer mes invitations. De fait, j'aurais probablement annulé si plusieurs membres de la chambre de commerce ne m'avaient pas déjà dit qu'ils avaient hâte de visiter la Villa Rose.

Rover s'arrêta à côté de la table de l'entrée et aboya un coup bref, me rappelant brusquement l'enveloppe que ma voisine m'avait remise.

Je l'emportai dans la cuisine, la décachetai et trouvai deux pages rédigées à la main.

Chère Jo Marie,

Pardonnez-moi. Paul m'avait demandé de vous remettre cette lettre s'il lui arrivait quelque chose en Afghanistan. Elle est en ma possession depuis tout ce temps et j'avais complètement oublié que je l'avais. Je sais qu'elle va sans doute vous causer un choc, et je m'en excuse.

Un nom illisible était griffonné au bas de la page. Dessous se trouvait une unique feuille, où je reconnus l'écriture que j'aimais tant. Une lettre de Paul.

22

Sur les quais, dans le kiosque baigné de soleil, les grands-parents d'Annie se tenaient face à face, prêts à renouveler leurs vœux. Le père Donovan parcourut du regard le petit groupe et ouvrit son livre de prières.

Annie, qui avait par-dessus tout redouté qu'il pleuve, était soulagée. Elle n'avait jamais vraiment su comment s'était déroulée la demande en mariage de son grand-père, mais elle avait adopté la version de sa grand-mère. Même s'il continuait à affirmer qu'il avait posé la question au cinéma, les quais offraient un cadre plus pittoresque et plus sympathique que le parking du multiplexe.

Le père et la mère d'Annie, sa tante Patty et son oncle Norman formaient un demi-cercle autour du couple. Annie et ses cousins, accompagnés de leur famille, étaient placés derrière eux.

Oliver était à côté d'elle. Elle avait beau essayer de ne pas prêter attention à lui, ce n'était pas aussi facile qu'elle l'aurait souhaité.

Le vieux prêtre leva les yeux et sourit.

— Kent et Julie, vous êtes la parfaite illustration de ce que s'aimer signifie.

À ces mots, Julie se tourna vers Kent, qui lui rendit son regard. Annie cessa de respirer. Que ferait-elle si son grand-père se mettait à grommeler ? Cependant, ses craintes étaient infondées. Il n'avait d'yeux que pour sa femme. Une profonde tendresse irradiait de lui, enveloppant celle qui était son épouse depuis cinquante ans. L'amour évident qu'ils partageaient émut tous ceux qui s'étaient réunis pour assister à cet instant mémorable.

Annie ne saisit pas les paroles du prêtre. Figée sur place, elle observa sa grand-mère qui répétait ses vœux avec tant de sincérité qu'elle était au bord des larmes.

À son tour, Annie sentit ses yeux s'embuer. Ce fut alors qu'Oliver lui prit la main, nouant ses doigts aux siens et les pressant doucement. Elle aurait voulu se dégager, mais découvrit qu'elle en était incapable. Il était tout près d'elle, trop près pour qu'elle se sente à l'aise. Pourtant, au lieu de s'écarter, elle ne fit aucun mouvement pour se dégager. L'arôme citronné de la lotion après-rasage d'Oliver lui rappelait l'été, la soirée paresseuse où elle avait contemplé le ciel nocturne, allongée à côté de lui sur une couverture.

Il avait tenu sa main, ce soir-là aussi. Toutes ces années plus tard, cet instant demeurait l'une des plus belles et des plus romantiques expériences de sa vie. Elle avait pensé qu'Oliver était le garçon le plus adorable de l'univers et l'avait pleuré durant tout le reste de l'été.

Sans doute chaque fille se remémorait-elle son premier baiser avec autant d'affection, gardant ce souvenir blotti contre son cœur. Oliver avait gâché ce moment pour elle et elle venait tout juste de lui pardonner. Comment aurait-elle pu ne pas le faire, alors que ses excuses avaient été si touchantes, si sincères ?

Refoulant les souvenirs tumultueux de leur adolescence, elle rencontra son regard. L'attraction entre eux était toujours présente, aussi forte, aussi puissante que ce soir d'été. Elle avait toujours été là, s'avoua-t-elle à regret, en dépit des efforts résolus qu'elle avait faits pour l'ignorer. Si horrible qu'Oliver ait été envers elle, elle avait espéré qu'il l'embrasserait de nouveau. Douze années avaient passé et rien n'avait changé. Elle avait envie de fermer les yeux, de lui offrir ses lèvres et d'accepter son baiser. Leurs regards restèrent soudés alors que la cérémonie se poursuivait. Oliver ne pouvait pas ne pas comprendre ce qu'elle attendait de lui… Il prit une profonde inspiration et se pencha vers elle au moment précis où son grand-père s'écriait d'une voix sonore :

— Oui ! Et comment !

Des éclats de rire fusèrent, arrachant Annie au rêve romantique qui avait tissé une toile invisible autour d'Oliver et elle. Revenant lentement à la réalité, elle dégagea sa main et, après les dernières paroles du père Donovan, applaudit à tout rompre.

Oliver l'imita, quoiqu'avec un peu moins de ferveur. Quand il eut terminé, il passa un bras autour de sa taille et l'attira plus près de lui. Elle lui lança un regard réprobateur, qu'il choisit d'ignorer.

Cette attraction ne pouvait être réelle, se raisonna-t-elle. C'était impossible. Ce sentiment était une conséquence de sa rupture avec Lenny. Blessée dans son amour-propre, elle avait besoin d'être rassurée, de se sentir attirante et désirable. Oliver se trouvait là, voilà tout. C'était la seule explication valable.

Le petit groupe commença à se disperser. À contrecœur, Oliver se détacha d'elle.

— Je vais conduire tes grands-parents à la salle, annonça-t-il, sans bouger d'un pouce.

Puis il prit sa main, la porta à ses lèvres et murmura :

— Nous parlerons tout à l'heure.

— Non, rétorqua-t-elle, mais il avait déjà tourné les talons.

S'il l'avait entendue, il n'en laissa rien paraître.

Annie n'avait pas le temps d'analyser ce qu'il se passait entre eux deux. Et il était hors de question que ces sentiments inopportuns envers lui la détournent de l'essentiel, autrement dit la célébration des noces d'or de ses grands-parents. La réception devait avoir lieu au yacht-club, non loin du kiosque. Néanmoins, le trajet à pied aurait sûrement été trop fatigant pour Kent et Julie, aussi Oliver avait-il proposé de les emmener.

— Hé, sœurette, qu'est-ce qu'il y a entre Oliver et toi ? lança son frère, Peter, alors qu'elle se dirigeait vers le parking.

— Rien, répondit-elle, d'une voix un peu trop dégagée.

— Tu crois que je suis aveugle ? J'ai vu la façon dont vous vous regardiez pendant que Grand-Père et Grand-Mère prononçaient leurs vœux. Un moment j'ai même cru que vous alliez vous embrasser là, devant tout le monde.

— Tu as trop d'imagination !

Elle pressa le pas, gênée qu'il ait été témoin de la scène. Combien d'autres membres de sa famille l'avaient vue se pâmer devant Oliver, presque le supplier de l'embrasser ?

— Oliver est quelqu'un de bien, affirma Peter en réglant son allure sur la sienne. Si tu décides de l'épouser, je n'ai rien contre.

— Il n'en est pas question !

Peter s'arrêta brusquement.

— Franchement, il ferait un bien meilleur mari que Lenny, dit-il avec enthousiasme.

— Arrête, Peter !

— C'est vrai. Lenny est un pauvre type.

— J'ai compris ça toute seule, merci.

Pourquoi donc aucun membre de sa famille n'avait-il révélé son opinion de Lenny avant qu'elle rompe ses fiançailles ?

— Dieu merci, tu t'es réveillée à temps. Tu n'as pas l'air trop affectée, continua Peter en recommençant à marcher.

— Il y a six mois de ça.

Ces derniers jours, Annie avait été trop occupée pour songer à ses sentiments envers Lenny et au fait qu'il était désormais sorti de sa vie. À cet instant, elle sut sans aucun doute qu'elle n'éprouvait plus rien pour lui. Sinon, elle n'aurait pas été attirée par Oliver à ce point.

— Et Oliver et toi ? insista Peter. Je veux dire, il a le béguin pour toi depuis qu'on est gamins.

— Oliver ? se récria-t-elle, sans prendre la peine de dissimuler sa stupeur. Tu plaisantes !

— Tu veux dire que tu ne savais pas ?

— Non.

— Bon sang, tu es aveugle ou quoi ? Il te suivait comme un toutou malade d'amour chaque été mais tu ne voulais rien avoir à faire avec lui. Je pensais que tu t'en étais rendu compte et que c'était pour ça que vous vous regardiez avec des yeux de merlan frit à l'instant.

— Des yeux de merlan frit !

— Tu ne vas pas le nier. Oh, attends, si, tu l'as nié. Qu'importe.

— Qu'importe, répéta-t-elle.

— Tout ce que je te demande, c'est de lui donner une chance.

— Laisse tomber, Peter.

— Oui, tu as sans doute raison, marmonna-t-il. S'il part au bout du monde, c'est qu'il a plus ou moins renoncé à toi. Dommage, quand même. Il va probablement se marier là-bas et ne jamais revenir.

— Tant mieux.

Pourtant, alors même qu'elle lançait cette remarque désinvolte, un nœud se forma au creux de son estomac.

Ils étaient arrivés à destination. Peter ouvrit la porte de la salle de réception, et ils s'engouffrèrent à l'intérieur. Il fallut quelques secondes à Annie pour s'accoutumer à la pénombre, et quand ce fut chose faite, elle vit aussitôt Oliver qui aidait ses grands-parents. Il était si doux avec eux, si patient, si attentionné. Son grand-père lui racontait une anecdote qu'il avait déjà dû relater au moins dix fois, au sujet d'un incident qui s'était produit à bord de son navire pendant qu'il était au Vietnam. Annie aurait pu la répéter mot pour mot, mais Oliver l'écoutait avec intérêt, comme si c'était la première fois qu'il l'entendait.

Soudain, comme s'il avait senti son regard sur lui, il pivota et lui sourit. L'instant d'après, Julie lui adressa la parole et il retourna à sa conversation avec elle.

Annie le suivit des yeux, songeuse. Son frère disait-il vrai ? Oliver avait-il vraiment été amoureux d'elle durant tout ce temps ? Chaque été, il avait tenté de lui parler mais elle l'avait repoussé, persuadée qu'il cherchait à attirer son attention dans le seul but de l'embarrasser et de l'humilier par la suite.

Elle s'exhorta à revenir à la réalité. Elle devait s'assurer que tout était prêt. Il y aurait d'abord un vin d'honneur, pour ceux qui ne pouvaient pas rester toute la soirée. Annie avait commandé trois gâteaux, dont un à trois étages, et deux autres moins imposants. Sur le premier était placée une photo de Kent et de Julie le jour de leur mariage, cinquante ans plus tôt. On les voyait jeunes, heureux et profondément amoureux. Sur le deuxième se trouvait un cliché plus récent.

Le buffet serait servi en fin d'après-midi. Annie avait passé des heures à peaufiner le menu, et choisi des ingrédients de la région, notamment du saumon et des fruits de mer. À ces mets s'ajoutaient des plats de poulet, des légumes verts, des fraises de Californie, des amandes, du fromage de chèvre. Et les favoris de son grand-père : des pommes de terre sous trois formes différentes, d'autres variétés de salades, des haricots verts, des petits pains encore chauds.

La soirée se terminerait par un bal. Jusqu'ici, tout s'était déroulé sans anicroche, ce dont elle se félicitait.

Après avoir parlé au personnel du traiteur, Annie sortit de la cuisine et faillit entrer en collision avec Oliver. Il la retint par les épaules, sans quoi elle serait tombée en arrière.

— Pardon.

Annie leva les yeux vers lui, la bouche sèche. Son cœur cognait dans sa poitrine. Des coups durs, forts, assourdissants. Elle était surprise que personne d'autre ne puisse les entendre.

— Ce n'est pas possible, murmura-t-elle, songeant aux paroles de son frère.

Si Oliver avait eu un faible pour elle, Peter aurait pris un malin plaisir à le ridiculiser. Elle n'avait jamais surpris une seule raillerie et pourtant elle avait rendu visite à ses grands-parents presque chaque été jusqu'à son départ à l'université.

Oliver fronça les sourcils.

— De quoi parles-tu ?

Comprenant brusquement qu'elle avait formulé ses pensées à voix haute, Annie secoua la tête, se dégagea et recula d'un pas.

— Rien.

— Si, insista-t-il. Dis-moi.

Elle se redressa et le regarda en face.

— J'ai mieux à faire que de rester à bavarder avec toi.

Visiblement dérouté, Oliver s'effaça pour la laisser passer. Cependant, il lui saisit le bras alors qu'elle faisait mine de s'éloigner.

— Qu'est-ce qui te tracasse ?

— Toi, murmura-t-elle sans pouvoir s'en empêcher.

Elle savait qu'elle était injuste. Depuis son arrivée, Oliver lui avait été d'une aide précieuse avec ses grands-parents.

Son sourire la prit complètement au dépourvu.

— Tu m'as dans la peau, hein ?

— Non… tu ne te rends pas compte que nous n'avons rien en commun ?

— Comment ça ?

— Bon, si tu veux que je te mette les points sur les i, je vais le faire. Tu es têtu comme une mule, contrariant et… ce n'est qu'un début.

— Et toi, tu es déboussolée parce que tu as envie de m'embrasser de nouveau.

— Oui ! admit-elle automatiquement, avant de se raviser. Je veux dire non ! Absolument pas !

Avait-elle perdu l'esprit ? Il n'était vraiment pas sage de lui avouer à quel point il l'attirait.

Il secoua la tête, l'air amusé.

— Si c'est ce que tu veux croire, vas-y.

— Je n'ai pas confiance en toi.

Là était le cœur du problème.

Une fois de plus, il la prit par les épaules et la força à se tourner pour planter son regard dans le sien.

— Si tu ne veux rien écouter de ce que je dis, Annie, sache au moins ceci : je ne suis pas Lenny. Tu comprends ?

À cet instant, un traiteur l'interpella, offrant une diversion bienvenue. Elle inclina brièvement la tête et se dirigea vers la femme, encore secouée par cette confrontation. Si son interlocutrice remarqua son désarroi, elle n'en souffla pas mot.

Amis et parents commençaient à arriver. Très vite, Annie fut absorbée par son rôle d'hôtesse. Ses grands-parents avaient tenu à ne pas recevoir de cadeaux, suggérant à la place des dons à une association caritative qui venait en aide à des familles sans foyer. Bientôt, une pile de cartes recouvrit la table.

Catherine, la plus jeune des cousines d'Annie, se chargea de servir les amuse-bouches tandis qu'une autre, Eva, offrait des boissons aux nouveaux arrivants. Sa tante et son oncle, tout comme ses parents, circulaient dans la salle, veillant à ce que tout le monde soit bien installé.

Les invités s'extasièrent sur les photos que sa mère et sa tante Patty avaient encadrées et exposées sur les murs. Elles représentaient le couple à divers moments de leur vie et obtinrent un vif succès.

Quelques mois plus tôt, Annie avait découvert avec stupéfaction que sa grand-mère se servait toujours de certains objets qu'elle avait reçus en cadeau de mariage. À sa requête, Julie les lui avait prêtés pour qu'elle puisse les exposer, eux aussi, avec le nom de ceux qui les avaient offerts. Son préféré était une boîte à biscuits en forme de pomme, légèrement enfoncée sur un côté, parce que Peter, alors âgé de cinq ans, l'avait cognée en tentant de dérober un cookie en catimini.

Au début, Annie fut trop accaparée par les invités pour prêter beaucoup d'attention à Oliver. Mais au bout d'un moment, n'y tenant plus, elle le chercha des yeux et remarqua qu'il faisait de son mieux pour se rendre utile. Avait-il toujours été aussi serviable ?

Bientôt, les plats furent disposés sur les tables et une fois de plus Annie se dirigea vers la cuisine. Elle s'approchait de l'entrée quand Oliver l'intercepta.

— Je suis occupée, prétexta-t-elle, s'efforçant de le contourner.

— Très bien, mais je veux qu'une chose soit claire. Nous deux allons avoir une conversation avant la fin de cette soirée.

— Ah…

— Avant la fin de cette soirée, Annie.

Elle ouvrit la bouche pour protester, mais elle n'en eut pas le temps. Oliver était déjà parti.

23

Mary se sentait épuisée. Si elle faisait tout pour ne pas le montrer, George s'en rendait compte. Ils avaient à peine touché à leur déjeuner, pourtant si appétissant. Mary n'avait plus d'appétit et George était trop choqué par ce qu'il venait de découvrir. Ils n'avaient plus reparlé de leur enfant depuis que Mary lui avait tout avoué.

— Il est temps que je retourne au ferry, murmura-t-elle, luttant pour garder les yeux ouverts.

— Non, rétorqua-t-il aussitôt.

— George, je suis désolée… mes forces…

— Il n'en est pas question, insista-t-il.

— Mais…

— Je vais te ramener.

— Cedar Cove est à une bonne heure de route, peut-être plus. Cela te fera deux à trois heures de trajet. Je ne peux pas accepter.

George avait toujours été aimant et plein d'attentions. Elle était émue de constater que les années ne l'avaient pas changé.

— Je me moque du temps qu'il faudra, tu ne vas pas reprendre le ferry.

— George, s'il te plaît.

Ne comprenait-il pas à quel point c'était difficile pour elle ? Il ne s'agissait pas du cancer. Ce qui rendait cette visite éprouvante, c'était d'être avec lui, de l'aimer autant qu'elle l'aimait.

— Je ne peux pas te laisser partir. Pas encore. Pas alors que j'ai tant de choses à apprendre au sujet d'Amanda.

C'était précisément ce qu'elle craignait. Il lui poserait des questions qu'elle aurait préféré éviter, surtout alors qu'elle était au plus bas, particulièrement vulnérable. Il avait toujours su venir à bout de sa réticence naturelle à se confier.

George Hudson était le seul homme auprès de qui elle s'était sentie à la fois faible et incroyablement forte. Mary ne pouvait expliquer ce paradoxe. L'amour de George la fragilisait, parce qu'avec lui, son cœur était à nu ; ne l'avait-il pas persuadée naguère que leur relation avait un avenir ? Et cela, bien qu'ils aient mené des vies trop éloignées ? En même temps, son amour lui donnait de l'assurance. Avec lui, elle avait connu le bien-être et la joie. Elle avait pu être elle-même. Il avait été le seul à percer une brèche dans la carapace de femme d'affaires qui avait dominé sa vie. Comment était-il possible qu'un seul homme éveille en elle des émotions aussi contradictoires ? Mary n'y comprenait rien.

En dépit de tous ses efforts, elle ne parvint pas à le dissuader de la ramener à la maison d'hôtes. Il la conduisit à sa voiture, l'aida à monter, puis s'engagea dans le dense flot de circulation.

Pendant dix minutes, ni l'un ni l'autre n'ouvrirent la bouche. Puis George demanda soudain :

— Les parents adoptifs ne t'ont jamais envoyé sa photo ?

Mary se raidit.

— Non.

— Pourquoi pas ?

L'assaut allait commencer. Mary attendit si longtemps pour répondre qu'il jeta un coup d'œil dans sa direction. Elle déglutit, la gorge nouée.

— Je leur ai demandé de ne pas le faire, avoua-t-elle d'une voix presque inaudible.

Elle vit les mains de George se crisper sur le volant.

— Tu n'étais pas curieuse ?

Une larme s'échappa, laissant une traînée humide sur sa joue.

— Oh ! bien sûr que si…

— Dans ce cas, pourquoi…

— Je m'efforçais de ne pas penser à elle, expliqua-t-elle très vite. De lâcher prise complètement.

Une nouvelle pause s'ensuivit alors qu'ils entraient sur la bretelle d'autoroute.

— Tu l'as… oubliée ?

— Non.

Mary fixa la vitre latérale, espérant qu'il ne la verrait pas essuyer d'autres larmes. Elle ne pouvait s'autoriser le luxe de penser à sa fille. À leur fille. Mais il était vain de chercher à cacher son chagrin. George prit sa main et la pressa doucement.

— Oh ! Mary, mon adorable Mary, je suis désolé. C'est douloureux pour toi. C'est juste que…

— Non, je comprends, coupa-t-elle, sincère.

Tout cela était nouveau pour lui. Il était naturel qu'il veuille tout savoir.

— Je vis avec tout cela depuis dix-huit ans, tandis que toi… Je t'ai assommé avec ces révélations et tu n'as pas eu le temps de les assimiler.

Conscient de l'avoir peinée, George se tut. Mary se sentit obligée de lui dire ce dont elle se souvenait. Ne l'avait-elle pas privé de tant de choses ?

— Quand elle est née, elle avait des cheveux bruns, tout bouclés.

Il sourit et tapota son début de calvitie.

— Je suppose que ça ne vient pas de mon côté.

— Et bien sûr, elle avait les yeux bleus, comme tous les nouveau-nés.

— Et comme toi.

— Et comme moi, murmura-t-elle.

De nouveau, le silence s'installa entre eux avant que George ne vienne le rompre :

— Tu te rappelles autre chose ?

Mary se souvenait de chaque détail concernant ce bébé qu'elle avait tenu si brièvement entre ses bras.

— Ses deux petits doigts étaient légèrement tordus.

— Signe d'intelligence, commenta George, un sourire dans la voix.

— Aucun doute, acquiesça Mary en souriant à son tour. Et, George, elle avait des petits orteils adorables, tout mignons.

— Si mes souvenirs sont bons, tu as des pieds ravissants.

— Oh ! George, franchement !

— C'est vrai.

Mary n'avait pas oublié que George lui massait souvent les orteils après une longue journée au bureau. Un geste à la fois sensuel et romantique.

Il jeta un coup d'œil vers elle et, à en juger par le sourire qui naissait sur ses lèvres, elle sut qu'il pensait à la même chose qu'elle.

— C'est une chance qu'elle ait hérité de tes pieds et pas des miens, marmonna-t-il.

— Pourquoi ?

— J'ai des orteils ridicules.

— Je ne l'ai jamais remarqué.

— Tant mieux. Je suppose que tu étais trop aveuglée par mon charme pour prêter attention à mes pieds.

— C'est sans doute ça.

Encore maintenant, George parvenait à la faire sourire.

— Ça t'amuse, hein ?

— Oh ! oui.

— Je peux te dire autre chose pour te faire sourire ? Ça ne s'est pas produit beaucoup cet après-midi.

Elle sourit de nouveau. Avec George, elle se sentait à l'aise, détendue. Avec lui, il n'y avait pas de faux-semblants, elle pouvait être elle-même.

— Tu penses toujours à elle ? demanda-t-il, redevenant grave.

— Bien sûr.

Comment aurait-il pu en être autrement ?

— Je ne l'ai pas élevée, mais elle fera toujours partie de moi.

— Et de moi, ajouta-t-il.

— Le meilleur de nous deux, affirma-t-elle avec conviction. Le jour de son anniversaire…

Elle hésita et déglutit, luttant contre le nœud qui s'était formé dans sa gorge.

— Oui ?

— J'ai fêté son anniversaire tous les ans. Où que je sois et quoi que je sois en train de faire, j'ai organisé une petite cérémonie pour nous deux…

Il était temps d'être honnête, vraiment honnête.

— Pour nous trois, rectifia-t-elle.

— Tu as pensé à moi aussi ?

— Oh ! George, croyais-tu vraiment que je puisse t'oublier ?

— Oui, admit-il d'une voix empreinte de douleur. Tu as coupé tout contact avec moi, souviens-toi.

Inutile qu'il le lui rappelle. Bien sûr qu'elle avait des regrets. Qui n'en avait pas ? Si elle s'autorisait à remuer le passé, à s'interroger sur certaines décisions qu'elle avait prises, elle n'en finirait pas. En revanche, concernant le choix qu'elle avait fait pour sa fille, elle n'avait aucun doute. Elle avait agi pour le bien d'Amanda Elisabeth.

— Comment fêtais-tu ce jour-là ?

— Tu vas trouver ça pitoyable et prévisible.

— Mary Smith prévisible ? Je ne crois pas.

Juste pour lui prouver qu'il avait tort, elle lui fit une grimace. George éclata de rire.

— Tu vas me le dire ou non ?

— Bon, d'accord. Je mangeais du gâteau.

— Quel genre de gâteau ?

— De la forêt-noire.

Il eut un sourire penaud.

— Mon préféré. Tu m'en as préparé un une fois.

Là encore, il était inutile qu'il le lui rappelle. L'entreprise avait viré au désastre. Si elle avait eu besoin qu'on lui prouve qu'elle n'était pas faite pour entrer dans une cuisine, cela aurait suffi. Elle avait dépensé une fortune en ustensiles, acheté des ingrédients coûteux dans une épicerie de luxe et scrupuleusement suivi la recette.

Pour une raison ou pour une autre, le gâteau n'avait pas levé, mais le pire restait encore à venir. Après avoir empilé quatre couches de génoise les unes sur les autres et recouvert le tout de glaçage, elle avait malencontreusement incliné l'assiette. Résultat : le hideux édifice avait atterri sur le sol. George avait affirmé qu'il l'aimait d'autant plus pour sa tentative. Le lendemain, Mary avait fait don de tout son matériel de cuisine à une œuvre caritative.

Il faisait bon dans la voiture et, au bout de quelques instants, Mary sentit le sommeil la gagner.

— Repose-toi, murmura George en lui tapotant doucement la cuisse.

Elle lutta pour rester éveillée. Elle ne voulait pas gaspiller un seul instant de ce week-end. Lorsqu'elle reprendrait l'avion pour New York, elle s'accrocherait à cette journée, la repasserait en boucle dans son esprit. Elle s'accrocherait au souvenir de l'expression de George quand elle lui avait avoué qu'elle n'avait pas subi un avortement mais qu'elle avait donné naissance à leur fille. Elle n'oublierait jamais son expression de douleur, mêlée d'une profonde joie, comme s'il ne savait au juste quelle émotion dominait. La douleur d'avoir perdu toutes ces années à ne pas savoir, et la joie, la joie à l'état pur, de découvrir qu'elle avait mis cet enfant au monde.

À cet instant, Mary prit sa décision.

— George ? dit-elle d'une voix étranglée.

— Oui ?

— Y a-t-il une sortie près d'ici ?

— Qu'y a-t-il ? demanda-t-il, aussitôt inquiet. Dois-je t'emmener à l'hôpital ?

— Non.

Son regard soucieux scruta le sien.

— Tu ne te sens pas bien ?

— Ça va.

C'était faux, mais son état n'avait rien à voir avec son cancer.

Il traversa deux voies de circulation si précipitamment qu'il fit une queue-de-poisson à un autre automobiliste, provoquant un concert de klaxons.

— Que veux-tu que je fasse ? interrogea-t-il, implorant.

— George. Ne t'affole pas. Je veux te parler, c'est tout.

— Je pensais que c'était justement ce qu'on faisait.

Sa voix était pressante, cependant Mary demeura calme.

— Oui, mais il y a autre chose.

— À propos de… ?

— D'Amanda Elisabeth.

Il s'engagea sur la bretelle de sortie, ignorant la limite de vitesse. Quand il freina au feu rouge, la voiture s'arrêta d'un coup sec, et la ceinture de Mary se tendit autour d'elle. Il gagna le premier parking venu et coupa le moteur.

— Je t'écoute. Quoi qu'il y ait, j'ai le droit de savoir.

— Je...

Sa voix s'éteignit. Une fois de plus, elle regarda par la vitre pour se donner le temps de se reprendre.

— Peu importe ce que c'est, répéta-t-il. J'ai besoin de savoir.

Elle déglutit avec difficulté.

— Quand j'ai découvert que j'avais le cancer... j'ai éprouvé le besoin de mettre de l'ordre dans mes affaires.

— Naturellement.

Il prit sa main, la serrant étroitement dans la sienne.

— Une grande partie de mes biens seront légués à une œuvre de charité.

George demeura silencieux, comme s'il lui était trop douloureux d'aborder ce sujet. Cela n'avait pas été facile pour Mary non plus. Elle était encore jeune et elle avait cru avoir amplement le temps de réfléchir à ces choses-là. Le choc provoqué par le cancer avait tout remis en question.

— Je voulais être sûre qu'Amanda ne manquerait jamais de rien.

Là encore, George garda le silence. Il semblait retenir son souffle, attendant la suite avant de pouvoir respirer de nouveau.

— Je suis venue à Seattle.

— Je suis si heureux que tu l'aies fait, si reconnaissant.

Ses deux mains enveloppaient la sienne à présent.

— Mais George, mon George bien-aimé, découvrir que tu vivais ici a été un bonus, un cadeau.

Il plongea son regard dans le sien, absorbant lentement le sens de ses paroles. Puis brusquement, il se figea et resta muet pendant un long moment ; le choc qu'il venait de ressentir était presque palpable dans l'habitacle.

— Tu… tu es en train de dire… tu veux dire que le couple qui a adopté notre fille vit à Seattle ?

— Non.

George fronça les sourcils.

— À Cedar Cove.

Il cligna plusieurs fois des yeux, essayant de comprendre.

— Cedar Cove ? répéta-t-il abasourdi. Comment le sais-tu ?

Elle détourna les yeux.

— J'ai engagé un détective privé.

— Amanda est en bonne santé ? Heureuse ?

— Oui. Elle est superbe, George. Superbe et très intelligente.

Il sourit et pressa sa main plus fort.

— Je te disais bien qu'elle était comme sa mère.

— Ses cheveux ne sont plus bouclés, mais elle a toujours les yeux bleus.

Il caressa le visage de Mary, lui soulevant légèrement le menton.

— Tu l'as vue ?

— Pas encore. Je n'ai vu qu'une photo.

— Où ?

— J'ai trouvé plusieurs clichés sur Internet, des articles de journaux évoquant des fêtes scolaires.

— Tu vas la voir ?

— Non, je suppose que non. Je le désire plus que tout au monde, mais je ne vais pas bouleverser sa vie. Je ne peux pas.

— Pourtant, tu es venue jusqu'ici.

— Oui, murmura-t-elle. Je suis venue parce que j'ai pensé… j'espérais pouvoir l'entendre parler.

— Parler ? s'étonna George, les sourcils froncés.

Avec une tristesse mêlée de fierté, Mary expliqua :

— Notre fille va obtenir son diplôme de fin d'études secondaires dimanche après-midi.

— À Cedar Cove ?

Elle acquiesça, les larmes aux yeux.

— Elle est major de sa promotion.

24

Je serrais la lettre de Paul dans ma main, les yeux rivés sur le message écrit en haut de la page, de l'écriture sobre de mon mari :

À remettre à Jo Marie si je devais mourir

Je restai paralysée sur place, incapable de respirer. Je ne pouvais que fixer les mots de Paul. Les derniers mots qu'il me dirait jamais.

Je devais lire cette lettre. En toute probabilité, mon mari était mort, je le savais. Pourtant, avant d'avoir reçu l'absolue confirmation que ses restes avaient été retrouvés et identifiés, je refusais de le croire. En hâte, je repliai la feuille et la glissai de nouveau dans l'enveloppe. Elle semblait palpiter, frémir entre mes mains.

Je me ruai dans ma chambre avec tant de précipitation que Rover, apeuré, me dépassa en aboyant furieusement. Hors d'haleine, j'ouvris le tiroir de ma table de chevet, attrapai mon journal et fourrai la lettre à l'intérieur.

Tant qu'on ne m'aurait pas affirmé que le corps manquant n'était pas celui de mon mari, je ne renoncerais pas à l'espoir, à l'espoir insensé, enivrant, qu'il soit en vie. Je m'y cramponnais de toutes mes forces, m'accrochant à l'impossible, rêvant que Paul avait survécu.

Je reculai d'un pas et serrai les poings pour ne plus trembler. Puis je pris une profonde inspiration et fermai les yeux, tentant de recouvrer mon équilibre. J'avais une maison pleine d'hôtes, et j'étais reconnaissante qu'à cet instant, ils soient tous sortis.

Comme pour me rappeler à la réalité, la sonnerie du téléphone retentit. J'attendis quelques secondes, m'efforçant de me ressaisir avant de décrocher.

— La Villa Rose, j'écoute, dis-je aussi calmement que mon cœur me le permettait.

— Jo Marie ?

C'était Mark.

— Oui.

— Tu as une drôle de voix. Ça va ?

— Oui.

Il hésita, étouffa un juron, puis marmonna :

— J'ai un problème.

Si quelqu'un avait une drôle de voix, c'était Mark. Elle était sourde et rauque, empreinte de frustration et d'appréhension.

— Que se passe-t-il ?

Il marqua une nouvelle pause, comme si demander de l'aide à quiconque représentait un suprême effort de sa part.

— J'ai trébuché avec ces foutues béquilles et je n'arrive pas à me relever.

— J'arrive.

— Je ne t'aurais pas appelée si ce n'était pas nécessaire.

— Je sais.

— C'est toi qui n'arrêtes pas de t'imposer dans ma vie, alors je me suis dit…

— Tu veux mon aide, oui ou non ? coupai-je, sur le point de perdre patience.

— C'est soit toi, soit les pompiers.

— À tout de suite.

Je coupai la communication avant qu'il puisse discuter davantage. Franchement, je n'avais jamais rencontré quelqu'un de plus déraisonnable. Au moins, cette fois, il avait suivi les conseils du médecin et gardé son téléphone sur lui.

— Viens, lançai-je à Rover. Grincheux est tombé et il n'arrive pas à se relever.

Rover inclina la tête et me regarda d'un air perplexe. Cependant, il me suivit docilement. En me voyant entrer dans la buanderie, il comprit aussitôt que nous allions sortir et il trottina jusqu'à la porte, attendant patiemment que je le rejoigne.

Une fois dans la rue, il eut tôt fait de deviner notre destination et se mit à tirer sur la laisse. Il était attaché à Mark, ce qui m'étonnait, car ce dernier n'était pas particulièrement attachant. Mon chien semblait avoir des affinités particulières avec cet homme que j'avais tant de peine à comprendre. En temps ordinaire, il jugeait de son devoir de s'arrêter tous les quelques mètres pour marquer son territoire, mais ce jour-là, sentant que le temps pressait, il m'entraîna d'un bon pas.

Arrivée chez Mark, je ne pris pas la peine de frapper. De toute façon, il ne pourrait pas ouvrir la porte. À ma grande consternation, je tournai la poignée en vain : la porte était fermée à clé. Génial. Nous allions rejouer la même scène.

Je tambourinai sur le battant.

— Tu es là ?

— Non, je suis dehors à jouer aux puces, ironisa Mark de l'autre côté.

— Tu as une clé quelque part ? demandai-je, cherchant des yeux un pot de fleurs ou une grosse pierre susceptible de servir de cachette. En vain. La véranda était vide.

— Non.

Si Mark s'imaginait que j'allais chercher une fenêtre entrebâillée et me hisser à l'intérieur, il se trompait lourdement. Que cela lui plaise ou non, il faudrait que j'appelle les pompiers.

— Je crois que la porte de derrière est ouverte, suggéra-t-il.

— Bon, je vais voir.

Rover sur mes talons, j'empruntai l'allée cimentée qui courait le long de la maison. À l'arrière, quatre marches montaient à la cuisine. Je n'étais entrée par là qu'une seule fois, justement pour aller chercher les clés de l'atelier, quand je l'avais découvert après son accident.

À mon grand soulagement, la poignée tourna sans résister. Je pénétrai dans une sorte de débarras que je n'avais pas remarqué auparavant.

— Où es-tu ? criai-je en gagnant la cuisine.

— Couloir.

Sa réponse brève et impatiente trahissait son agacement que j'aie mis si longtemps. Évidemment, il était étalé de tout son long dans l'étroit passage, ses béquilles tournées à un angle bizarre à quelques pas de lui. Je fronçai les sourcils et m'assis à côté de lui sur le plancher.

— Tu vas m'expliquer comment c'est arrivé ?

— Non.

— Pourquoi pas ?

— Tu vas te moquer de moi.

— Oh ?

— C'est ce que font les femmes. Elles prennent un malin plaisir à vous donner du « Je te l'avais bien dit ».

— Ah bon ?

Je trouvais son attitude plus amusante qu'agaçante, car il était bien en mauvaise posture.

— N'essaie pas de le nier, grogna-t-il, ses sourcils froncés suggérant que j'étais responsable de tout.

— C'est ta vaste expérience avec les femmes qui te permet d'affirmer ça ?

— Oui. Maintenant, tu vas m'aider, oui ou non ?

— J'y réfléchis.

À vrai dire, je prenais plaisir à la scène, sans doute plus que je n'aurais dû.

Comme pour montrer combien j'étais cruelle, Rover s'avança et lécha la joue de Mark. Je m'attendais à ce que celui-ci le repousse sans ménagement, mais non. Au contraire, il enroula son bras libre autour de Rover et l'attira vers lui.

— Au moins, entre hommes, on se serre les coudes.

De mauvaise grâce, je me relevai et allai ramasser les béquilles. Je me demandai s'il les avait lancées contre le mur par frustration, mais vu son humeur, je m'abstins de poser la question.

— Je ne peux pas prendre appui dessus, maugréa-t-il. J'ai déjà essayé. Plusieurs fois.

— Alors tu es vraiment tombé et tu ne peux pas te relever.

— Si tu trouves ça drôle, autant rentrer chez toi tout de suite.

— On est susceptible, hein ? lançai-je en le menaçant du doigt.

Je me mis derrière lui, glissai les bras sous les siens et tentai de le redresser. Peine perdue. Sans être particulièrement corpulent, il n'était guère facile à soulever.

— Arrête ! Tu vas te faire mal au dos.

— Tu as une meilleure idée ?

Épuisée, je me laissai tomber sur le sol à côté de lui et me passai une main sur le front, me creusant les méninges pour trouver une solution.

— Ça va ? demanda-t-il en me dévisageant.

— Oui. Donne-moi une minute pour réfléchir.

Il était fatigué et de mauvaise humeur. Il suffisait d'un coup d'œil pour comprendre combien il lui en avait coûté de demander de l'aide. De plus, son regard me mettait mal à l'aise, j'avais l'impression qu'il me transperçait.

— Ta voix était bizarre quand j'ai appelé, observa-t-il sans cesser de me fixer. Je t'ai… je ne sais pas… dérangée ?

— Que veux-tu dire ?

Il haussa les épaules.

— Je ne sais pas. Tu avais de la visite ?

— Non.

En général, je n'étais pas si avare d'informations, mais il me répugnait de mentionner la lettre de

Paul. Il me regardait toujours, le front barré par un pli.

— Quoi ? demandai-je, feignant l'innocence.

— Quelque chose ne va pas. Je le sens.

— Tu es devin, à présent ? ripostai-je, dissimulant mal mon irritation.

Il écarquilla les yeux, surpris par ma réaction.

— Non.

Je compris que je m'étais trahie et tentai de me rattraper en invoquant une excuse.

— C'est cette journée portes ouvertes qui me tracasse. C'est la première fois que je fais un truc pareil et je suis un peu stressée.

— Un peu ?

Je lui donnai une tape sur le bras.

— Écoute, mon vieux, je pourrais m'en aller tout de suite et te laisser moisir ici vingt-quatre heures, alors sois un peu reconnaissant, s'il te plaît.

Il ne prit pas ma menace au sérieux.

— Réessayons, dit-il en s'asseyant plus droit. Au lieu de me soulever, laisse-moi prendre appui sur ton bras.

Son idée s'avéra bonne, mais la tâche ne fut guère aisée. Quand Mark fut enfin debout, nous étions l'un et l'autre à bout de souffle, aussi épuisés que si nous venions d'escalader le mont Rainier.

Je lui tendis les béquilles. Il gagna le salon en boitillant et se laissa tomber sur le fauteuil. Quant à moi, je m'affalai sur le canapé. Rover m'y rejoignit d'un bond et posa le menton sur ma cuisse. Je le caressai lentement tout en reprenant ma respiration.

Sur une petite table à côté du fauteuil se trouvaient un couteau et un tas de copeaux. J'ignorais complètement que Mark s'adonnait à la sculpture sur bois. Ce qu'il fabriquait semblait compliqué.

— Qu'est-ce que ça va être ? demandai-je, songeant à un oiseau perché sur une branche.

— Un aigle.

Les environs de Cedar Cove en regorgeaient.

— Il est magnifique. Tu vends ces pièces ? demandai-je, me disant qu'il aurait été parfait pour une de mes bibliothèques.

— Il est à toi. C'est pour toi que je le fais.

Je relevai brusquement la tête, sans voix.

— Il faut que je m'occupe sinon je vais devenir complètement fou, et puis… tu as été géniale et moi je me suis conduit comme un imbécile. Je voulais te remercier.

De nouveau, je fus muette de stupeur. Par cette attention, Mark me révélait une facette de son caractère que je n'avais jamais vue jusque-là.

— Merci.

— Ne deviens pas toute sentimentale. Il y a un bon moment que je n'ai pas fait ce genre de choses, alors je ne te garantis pas que ce soit une réussite.

— Je le garderai précieusement.

Il répondit par une sorte de grognement gêné.

— Puis-je faire quoi que ce soit avant de partir ? demandai-je au bout de quelques instants.

Il secoua la tête.

— Ton dîner ? Tu ne veux pas que je te le prépare ?

— Non, merci.

Je fis mine de m'en aller, mais Mark m'arrêta avant que j'aie atteint la cuisine.

— Tu ne vas pas me le dire, hein ?

Je me retournai.

— Il s'agit de Paul, non ? Je devine que tu as eu des nouvelles de son supérieur.

Je me raidis.

— Non.

— Dans ce cas, c'est parce que tu n'as pas eu de nouvelles.

— Je n'ai vraiment pas envie de parler de ça, d'accord ? Et je ne te pose pas de questions sur ta vie privée.

Il leva les deux mains en l'air, comme si j'avais pointé une arme dans sa direction.

— Pardon.

— Ça ne te regarde pas, ajoutai-je d'une voix tremblante. Laisse tomber.

Sur quoi je sortis de la cuisine à grands pas, Rover sur mes talons.

Respectueux des règles de la politesse, celui-ci se retourna et salua Mark d'un aboiement avant de se mettre à trottiner derrière moi.

En rentrant à la maison, je compris combien la lettre de Paul m'avait secouée. Mark se donnait du mal pour me faire un cadeau et, en guise de remerciement, je lui avais parlé d'un ton mordant et j'étais partie fâchée.

Rover sentait que quelque chose n'allait pas et geignait doucement pendant que je mettais de l'eau à bouillir pour préparer un thé. C'était toujours ce que je faisais quand je me sentais abattue et que j'avais besoin de réconfort. Et j'avais grand besoin de réconfort.

Assise dans la cuisine, la théière sur la table, je fermai les yeux. Malgré tous mes efforts, je ne pouvais détacher mes pensées de cette lettre. La dernière que je recevrais de mon mari.

Que m'avait dit Paul ?

Voulais-je vraiment le savoir ?

La curiosité me rongeait, pourtant, si je lisais ces mots, cela reviendrait à admettre que tout espoir était perdu. Je m'y refusais.

J'eus du mal à boire mon thé tant j'avais la gorge nouée. Si quelqu'un était rentré à la villa à ce moment-là, je n'aurais pas pu dissimuler mon émotion.

Ce que j'avais dit à Mark n'était pas entièrement faux. La journée portes ouvertes m'avait mise à cran. Je n'avais jamais rien organisé de tel et j'étais nerveuse. À vrai dire, je n'étais pas sûre que l'événement soit un succès, mais les invitations étaient parties et il était trop tard pour annuler. Cependant, je me sentais complètement déboussolée. Plus j'y pensais, plus j'étais bouleversée.

Incapable de tenir en place, je me levai et me mis à arpenter la cuisine. Depuis son panier, Rover suivait tous mes mouvements.

Ne sachant que faire, j'entrai dans mon bureau et tendis la main vers le téléphone avant même d'avoir décidé qui j'allais appeler. Pas ma famille. Mes parents s'inquiétaient suffisamment à mon sujet et je ne voulais pas ajouter à leurs soucis. Certes, j'avais des amis à Seattle, de bons amis, mais je n'étais pas sûre de pouvoir leur parler de cela.

La main crispée sur l'appareil, je continuai à faire les cent pas. Les pensées se bousculaient à toute allure dans ma tête tandis que je tentais de réfléchir.

Soudain, une idée me vint. Il y avait quelqu'un ici, à Cedar Cove. Quelqu'un qui comprendrait. Une femme que j'avais rencontrée juste après avoir emménagé. Une femme que j'aimais beaucoup et dont l'expérience s'apparentait par certains côtés à la mienne. Son mari avait disparu et il lui avait fallu plus d'un an pour découvrir ce qu'il était advenu de lui. Peut-être pourrait-elle me donner des conseils. Je me hâtai de chercher son numéro de téléphone.

On décrocha presque immédiatement.

— Bibliothèque de Cedar Cove.

— Je voudrais parler à Grace Harding, s'il vous plaît.

25

Annie demeura occupée durant tout le buffet, veillant à ce que les plats soient chauds et bien présentés. Elle travailla avec le personnel de service, apporta des plateaux et s'affaira en cuisine. Dès que l'affluence fut moindre, elle alla saluer les invités tout en leur servant des rafraîchissements. Oliver se rendait utile aussi, elle le remarqua, bien qu'elle s'efforçât de faire comme s'il n'était pas là.

Pendant tout ce temps, elle ne cessa de songer à la conversation qu'elle avait eue avec son frère. Peter avait-il dit vrai ? Cette affirmation selon laquelle Oliver aurait été amoureux d'elle n'était-elle que le fruit d'une imagination débordante ? Peter avait toujours été taquin, surtout enfant. Il était capable d'avoir tout inventé pour semer le trouble. Annie rejeta aussitôt cette pensée peu charitable. Son frère avait changé, mûri. C'était un homme marié, responsable, qui venait d'être papa. De plus, elle s'entendait très bien avec lui.

L'orchestre prit place sur l'estrade et se mit à jouer un des airs populaires d'après-guerre. Annie reconnut plusieurs classiques, dont certains qu'elle aimait beaucoup.

Son grand-père ne tarda pas à se lever et à tendre la main vers son épouse. Julie se récria et secoua la tête, mais Kent se pencha vers elle et lui murmura quelques mots à l'oreille. Pouffant de rire, elle accepta le bras de son mari sans résister davantage.

Annie les observa, fascinée, alors qu'il l'entraînait sur la piste. Avec plus d'énergie qu'on n'aurait pu s'y attendre, Kent fit virevolter son épouse dans ses bras. Annie ne se souvenait pas de les avoir jamais vus danser, mais ils formaient un couple fabuleux : leurs pas étaient parfaitement synchronisés. Elle se demanda s'ils avaient suivi des cours, tant ils semblaient en totale harmonie. Elle ne pouvait détacher son regard du couple, et n'était pas la seule. Sous le charme, l'assistance au grand complet les admirait.

À la fin de la chanson, Annie posa la cafetière qu'elle tenait à la main pour applaudir à tout rompre. Là non plus, elle ne fut pas la seule. Les invités avaient fait de même spontanément. Son grand-père s'inclina et, en parfait gentleman, raccompagna sa femme à leur table.

Pendant que d'autres couples se levaient pour danser, Annie commença à débarrasser les tables. Levant les yeux, elle constata que ses grands-parents avaient rejoint les musiciens sur la scène. Munis de tambourins, ils marquaient le rythme en les tapant contre leurs paumes ouvertes. Stupéfaite par leur dynamisme, Annie se hâta vers la cuisine, les bras chargés de plats.

Comme elle revenait, Oliver l'arrêta, posant une main sur son épaule.

— Ça suffit, déclara-t-il fermement.

Elle battit des paupières, interloquée.

— Laisse le personnel faire son travail.

— Mais…

— Viens profiter de la soirée.

Sa mère et sa tante Patty lui avaient déjà dit la même chose. Annie capitula, et hocha la tête en souriant. Oliver lui prit la main et l'entraîna vers la piste, slalomant habilement entre les tables.

Annie n'avait pas dansé depuis des années, probablement pas depuis l'époque où elle fréquentait le lycée. Ses talents n'étaient en rien comparables à ceux de ses grands-parents. Elle allait avoir l'air ridicule.

— Oliver ! protesta-t-elle, traînant les pieds.

Ignorant son objection, il la tira derrière lui jusqu'à ce qu'ils arrivent en bordure de la piste. Par chance, la chanson se termina au moment où il se tournait pour la prendre dans ses bras.

— Ce n'est pas une très bonne idée, avertit-elle.

Il arqua les sourcils d'un air interrogateur.

— Pourquoi pas ?

Elle se mordit la lèvre et baissa les yeux.

— Je ne danse pas très bien.

— Ce n'est pas grave. Tu n'as qu'à me suivre.

L'orchestre recommença à jouer avant qu'elle ait eu le temps de répondre. En reconnaissant un slow, Annie lâcha un gémissement accablé. C'était encore pire qu'un air endiablé. Oliver l'attira doucement contre lui, passa un bras autour de sa taille et prit sa main dans la sienne.

— Détends-toi, murmura-t-il au bout de quelques instants. Je ne vais pas te manger.

C'était sûrement vrai, encore qu'elle se méfiât de ce qu'il pouvait faire. Elle fit un effort pour dominer sa tension. Non seulement elle se trouvait en territoire inconnu, mais en compagnie d'Oliver de surcroît. Malgré tout, elle commença peu à peu à se sentir plus à l'aise.

— Tu vois, ce n'est pas si terrible, n'est-ce pas ? murmura-t-il.

— Pas si terrible, répéta-t-elle.

— Prête ? demanda-t-il alors que le rythme s'accélérait.

Il resserra sa prise autour d'elle, l'entraînant dans son mouvement. Annie retint son souffle, cramponnée à lui.

— Qu'est-ce que tu fais ?

— Je danse.

— Eh bien, arrête !

Il s'esclaffa.

— On se débrouille très bien, protesta-t-il, visiblement amusé.

Annie poussa un soupir de soulagement lorsque la chanson ralentit de nouveau et qu'Oliver reprit les pas lents et simples d'avant.

— Où as-tu appris ce truc de tout à l'heure ?

— Si je te le dis, tu ne vas pas me croire.

— Tu as suivi des cours ? insista-t-elle, songeant que ce n'était pas son genre.

— En un sens.

En un sens ? Soit il en avait suivi, soit non. Elle leva les yeux vers lui et rencontra son regard espiègle.

— Tu vas m'expliquer ?

— Si tu tiens à le savoir, c'est ton grand-père qui m'a montré ces pas.

— Tu as dansé avec mon grand-père ?

— Non, répondit Oliver en riant. Mais il dit que c'est la technique qu'il a utilisée pour éblouir ta grand-mère.

— J'imagine que tu y as eu recours par le passé avec d'innocentes partenaires, lança-t-elle, taquine.

Oliver posa un doigt sur sa joue, l'incitant à tourner son visage vers lui.

— Non.

— Non ?

— Seulement avec toi, Annie, seulement avec toi.

C'était là une information qu'elle aurait préféré ne pas connaître. Elle détourna les yeux et s'efforça d'ignorer la sensation de bien-être qu'elle éprouvait au creux de ses bras. Elle avait beau ne rien vouloir ressentir pour ce garçon – cet homme à présent – qu'elle avait passé dix ans à mépriser, elle ne pouvait s'en empêcher. L'attraction entre eux était indéniable, plus forte à chacun de leurs mouvements. À treize ans, elle avait été folle de lui et aujourd'hui encore, alors qu'elle était adulte, la même euphorie la gagnait.

Le morceau terminé, Oliver la lâcha à regret. Annie profita de l'occasion pour s'éloigner de lui. Il était sur le point de lui parler quand une cousine éloignée se rua vers lui.

— Danse avec moi, tu veux bien ? supplia Tammy Lee, en prenant sa main dans les siennes. Fais-moi tournoyer comme Annie.

Oliver se mit à rire.

— C'est une requête que je ne peux pas refuser.

— Après, c'est à mon tour ! s'écria une autre petite-cousine.

À l'évidence, Oliver allait être occupé pendant quelques instants et Annie en fut soulagée. Que se passait-il entre Oliver et elle ? Étourdie, désemparée, elle ne savait plus que penser. Voyant ses grands-parents seuls à leur table, elle s'empressa d'aller les rejoindre.

— Oh, Annie ! s'écria sa grand-mère en tapotant la chaise vide à côté d'elle. Viens t'asseoir quelques minutes avec nous.

— C'est une soirée fantastique, commenta son grand-père avec chaleur.

— Tout a été parfait, renchérit sa grand-mère. Infiniment mieux que Kent et moi ne l'avions imaginé… ça a dépassé toutes nos attentes.

— Ça m'a fait très plaisir d'organiser cette fête pour vous, répondit Annie, sincère.

Elle avait passé un nombre incalculable d'heures à préparer l'événement, réfléchissant au moindre détail, mais ses efforts avaient été récompensés lorsqu'elle avait vu l'expression émerveillée de ses grands-parents à leur entrée dans la salle de réception. Ils avaient été sidérés et émus de voir tant de leurs parents et amis réunis pour fêter leurs noces d'or.

Julie se tourna vers Kent.

— Je ne sais pas pourquoi on était aussi inquiets.

— Nous sommes deux vieux idiots, marmonna son grand-père.

— Parle pour toi ! plaisanta sa grand-mère.

— J'ignorais totalement que vous étiez des danseurs aussi talentueux, déclara Annie, enchantée par leurs éloges.

— Oh ! c'est Kent qui est doué, s'écria aussitôt Julie. Autrefois, toutes les filles se bousculaient pour danser avec lui.

Instinctivement, Annie regarda Oliver qui faisait virevolter sa jeune cousine sur la piste. Celle-ci levait vers lui des yeux adorateurs.

— Je vois que tu as remarqué que Kent n'est pas le seul à avoir le sens du rythme, plaisanta sa grand-mère.

Cette observation rappela à Annie l'aveu d'Oliver. Elle reporta son attention sur son grand-père.

— Oliver m'a dit que c'était toi qui lui avais appris à faire ce pas de danse.

— Ah bon, il t'a dit ça ? gloussa Kent.

— Il affirme que c'est grâce à ce mouvement que tu as conquis le cœur de Grand-Mère.

— Kent ! protesta Julie.

— Eh bien, c'est vrai.

Julie se pencha vers elle.

— N'en crois pas un mot, Annie. Je ne suis pas frivole à ce point ! C'est vrai que Kent était bien meilleur danseur que tous les autres garçons avec qui je suis sortie, mais ce n'est pas ça qui m'a fait tomber amoureuse de lui.

— Tu le nies ? défia son grand-père.

— Eh bien, d'accord, j'étais impressionnée par ses talents sur la piste, mais ce sont ses yeux qui m'ont vraiment conquise.

Kent fronça les sourcils.

— Mes yeux ?

— Je les trouvais absolument irrésistibles. Et c'est toujours vrai aujourd'hui, avoua-t-elle avec un léger soupir.

Au lieu d'avoir l'air content, son grand-père parut désarçonné et se gratta la tête.

— Eh bien, on peut dire que c'est une surprise.

— Pour l'amour du ciel, Kent, au bout de cinquante ans, tu aurais peut-être pu le deviner.

— Je suppose que tu as raison, marmonna-t-il.

— Grand-Père, c'est un compliment ! intervint Annie, stupéfaite par sa réaction.

— Je sais. C'est juste que j'ai dit à Oliver…

Il s'interrompit net, la mine légèrement penaude.

— Qu'est-ce que tu as dit à Oliver ? demanda Julie.

— Oui, qu'est-ce que tu lui as dit ? répéta Annie, partageant la curiosité de sa grand-mère.

Kent secoua la tête, comme si cela n'avait aucune importance.

— Nous parlions des femmes en général. Oliver m'a posé quelques questions et je lui ai répondu de mon mieux.

— Kent !

— Il voulait des conseils concernant Annie.

— Kent ! répéta sa grand-mère, ouvrant des yeux ronds. Tu m'as affirmé que ce n'était pas notre affaire et que nous devions rester en dehors de tout ça, quoi qu'il arrive entre eux !

Le regard d'Annie alla de l'un à l'autre.

— De quoi parlez-vous, au juste ?

Ils ne prêtèrent aucune attention à elle.

— Oliver m'a confié qu'il voulait que son mariage dure aussi longtemps que le nôtre. Il m'a demandé conseil.

— Bref, tu as emprunté précisément la voie que tu m'as recommandé d'éviter, répliqua Julie, l'air mécontente.

— Il voulait des détails.

— Des détails ? répéta Annie, qui en désirait, elle aussi.

— Oui. Par exemple, comment j'avais fait pour persuader Julie de tomber amoureuse de moi. Je croyais que c'était grâce à la danse, mais apparemment, je me trompais.

— Vieil idiot, c'est bien plus que cela. Tu étais tendre, plein d'attentions…

— Et ma sœur te renseignait sur mon compte.

— C'est vrai, admit sa grand-mère, non sans réticence.

— Alors quel mal y avait-il à répondre aux questions d'Oliver au sujet d'Annie ?

— Eh bien, puisqu'il s'agit d'Annie…

Ses grands-parents semblaient avoir complètement oublié sa présence.

— Hé, vous deux. Je suis là, d'accord ?

— Bien sûr, mon petit, dit sa grand-mère sans lui accorder un regard.

Elle lui tapota le genou.

— Sois patiente une minute pendant que ton grand-père et moi réglons ça. J'ai l'impression, Kent Shivers, que tu as fait preuve d'une certaine hypocrisie.

Ce dernier prit un air coupable.

— Nous désirons tous les deux la même chose – nous avons des méthodes différentes, c'est tout.

Tout à la discussion entre ses grands-parents, Annie n'avait pas remarqué que la musique s'était tue. Quand elle leva les yeux, Oliver était debout à côté d'elle.

— Je crois que cette danse est pour moi, dit-il en lui tendant la main.

Sans même se rendre compte de ce qu'elle faisait, Annie se leva, son regard soudé au sien.

Oliver l'enlaça et elle enfouit le visage contre son torse. C'était bon d'être dans ses bras. Elle se sentait... à sa place.

— C'est vrai, n'est-ce pas ? demanda-t-elle, s'adressant à elle-même autant qu'à lui.

Oliver déposa un baiser sur sa tête.

— Absolument, répondit-il, sans avoir la moindre idée de ce dont elle parlait.

26

J'attendis l'arrivée de Grace, perdue dans mes pensées. Je n'avais échangé que quelques mots avec elle, sans lui expliquer en détail les raisons de mon appel. Cependant, elle avait dû percevoir l'anxiété dans ma voix car elle avait promis de venir dès la fin de la séance de cinéma qui avait lieu chaque samedi à la bibliothèque. Je me sentais coupable de la déranger au beau milieu de l'après-midi, mais elle m'avait affirmé que ce n'était pas grave.

Enfin, le claquement d'une portière de voiture m'annonça l'arrivée d'un visiteur. Je sortis en hâte et constatai avec soulagement que c'était Grace. Celle-ci pressa le pas en me voyant. Malgré notre différence d'âge – elle était sans doute plus proche de l'âge de ma mère –, je la considérais comme une amie. Et c'était grâce à elle que j'avais trouvé Rover.

Elle s'avança vers moi, les mains tendues.

— Jo Marie, tout va bien ? Vous aviez une voix si émue…

Incapable de mentir, j'éludai sa question.

— Avez-vous le temps de parler quelques minutes ?

— Bien sûr.

Nous nous assîmes là où nous étions, sur les marches de la véranda. Elle continua à me tenir les mains et Rover, mon adorable Rover, sentant ma détresse, nicha sa tête contre ma cuisse.

— Cela vous ennuie si je vous pose une ou deux questions ?

— Demandez-moi tout ce que vous voulez, acquiesça Grace avec un petit rire. Enfin, dans la mesure du raisonnable !

— Votre premier mari… Il est mort, n'est-ce pas ?

La tristesse se lut dans son regard et son visage prit une expression lointaine.

— Il s'appelait Dan, murmura-t-elle. Nous avons été mariés pendant près de trente ans.

— J'ai entendu dire…

Je m'interrompis, espérant ne pas réveiller des souvenirs trop pénibles.

— Oui ? m'encouragea Grace.

— D'après Mark, il a été porté disparu pendant plusieurs mois avant que vous appreniez sa mort.

Les yeux de Grace s'assombrirent davantage.

— Plus d'un an, oui.

— Un an…

J'hésitai.

— … et durant tout ce temps, aviez-vous gardé l'espoir qu'il soit en vie ?

— Oh ! oui, j'en étais convaincue. Il était déjà parti avant, à plusieurs reprises en fait. La première fois, il avait disparu pendant un jour ou deux sans mot dire. Je m'étais affolée et j'avais averti le shérif. À son retour, Dan avait été furieux.

La situation de Grace avait été très différente de la mienne, mais l'incertitude et le désarroi qu'elle avait éprouvés m'étaient douloureusement familiers. Je reconnaissais là le cauchemar que je traversais depuis l'appel du lieutenant-colonel Milford.

— La dernière fois, il est parti beaucoup plus longtemps. Et je sais qu'il est revenu à la maison pendant que j'étais au travail.

— Comment l'avez-vous su ? Il avait emporté certaines choses ?

— Non, je n'ai rien remarqué de tel, du moins pas tout de suite.

Je m'en voulus de lui imposer cette épreuve. À l'évidence, il lui était pénible d'évoquer cette époque-là. Sans doute aurait-elle préféré l'oublier.

— Si vous préférez ne pas en parler…

— Non, ça va.

Je la remerciai d'un sourire.

— C'est drôle, reprit-elle, j'ai senti la présence de Dan dès l'instant où je suis entrée dans la maison. Je l'ai même appelé, en croyant qu'il était revenu pour de bon. J'étais debout au milieu de la pièce, j'attendais qu'il réponde. Il lui était déjà arrivé de partir quelques jours et puis de revenir et de se comporter comme si de rien n'était, comme si je devais juste ignorer sa disparition.

— Aviez-vous une idée de l'endroit où il était ou de ce qu'il faisait ?

Elle esquissa un petit sourire amer.

— J'ai supposé qu'il m'avait quittée pour une autre femme.

— Qu'est-ce qui vous a fait penser cela ?

— Deux ou trois choses m'ont mis la puce à l'oreille. Pour commencer, j'ai trouvé son alliance. Il l'avait laissée là, ce qui signifiait à mes yeux qu'il me rejetait, qu'il reniait nos vœux de mariage. Un mois ou deux après sa disparition, j'ai découvert qu'il s'était servi de notre carte de crédit dans une bijouterie que je ne connaissais pas. J'étais tellement furieuse que j'ai téléphoné au magasin, mais tout ce qu'on a pu me dire, c'est qu'il avait acheté une bague. J'ai supposé qu'elle était destinée à une autre. J'étais d'autant plus blessée qu'il me la faisait payer à sa place.

Les mains de Grace se crispèrent.

— C'est seulement des mois plus tard que j'ai appris qu'il avait acheté une autre alliance. Il a dû croire qu'il avait perdu la sienne et il voulait la porter au moment de son suicide. Avec le recul, j'ai compris que c'était sa manière à lui d'honorer notre mariage, nos filles, de m'honorer, moi.

Je serrai ses mains dans les miennes.

— Vous n'êtes pas obligée de m'en dire davantage.

— Je suis sûre que vous avez vos raisons de me poser la question, et je crois que cela me fait du bien de parler de lui. En plus de l'alliance et de la facture de la bijouterie, un autre incident m'a donné à penser qu'il avait une liaison.

— Oh ?

— Un jour que je travaillais à la bibliothèque, quelqu'un est venu me dire qu'il avait vu Dan en ville au volant de son pick-up et qu'il était avec une femme. J'étais hors de moi. Qu'il ose la montrer à tout le monde, m'humilier devant toute la ville… j'étais résolue à m'expliquer avec lui, à lui dire combien il nous faisait souffrir, les filles et moi. Je me souviens de ma colère, de ma frustration. Je suis sortie de la bibliothèque comme une furie. Dans ma précipitation, je suis tombée, je me suis fait une vilaine entaille au genou, et puis je me suis assise par terre et j'ai pleuré.

— C'était vraiment Dan ? murmurai-je.

— Non. Cela n'aurait pas pu être lui. Quand on a retrouvé son corps, on a su qu'il était mort longtemps avant cet incident.

— Mais vous étiez furieuse ?

— Furieuse ? répéta-t-elle. Vous ne pouvez pas imaginer à quel point. Peu après, j'ai fait une sorte de dépression. Les voisins s'inquiétaient tellement à mon sujet qu'ils ont averti mes filles.

Je ne pouvais qu'imaginer la détresse de Grace.

— Que s'est-il passé ?

Elle lâcha un petit rire.

— J'avais vidé l'armoire de Dan. J'avais sorti toutes ses affaires et je les avais entassées sur la pelouse. De mon point de vue, s'il voulait me quitter, il aurait dû tout emporter.

— Ça a dû être une épreuve effroyable pour vous.

Grace regarda au loin, les yeux dans le vide.

— Quand il est rentré du Vietnam, Dan était un autre homme. Je suis convaincue à présent qu'il souffrait de stress posttraumatique, mais à l'époque ni lui ni moi ne savions que cela existait. Je ne savais pas comment l'aider. Notre bonheur n'était pas sans nuages, mais les choses allaient assez bien. Nous nous suffisions l'un à l'autre, Dan m'aimait et il aimait ses filles. Malheureusement, il ne pouvait pas se détacher du passé. C'était un être tourmenté.

Pour avoir lu maints articles à ce sujet, je savais que les soldats étaient souvent affectés à long terme par la tension et l'anxiété inhérentes au conflit. Déjà, des programmes de soutien psychologique commençaient à se mettre en place, mais ils demeuraient trop peu nombreux, et venaient de toute façon trop tard pour des hommes comme Dan.

— Il a souffert pendant des années. Il ne s'estimait jamais digne de mériter quelque chose de bien. Je me souviens qu'une année, j'ai trouvé dans le garage les cadeaux de Noël que nos filles et moi lui avions offerts. Il les avait détruits, mis en pièces, et pour une raison ou pour une autre, il les avait cachés.

Elle marqua une brève pause.

— La mort a été une délivrance pour lui. Il était hanté par le remords et la honte à cause d'un incident qui s'était produit pendant la guerre. Il avait dix-neuf ans à l'époque, et il n'a jamais pu l'oublier.

— Il est en paix à présent, murmurai-je, songeant à Paul.

Je voulais désespérément qu'il soit encore en vie, mais plus que tout, je voulais qu'il connaisse la paix, comme l'ancien mari de Grace.

— Pourquoi vouliez-vous savoir ce qui s'est passé avec Dan ? demanda Grace avec douceur. Cela vous a-t-il aidée ?

Il était temps que je lui révèle mon dilemme. Je me jetai à l'eau.

— Mme Coryelle est venue chez moi cet après-midi.

— Marion Coryelle ?

— Oui. Elle habite à côté, vous savez.

— J'avais supposé qu'elle ne sortait plus. Sa fille vient emprunter des livres à gros caractères pour elle à la bibliothèque. Elle adore lire.

— C'est une bonne voisine. Le facteur avait déposé une lettre qui m'était adressée dans sa boîte et elle me l'a apportée elle-même.

— Et c'est cette lettre qui vous a bouleversée à ce point ?

Je détournai les yeux, redoutant de ne pouvoir continuer sans que ma voix se brise.

— Elle venait d'un ami de Paul.

Grace se rapprocha de moi.

— Apparemment, enchaînai-je, Paul la lui avait confiée pour qu'il me la remette au cas où il mourrait en mission. Son ami s'est excusé d'avoir oublié de le faire. Il l'a retrouvée récemment et me l'a postée aussitôt.

— Oh ! Jo Marie, il n'est pas étonnant que vous soyez émue. L'avez-vous lue ?

— Non.

— Voulez-vous que je reste avec vous pendant que vous le faites ?

— Non. Je refuse de la lire…

— Voudriez-vous que je la lise d'abord ? s'enquit-elle avec douceur.

— Je ne la lirai pas… pas avant d'avoir eu la preuve que Paul est mort.

Sur ce, j'éclatai en sanglots. Rover se mit à me lécher le visage en geignant. Je le pris sur mes genoux tandis que Grace passait un bras autour de mes épaules.

— Ce n'est pas facile d'accepter l'idée que son corps ne sera peut-être jamais retrouvé.

Je compris alors qu'elle ignorait tout de l'appel du lieutenant-colonel Milford. Je pris une profonde inspiration et me redressai.

— Le supérieur de Paul m'a téléphoné cette semaine, expliquai-je. Le site de l'accident est désormais accessible et les corps sont en voie d'être rapatriés. Six hommes étaient à bord et cinq dépouilles ont été localisées. L'armée est en train de procéder à des tests ADN. Il y a une chance, minime, certes, mais une chance tout de même, pour que l'un d'eux ait survécu. Cet homme pourrait être Paul. Il pourrait être en vie. Je refuse d'abandonner l'espoir. S'il était mort, je le sentirais. Je le sais.

J'ignore pourquoi j'argumentais avec tant de force, tant de conviction, comme s'il était nécessaire de persuader Grace que j'avais raison de m'obstiner.

Elle demeura longtemps silencieuse. Quand elle reprit la parole, sa voix était si basse que je l'entendais à peine.

— Durant toute l'année où Dan a été porté disparu, j'ai cru la même chose, que s'il était mort, je le saurais. J'en étais convaincue.

— Ce n'était pas le cas ?

— Et c'est en partie à cause de cela que je me suis imaginé qu'il avait trouvé le bonheur avec une autre femme.

Elle se pencha en avant, entourant ses genoux de ses bras.

— Cela n'avait aucun sens qu'il se suicide à ce moment-là. Aucun. Notre premier petit-fils était sur le point de naître, et Kelly et lui étaient particulièrement proches.

— Et vous n'avez rien senti ?

— Non, et vous ne sentirez rien pour Paul non plus. Pour autant que vous l'aimiez, pour autant que j'aimais Dan, il avait son propre destin, et Paul aussi.

Je songeai à la lettre qui m'attendait dans ma table de chevet.

Grace m'effleura le bras.

— Vous n'êtes pas obligée de lire cette lettre tout de suite. Attendez si vous le désirez. Vous savez où elle est. Quand le moment sera venu, votre cœur vous le dira.

Son conseil me parut sage. J'avais d'autres questions, mais je ne savais comment les formuler au mieux.

— Comment… comment avez-vous continué ?

La même expression pensive qu'auparavant revint sur ses traits.

— La mort d'un proche, celle d'un mari ou d'un enfant, est une douleur inimaginable, assez profonde pour vous tuer. Il faut l'avoir connue pour le savoir. Olivia a tout fait pour m'aider à me remettre de la disparition de Dan. Elle a perdu un fils et elle était bien placée pour comprendre, mais aucune parole de réconfort ne peut atténuer la souffrance. Il n'y a pas de mots, tout simplement.

J'acquiesçai, la gorge nouée.

— C'est une blessure, mais contrairement à une plaie physique, il n'existe aucun calmant qui puisse apaiser la douleur, pas de période définie de guérison. Si on a une fracture, on sait qu'il faudra six semaines pour qu'elle se répare. Avec un deuil, ça ne se passe pas ainsi. Croyez-vous que vous pourrez surmonter la perte de Paul ?

— Si je le crois ? répétai-je, désemparée.

J'étais en quête de réponses, et non d'autres questions.

— Avez-vous surmonté la perte de Dan ?

— En un sens, non, avoua-t-elle. C'était mon mari, le père de mes enfants. J'ai passé avec lui le plus clair de ma vie. Je l'aimerai jusqu'à la fin de mes jours. Mais, en même temps, je peux vous assurer que la vie continue. Au début, on ne veut pas qu'il en soit ainsi. On a le sentiment que tout devrait s'arrêter ; que l'existence telle qu'on la connaît devrait s'interrompre pendant qu'on essaie d'assimiler ce qui est arrivé.

C'était exactement ce que j'avais ressenti lorsque j'avais appris la nouvelle de l'accident. Comme si ma vie à moi s'était arrêtée aussi. Abasourdie, horrifiée, choquée, incrédule, je me traînais d'un jour à l'autre, ayant perdu toute notion du temps ou de l'espace.

— Vous vous êtes remariée, soufflai-je.

C'était une affirmation, non une question.

— Oui, me dit-elle, les yeux brillants. Comme je vous le disais à l'instant, la vie continue. On a beau tenir au passé, la vie finit par vous entrainer. Dans mon cas, j'ai résisté de toutes mes forces. Mais avant d'apprendre la mort de Dan, j'avais vécu une année entière sans lui. Une année pour apprendre à vivre sans lui.

— Moi aussi… il y a eu un an le 27 avril.

J'avais besoin de l'entendre me dire que ce chagrin s'estomperait, que je survivrais comme elle l'avait fait. Dans l'état où j'étais à cet instant, cela me semblait impossible. La mort me semblait préférable à une telle agonie.

— Je vous parle d'après mon expérience personnelle, Jo Marie. Vous guérirez. La cicatrice laissée par la mort de Paul restera, mais vous guérirez.

Tout le monde affirmait qu'il était impossible que mon mari ait survécu. Mon cœur le soupçonnait aussi, même si je me cramponnais encore à un vestige d'espoir. Tout ce que Grace me disait sonnait vrai. Avec le temps, je guérirais, comme elle. Lors de ma première nuit à la villa, Paul m'était apparu, du moins m'avait-il semblé. Comme Grace, il m'avait parlé de guérison.

— Peut-être même qu'un jour, vous tomberez amoureuse de nouveau, ajouta-t-elle.

J'éclatai de rire.

— Il m'a fallu trente-six ans pour trouver Paul. S'il me faut aussi longtemps, je serai septuagénaire !

— Qui sait ? Le destin pourrait bien vous réserver une surprise.

27

Un sourire se dessina lentement sur les lèvres de George tandis qu'il passait un bras autour des épaules de Mary. Il se pencha vers elle.

— Major de sa promotion ? répéta-t-il d'une voix rauque.

— Oui. Oh ! George, je suis tellement fière d'elle.

— Je sais que c'est insensé, pourtant, moi aussi, je suis fier d'être le père d'une jeune fille aussi brillante.

Ils demeurèrent longtemps enlacés. Mary ne comprenait que trop bien ce qu'il ressentait : son émotion reflétait précisément celle qui avait été la sienne lorsqu'elle avait découvert qu'Amanda avait si bien réussi. Telle mère, telle fille, avait-elle songé intérieurement, tout en sachant qu'elle n'avait pas le droit d'avoir de telles pensées.

Elle lui caressa tendrement la joue, submergée par un amour si intense qu'elle crut que son cœur allait éclater. Elle n'avait donné qu'une seule chose à leur fille : la vie. La famille adoptive d'Amanda l'avait élevée, aimée. C'était sa mère adoptive qui avait veillé à son chevet la nuit quand elle était malade, qui avait embrassé ses genoux égratignés, qui l'avait écoutée quand elle apprenait à lire.

— Pourquoi dis-tu ne pas pouvoir assister à la cérémonie ? demanda George, redevenu grave.

— Les billets d'entrée sont réservés aux familles et aux amis des élèves. Personne ne sera admis dans la salle sans billet.

— Dans ce cas, nous en obtiendrons, déclara-t-il, en prenant cet air déterminé que Mary connaissait si bien.

— Non, justement, George. J'ai essayé. C'est impossible.

— Tu ne vas tout de même pas te décourager aussi facilement ! se récria-t-il, avant de rectifier : nous n'allons pas nous décourager aussi facilement.

Dans d'autres circonstances, Mary se serait battue comme une lionne pour avoir le droit d'assister à cette cérémonie. Malheureusement, le cancer l'avait trop affaiblie.

— Nous allons écouter le discours de notre fille, insista George.

— Je ne crois pas que je puisse supporter une scène à la porte, murmura Mary. Et je doute de passer inaperçue dans une foule.

— Ne t'inquiète pas, affirma George calmement. J'ai des relations. D'une manière ou d'une autre, j'aurai deux billets d'ici demain après-midi.

Mary avait peine à le croire. Elle avait tenté de se consoler en se disant qu'être tout près était déjà suffisant. Hailey Tremont, l'adolescente qui travaillait pour Jo Marie, lui avait fourni quelques bribes d'information au sujet d'Amanda, de même que Connor, au café. Elle les avait savourées. Au mieux avait-elle espéré en glaner quelques autres.

Elle avait également appris que le journal de lundi publierait le discours du major de la promotion. Lire les pensées de sa fille serait déjà extraordinaire. Quant à assister à la cérémonie avec George, cette possibilité dépassait ses rêves les plus fous.

George la relâcha et essuya les larmes qui roulaient sur ses joues. Mary fit de même. Ils échangèrent un coup d'œil et se mirent à rire.

— Regarde-nous ! murmura-t-il.

Oh ! Comme elle l'aimait ! Jamais elle n'avait cessé d'aimer George, mais le voir, être avec lui, décuplait ses sentiments. Pourtant, dans moins de quarante-huit heures, elle devrait trouver le courage de le quitter de nouveau.

Ils demeurèrent silencieux, chacun plongé dans ses pensées, tandis que George redémarrait pour rejoindre l'autoroute. Mary eut beau tenter de résister au sommeil, elle n'y parvint pas. Elle se réveilla alors qu'ils traversaient le pont de Tacoma, sans même avoir eu conscience d'avoir fermé les yeux.

— Tu es réveillée ? demanda George dans un souffle.

— Oui… je suis désolée. Je ne voulais pas être de si mauvaise compagnie.

Il était à peine trois heures de l'après-midi et elle avait du mal à garder les yeux ouverts.

— Ne dis pas de bêtises. Tu avais besoin de dormir. Donne-moi l'adresse de ta maison d'hôtes.

— Comment ?

— L'adresse de la Villa Rose ? Je vais la mettre dans le GPS et comme ça, tu pourras te reposer sans avoir à t'inquiéter de m'indiquer le chemin.

— Oh ! c'est vrai, tu n'y es jamais allé en venant de Seattle. Je dois l'avoir quelque part, dit-elle en plongeant la main dans son sac.

— Je finirais sans doute par la trouver. Je sais en gros dans quel quartier c'est, mais autant ne pas tourner en rond pour rien.

La veille encore, elle avait hésité à lui dire où elle séjournait. Cela semblait tellement ridicule à présent, au regard des révélations qu'elle lui avait faites. Mary n'avait jamais eu l'intention de parler d'Amanda à George. En voyant sa réaction face à la nouvelle, elle avait pris la mesure de son égoïsme. Elle avait été cruelle de lui cacher l'existence de sa fille pendant toutes ces années. Certes, elle avait des excuses : elle n'avait pas voulu s'immiscer dans sa vie. Il s'était marié et cela semblait injuste envers son épouse.

— Je suis désolée, pour tout, murmura-t-elle.

— Je regrette que les choses ne se soient pas déroulées différemment, bien sûr, mais je te serai toujours reconnaissant d'avoir mis ma fille au monde. De l'avoir aimée assez pour permettre à une famille aimante de l'adopter et de lui offrir une bonne vie. Ne t'excuse pas d'avoir fait cela, mais Mary, comment as-tu pu ne pas me le dire ? N'avais-je pas le droit de savoir ?

Il se tut, expira brièvement, puis reprit, d'une voix tendue et contrôlée :

— Ce qui est fait est fait. Compte tenu des circonstances, tu pensais agir pour le mieux.

Il était beaucoup trop généreux avec elle. Là était son problème. Il était simplement trop bon. Qu'il l'aime encore était un miracle auquel elle ne se serait jamais attendue.

Mary ne retrouva pas l'adresse de la Villa Rose, mais une fois sur les quais, elle se trouva en terrain familier et put lui indiquer la route, de sorte qu'ils arrivèrent sans encombre.

George coupa le moteur.

— Ne bouge pas, dit-il d'une voix ferme.

Mary réprima un sourire. Par moments, qu'est-ce qu'il pouvait être autoritaire !

Il contourna la voiture pour lui ouvrir sa portière, enroula un bras autour de sa taille et la guida dans l'allée qui menait à la maison.

— Ces derniers jours, je me suis assise là et j'ai profité du soleil.

C'était là qu'elle avait fait une sieste dans la chaleur inattendue du printemps, en respirant le parfum des fleurs qui s'épanouissaient autour d'elle. La Villa Rose était un lieu magique.

— Si nous faisions la même chose ? suggéra-t-il alors qu'ils gravissaient lentement les marches. J'aimerais m'asseoir au soleil avec la femme que j'aime.

— Tu as le temps ?

— Mary, si tu ne l'as pas encore compris, je savoure chaque minute que nous passons ensemble.

— Alors, oui, asseyons-nous un moment.

— Tu n'es pas trop fatiguée ?

Elle l'était en effet, mais comme George, elle savourait ces instants et voulait retarder le moment de le quitter. Ils gagnèrent le côté de la maison et Mary prit place sur le fauteuil. À l'intérieur, un chien aboya. Quelques minutes plus tard, Jo Marie apparut, flanquée de l'animal.

— Vous êtes de retour, constata-t-elle en souriant. Puis-je vous apporter quelque chose ?

George s'avança.

— Permettez-moi de me présenter : George Hudson. Je crois que Mary aimerait bien une couverture.

— Je reviens tout de suite.

Elle réapparut presque aussitôt, munie du plaid afghan dont Mary s'était couverte la veille. George s'installa à côté d'elle.

— La vue est magnifique ici, commenta-t-elle, admirant le ciel bleu, les sommets au loin et les navires à l'ancre dans la baie.

— C'est vrai, dit-il, les yeux rivés sur elle.

Mary choisit d'ignorer sa remarque. Elle n'était pas habituée aux compliments. Ils la mettaient mal à l'aise, surtout maintenant, alors qu'elle était toute pâle, presque chauve et terriblement amaigrie.

— Les montagnes sont spectaculaires, n'est-ce pas ? reprit-elle, soucieuse de changer de sujet.

— Magnifiques, renchérit-il en reportant son attention sur le paysage.

— Es-tu déjà allé à Hurricane Ridge ?

— Non, mais j'en ai entendu parler.

— Moi aussi, murmura-t-elle, avec une pointe de regret.

Elle avait lu un article au sujet de cette crête dans un magazine de voyage qu'elle avait parcouru en attendant l'arrivée du ferry à Bremerton. Elle n'aurait jamais la chance de visiter cet endroit à présent. Le trajet serait trop long. Situé à deux heures de Seattle, Hurricane Ridge regorgeait de prairies tapissées de fleurs des champs, sillonnées par des chemins de randonnée réputés. De là, on jouissait d'un panorama spectaculaire sur les monts Olympiques. Comme pour tant d'autres choses, Mary regrettait de ne pas avoir pris le temps… ou fait l'effort. Les regrets. Ils s'accumulaient ces temps-ci, un effet secondaire du cancer.

George et Mary bavardèrent quelques minutes à bâtons rompus. George était toujours aussi spirituel et elle appréciait son sens de l'humour pince-sans-rire.

— Tu es fatiguée, constata-t-il au bout d'une demi-heure.

Elle ne protesta pas. Une fois de plus, elle avait du mal à garder les yeux ouverts. Elle ne s'était reposée qu'un bref moment dans la voiture, et ses réserves d'énergie étaient épuisées.

— Je vais te raccompagner à ta chambre.

Elle accepta, redoutant de ne pas avoir assez de forces pour monter l'escalier toute seule.

George retira la couverture posée sur ses genoux, la plia et la mit de côté avant d'aider Mary à se lever. Devinant qu'elle avait besoin de son soutien, il l'attira près de lui.

Comme elle s'y attendait, gravir les marches fut éprouvant. Il se montra patient, attendant qu'elle les monte une à une, lentement et avec précaution. Enfin, elle tira de son sac la clé de la chambre et la glissa dans la serrure.

— Je me souviens que, fut un temps, tu me raccompagnais et tu ne repartais que le lendemain matin, chuchota-t-elle.

— Il ne faudrait pas me le demander deux fois, Mary.

Elle se mit à rire.

— Tu crois que je plaisante ?

— Oui, répondit-elle, sincère.

— Eh bien, tu pourrais être surprise.

— Oh ! franchement, George…

Il posa un doigt sur ses lèvres avant qu'elle ait eu le temps d'ajouter quoi que ce soit.

— Tu es belle. Et je t'aime.

— Merci, murmura-t-elle, la gorge nouée.

Que ce fût ou non la vérité, c'était exactement ce qu'elle avait besoin d'entendre. Elle tendit la main vers lui. George l'enlaça et la serra étroitement dans ses bras. Un long frisson la traversa tandis qu'elle luttait contre l'émotion que ses mots avaient fait naître en elle.

— Je suis épuisée…

— Je sais. Pardonne-moi. Il y a longtemps que j'aurais dû te laisser dormir.

— Non…

Elle s'assit au bord du lit et retira sa veste. George lui ôta doucement ses chaussures puis l'aida à s'allonger avant de ramener la courtepointe sur elle.

— Je t'appellerai plus tard, d'accord ? souffla-t-il en déposant un baiser sur son front.

— Entendu.

Exténuée, Mary sombra dans un profond sommeil réparateur avant même que George ait disparu. Elle s'éveilla une heure plus tard, se sentant infiniment mieux. Quelques minutes après, on frappa un coup léger à la porte.

— Qui est là ? demanda-t-elle, surprise.

— Jo Marie. J'ai une collation pour vous.

Surprise, Mary alla ouvrir.

— Je n'ai rien commandé…

Jo Marie entra, les bras chargés d'un plateau en bois sur lequel se trouvaient une théière et une tasse avec sa soucoupe, ainsi qu'un paquet de petits gâteaux aux figues, une pomme toute brillante et une barre de chocolat de sa marque préférée.

— Votre ami m'a demandé de vous apporter cela quand vous seriez réveillée.

Ses gourmandises… George s'en souvenait dans les moindres détails.

— Il a aussi demandé qu'on vous livre un repas ce soir, à sept heures. Je lui ai dit que je serais très heureuse de faire la cuisine pour vous, mais il a insisté sur un plat spécifique.

— Du poulet aux nouilles épicées, murmura Mary.

— Oui, confirma Jo Marie, l'air étonnée.

George et elle avaient souvent partagé ce plat dans leur restaurant favori, au cœur du quartier international de Seattle.

— Je crois qu'il veut m'engraisser, marmonna Mary en tendant la main vers la barre chocolatée.

— Profitez-en, conseilla Jo Marie. Et je vous en prie, appelez-moi si vous avez besoin de quoi que ce soit.

— Tout est très bien, merci.

Elle raccompagna Jo Marie à la porte et la suivit des yeux avant de se verser un thé. À la menthe poivrée. Là aussi, son préféré.

À sa grande surprise, Mary parvint à manger un cookie et la moitié de la confiserie. Puis elle grignota un quartier de pomme. Il y avait des mois qu'elle n'avait pas mangé autant en une seule fois. Elle souhaitait tant faire plaisir à George, même si elle n'avait pas vraiment d'appétit.

À sept heures et demie ce soir-là, son téléphone se mit à sonner. Elle l'avait laissé sur sa table de chevet en prévision de l'appel de George.

— Mary ? Je t'ai réveillée ?

— Non. Je suis debout depuis des heures. J'étais en train de lire. Merci pour les friandises de cet après-midi et pour le dîner.

— Comment as-tu trouvé les nouilles ?

— Délicieuses. Tu les as commandées dans un restaurant local ?

Il émit un léger rire.

— À ton avis ?

— George, ne me dis pas que tu les as fait livrer de Seattle ?

— Bon, je ne dirai rien.

Cet homme était incroyable. Ses attentions rendaient plus difficile pour elle l'idée de retourner à New York lundi. Pourtant, elle n'avait d'autre choix que de repartir. Elle redevint grave.

— Ne me gâte pas, dit-elle, sérieuse.

Il hésita.

— Alors, je ne devrais pas te dire que j'ai réussi à obtenir deux billets pour demain ?

Elle eut presque peur de le croire.

— Tu ne me fais pas marcher, n'est-ce pas ?

— Non.

— Comment ? Où ?

— Je t'ai dit que j'avais des relations, souviens-toi.

— Oui, mais je ne croyais pas que c'était possible… D'après tout ce que j'avais entendu dire, la salle était archi-complète.

— Eh bien, ils ont réussi à caser deux personnes de plus. Nous allons voir notre fille recevoir son diplôme.

— Merci, chuchota-t-elle, au comble de l'émotion.

— Je viendrai te chercher. Dors bien, mon amour.

— Toi aussi, parvint-elle à dire.

Puis, avant qu'il entende les larmes dans sa voix, elle coupa la communication.

28

La réception touchait à sa fin. Après les émotions de la journée, les grands-parents d'Annie étaient épuisés. Elle alla trouver sa mère qui parlait avec animation à une cousine, lui indiquant le chemin pour le dîner prévu à Seattle le lendemain.

— Je crois qu'il vaudrait mieux raccompagner Grand-Père et Grand-Mère à la maison d'hôtes, suggéra-t-elle quand la conversation prit fin.

— Ne t'inquiète pas, ma chérie. Oliver a déjà tout prévu.

— Oh !

Annie leva les yeux et vit justement le jeune homme escorter le couple en direction de la porte. Elle ressentit un pincement de déception. Elle avait espéré qu'ils auraient un moment tous les deux. S'il s'en allait maintenant, sans doute ne le reverrait-elle pas avant le lendemain matin.

— Ça ne t'ennuie pas, si ? demanda sa mère, qui avait dû voir sa mine déconfite.

— Non, pas du tout… C'est parfait.

— Tu as vraiment fait un travail remarquable, ma chérie. Ton père et moi sommes très fiers de toi.

— Merci, maman, murmura Annie, touchée.

Les deux femmes s'embrassèrent, après quoi ses parents s'en allèrent. Contrairement à la plupart des invités, qui passaient la nuit en ville, ils avaient prévu de regagner leur maison à Seattle. De son côté, Annie devait rédiger les chèques dus au traiteur et à l'orchestre. Elle s'installa à une table pendant que le personnel mettait de l'ordre dans la salle et empilait les chaises.

Soudain, la porte s'ouvrit, baignant la salle de lumière. Annie leva les yeux au moment où Oliver entrait. Il s'était changé et arborait des vêtements plus décontractés, un pantalon en toile et une veste d'été. Le cœur d'Annie fit un bond dans sa poitrine. Prise au dépourvu, elle ne put réprimer un sourire.

— Tu ne croyais quand même pas que j'allais te laisser ranger toute seule, si ?

— Comment vont mes grands-parents ? s'enquit-elle en guise de réponse.

— Ils sont fourbus, excités, heureux et reconnaissants. Ils n'arrêtaient pas de parler des amis qu'ils avaient revus, de tous les gens qui sont venus.

— Tant mieux.

C'était exactement la réaction qu'elle avait espérée.

— Et ils ne tarissaient pas non plus d'éloges à ton sujet.

— Oh ! Je suis désolée que tu aies dû entendre tout ça !

— C'était une soirée fabuleuse, mais tu dois être exténuée, toi aussi.

— Ça va, je t'assure.

Néanmoins, elle était soulagée que tout soit terminé. À partir de maintenant, sa mère et sa tante prendraient le relais.

Oliver ramassa un des chèques qu'elle venait de rédiger.

— Je peux t'aider ?

— Tout est réglé, mais merci. Tu m'as été d'une grande aide tout à l'heure.

— J'ai été content de te donner un coup de main.

Il s'assit sur la table à côté d'elle, laissant ses pieds se balancer.

— Tu seras au déjeuner demain, n'est-ce pas ? demanda-t-elle, certaine qu'il allait répondre par l'affirmative.

— À vrai dire, non.

Annie leva brusquement la tête. Elle avait supposé qu'Oliver serait des leurs.

— Oh ! je pensais…

— Voudrais-tu que je vienne ?

— Oui, répondit-elle très vite, trop vite peut-être, mais, après tout, le temps de la timidité était passé.

Un sourire soudain illumina le visage d'Oliver.

— Dans ce cas, je ferai de mon mieux pour être là. Je serais désolé de te décevoir.

Annie s'était un peu ressaisie, redoutant de paraître trop enthousiaste.

— Il n'y a pas que moi. Je veux dire, je suis sûre que mes parents voudraient que tu te joignes à la famille, sans parler de Grand-Père et Grand-Mère.

Elle déchira le dernier chèque et alla le remettre à son destinataire pendant qu'Oliver passait un coup de téléphone. Il ne lui révéla pas qui était son interlocuteur et elle ne posa pas la question, mais à en juger par les bribes de conversation qu'elle saisit, il devait s'agir de l'un de ses compagnons de voyage.

Un instant plus tard, ils étaient dehors.

— Où allons-nous ? demanda-t-il en réglant son allure sur la sienne.

— J'ai laissé ma voiture dans le parking près du kiosque.

— Je t'accompagne.

— D'accord.

Si peu de temps auparavant, elle se serait insurgée face à une telle suggestion. Tant de choses avaient changé, et si vite. Ce qu'elle avait appris sur lui au cours de ces dernières heures la laissait étourdie, l'esprit bouillonnant de questions sans réponse.

— Veux-tu aller t'asseoir sur le quai un moment ? proposa-t-il alors qu'ils s'approchaient du port de plaisance.

Peut-être n'avait-il pas remarqué que le ponton n'était accessible qu'aux plaisanciers.

— Oui, mais comment allons-nous entrer… ?

— Il y a un autre quai un peu plus loin, coupa-t-il. Nous pourrions aller là-bas.

— D'accord.

Fatiguée, mais heureuse, elle avait hâte de parler avec Oliver, d'explorer les sentiments qu'ils partageaient.

Ils partirent en voiture. Oliver suivit le front de mer, s'éloignant du centre. À trois kilomètres de là, près de Cranberry Point, les quais étaient ouverts au public, comme il l'avait promis. La marée était basse. Un panneau indiquait le point d'accostage des navettes qui emmenaient les employés aux chantiers navals les jours de semaine.

Oliver lui prit la main et l'entraîna vers le ponton fraîchement repeint en gris. Il retira sa veste et l'étendit sur le sol, invitant Annie à s'asseoir au bord du quai. Ensuite, il s'installa à côté d'elle, si près que leurs épaules se touchaient.

Ne sachant par où commencer, elle décida de le laisser parler le premier. Elle se pencha en arrière et balança doucement les pieds dans le vide.

— Ça a été un grand jour pour toi, observa-t-il.

— Et pour toi, rétorqua-t-elle.

— Moi ?

— Oui, toi. Je crois que j'ai perdu le compte de toutes les filles qui voulaient danser avec toi, le taquina-t-elle. J'imagine que ça n'arrive pas tous les jours.

— Je serais un peu plus excité si elles avaient plus de treize ans.

Annie se mit à rire, le visage tourné vers les derniers rayons du soleil couchant. Le temps avait été parfait. La chance avait souri à ses grands-parents pour leur cinquantième anniversaire de mariage.

— Tu es jalouse ?

— De ces petites filles ?

— Justement.

Ils auraient pu plaisanter ainsi toute la soirée, mais peut-être n'auraient-ils pas d'autre occasion de parler vraiment.

— Tu ne dis plus rien.

— Je sais, souffla-t-elle. C'est juste que j'ai tellement de questions à te poser… je ne sais pas par où commencer.

— Tu veux remonter à l'époque où on était enfants ?

— Je ne sais pas, avoua-t-elle, pensive. Ça fait tout de suite remonter des tas de mauvais souvenirs et je ne suis pas sûre que ce soit un bon point de départ pour cette conversation.

Puis, parce qu'elle n'y tenait plus, elle balbutia :

— C'est vrai que tu as un faible pour moi depuis tout ce temps ?

— C'est le moins que l'on puisse dire. J'étais dingue de toi.

— Oliver, ça ne peut pas être vrai, ce n'est pas possible.

— Je parle sérieusement. Si tu crois que tu as été la seule cible des taquineries après notre baiser, tu te trompes. Peter s'est moqué de moi pendant des années. Il a été impitoyable. Il me parlait de tes petits copains exprès pour m'agacer.

— Tu n'as jamais dit un mot !

— Je ne pouvais pas t'approcher. Tu étais comme un hérisson. Tu sortais tes épines dès que j'arrivais.

Annie ne prit pas la peine de nier.

— J'ai tout essayé pour que tu fasses attention à moi, insista-t-il.

Elle était sceptique. Il ne pouvait pas avoir fait tant d'efforts, sinon, elle l'aurait vu plus souvent, surtout ces dernières années.

— La vérité, Annie, c'est que j'ai fini par me résigner au fait que tu n'allais jamais me pardonner, et j'ai décidé de t'oublier et de passer à autre chose.

Elle le regarda, les sourcils froncés.

— Et puis, j'ai entendu dire que tu avais rompu tes fiançailles et j'ai su que je devais faire une dernière tentative.

Ses yeux étaient soudés aux siens, pleins de tendresse et de sincérité.

— J'ai pensé que tu aurais besoin de temps pour surmonter ta déception avec Lenny, par conséquent, j'ai attendu. Mais je savais aussi que si je partais pour un an sans t'avoir dit ce que je ressentais, je le regretterais toute ma vie, c'est pourquoi j'ai décidé de venir ce week-end.

— Et ton voyage ?

Il acquiesça.

— Pour tout te dire, j'ai pris mon billet d'avion le jour où j'ai appris que tu t'étais fiancée. Lorsque tu as rompu, il était trop tard pour tout annuler. La fête d'anniversaire est arrivée pile au bon moment. Je suis venu te voir une dernière fois. Je suppose qu'on pourrait dire que c'était le chant du cygne d'un rêve d'adolescent qui refusait de s'éteindre de lui-même.

— Tu vas partir quand même, n'est-ce pas ?

Il hésita, puis hocha la tête.

— Oui. Mes amis comptent sur moi et nous avons déjà fait toutes sortes de projets.

Il la dévisagea longuement.

— Tu voudrais que je reste ?

— Non… non, je ne te demanderais pas de faire ça.

— Je le ferais, tu sais, si tu me le demandais.

Annie en resta sans voix. Disait-il vrai ?

— Annie, tu ne peux pas savoir ce que j'ai ressenti quand j'ai su que tu avais rompu tes fiançailles.

Elle baissa les yeux sur ses jambes, battant des pieds plus frénétiquement qu'avant.

— J'ai beaucoup réfléchi. Je craignais par-dessus tout de dire ou de faire quelque chose qui aggraverait encore la situation entre nous au lieu de l'améliorer.

— Mon grand-père t'a servi de conseiller, c'est ça ?

— Oui, mais c'était bien avant que tu organises cette fête. C'est lui qui m'a encouragé à tenter ma chance de nouveau.

— Cette histoire de lunettes égarées n'était qu'un prétexte pour que tu les amènes ?

— Non. J'avais prévu de venir seul, mais Julie m'a téléphoné pour me demander de conduire, et je me suis dit : « Pourquoi pas ? »

Ce n'était donc pas tout à fait un complot, contrairement à ce qu'Annie s'était imaginé.

— J'ai une question à te poser, maintenant, reprit-il. Une question sérieuse.

— Vas-y.

— Sois honnête, Annie, parce que j'ai besoin de savoir. Ai-je une chance avec toi ?

Elle effleura son visage, laissant ses doigts s'attarder.

— Avant de répondre, je voudrais que tu fasses quelque chose.

— D'accord.

— Embrasse-moi encore.

Le sourire d'Oliver s'élargit.

— Avec plaisir.

Il changea de position et s'agenouilla. Ils s'étaient déjà embrassés deux fois au cours de ce week-end, et chaque baiser avait affecté Annie différemment. Elle ne pouvait nier qu'elle avait apprécié le premier, mais elle s'en était voulu. La deuxième fois, son plaisir avait été moins réticent. Malgré tout, elle en avait éprouvé un certain malaise. Ce troisième baiser était un test pour eux deux.

Oliver ne pouvait être si sûr de ce qu'il éprouvait pour elle, songea-t-elle. Ils étaient adultes, désormais. Peut-être avait-il idéalisé ses souvenirs. Les sentiments évoluent. Les gens évoluent.

Lentement, il se pencha et enfouit les doigts dans ses cheveux, l'attirant vers lui. D'abord tendre et doux, le baiser devint bientôt tout autre, empreint de désir et de passion. Annie n'aurait su dire combien de temps s'était écoulé, mais quand il se détacha d'elle, elle lâcha un petit cri de protestation. Elle sentit les lèvres d'Oliver effleurer son menton, puis déposer une traînée de baisers le long de son cou. Enfin, il se redressa, et Annie se félicita qu'il ait gardé les mains sur ses épaules, sans quoi elle serait peut-être tombée à l'eau.

Il lui fallut plusieurs secondes pour se résoudre à ouvrir les yeux.

— Tu as la réponse à ta question ? demanda-t-il.

Elle battit plusieurs fois des cils en le fixant.

— Tu veux que je t'embrasse encore ? J'y suis prêt, mais si on continue comme ça, on risque de se faire arrêter pour outrage à la pudeur.

Annie sourit.

— Merci, mais je crois avoir ma réponse.

— Puis-je savoir quelle était la question ?

— Je voulais être sûre que ce que j'éprouvais était bien réel… pas juste une réaction à ma rupture avec Lenny.

— Ah.

Il hésita.

— Et quel est le verdict ?

— Je crois que ça pourrait marcher, souffla-t-elle, ne voulant pas paraître trop enthousiaste.

Après tout, il partait, et il comptait être absent une année entière. Sans compter qu'il vivait à Portland et elle à Seattle.

Oliver se rassit à côté d'elle et enveloppa sa main dans les siennes.

— Maintenant que c'est réglé, qu'allons-nous faire ?

C'était précisément la question qu'Annie s'était posée. Elle rencontra son regard et se laissa aller contre son épaule.

— Franchement, Oliver, je n'en sais rien.

— Moi non plus.

Elle sourit, heureuse, étonnamment heureuse pour une femme qui, quelques mois plus tôt, était fiancée à un autre homme.

Auprès d'Oliver, elle avait le sentiment d'avoir trouvé sa place.

29

Je ne parvins pas à dormir plus d'une heure ou deux d'affilée. Je me levai avant l'aube, les yeux brûlants et la tête lourde, me demandant comment j'allais survivre à la journée.

J'enfilai un peignoir et m'assis sur un tabouret dans la cuisine, Rover à mes pieds. Les mains autour d'une tasse de café fumant, je regardai au loin, en m'efforçant d'avoir des pensées positives. Peine perdue. Une humeur lugubre pesait sur mes épaules. Ça avait été une des pires nuits que j'avais passées depuis qu'on m'avait annoncé que l'hélicoptère de mon mari s'était écrasé.

Était-il possible que Paul soit encore vivant ? Il était vain de l'espérer, je le savais. La raison me dictait de lâcher prise, alors pourquoi ne pouvais-je m'y résoudre ? Pourquoi persister à m'accrocher à l'improbable ?

Parce que je voulais croire que mon mari avait, d'une manière ou d'une autre, réussi à survivre.

Il allait sans dire que Paul n'aurait pas désiré cela. Même sans lire sa dernière lettre, je pouvais deviner ce qu'il avait écrit.

Continue à vivre.

Chéris les souvenirs.

N'aie pas de chagrin.

Savait-il qu'il demandait l'impossible ? J'étais là, à réfuter ses mots avant même de les avoir lus.

Mes clients n'allaient pas tarder à s'en aller, à l'exception de Mary Smith, qui devait rester jusqu'à lundi. Les Shivers, Oliver Sutton et Annie Newton avaient prévu de partir le matin même, en même temps que d'autres parents venus célébrer l'anniversaire de mariage.

J'avais devant moi un emploi du temps pour le moins chargé. Outre le petit déjeuner et le ménage des chambres, je devais achever mes préparatifs pour mon après-midi portes ouvertes. J'avais l'impression de porter le monde entier sur mes épaules. Comment avais-je pu m'imaginer que cet événement allait être une réussite alors que mon jardin était dévasté et que la maison d'hôtes était pleine à craquer ? Avais-je donc complètement perdu la tête ?

Rover posa sa patte sur mon pied. Soit il cherchait à me réconforter, soit il avait envie de sortir. Je me laissai glisser à bas du tabouret et allai ouvrir la porte de la cuisine. Il sortit tranquillement, s'arrêta sur la première marche et contempla le jardin comme s'il inspectait son domaine. Puis il se retourna et me regarda, m'invitant à le suivre.

— Vas-y, Rover, dis-je, restant sur le porche, ma tasse à la main.

Il descendit les marches lentement et gagna son coin favori. Il renifla ici et là, levant les yeux vers moi, l'air de quêter mon approbation avant de passer à l'acte.

— C'est bien, dis-je, m'efforçant de parler d'un ton encourageant.

Mon fidèle compagnon semblait aussi morose que moi. Il prit tout son temps, refusant de se presser pour rentrer à la maison. Il donnait l'impression que je l'avais offensé et retourna à son panier, se pelotonnant étroitement dedans.

— Tu boudes ?

Rover feignit d'être endormi.

— Espèce de traître, murmurai-je.

Je terminai mon café, mis ma tasse dans l'évier et allai m'habiller. Je n'avais pas de temps à perdre si je voulais que le petit déjeuner soit prêt quand mes clients descendraient.

Bien que n'ayant guère le cœur à jouer les hôtesses, j'étais résolue à faire de mon mieux. J'enfilai une tenue détendue, un jean et un chemisier jaune à manches longues, en me disant que la couleur me remonterait le moral. Je choisis un tablier tout aussi coloré pour la même raison.

Annie apparut la première. Elle entra dans la salle à manger toute gaie, comme si c'était le jour de Noël. Pas de doute, elle était du matin.

— Vous êtes de bonne humeur, observai-je, m'efforçant d'adopter un ton enjoué.

— Oui, répondit-elle avec un entrain communicatif. La fête était très réussie. Tout a marché comme sur des roulettes. Le buffet était superbe et l'orchestre fantastique. Ça n'aurait pas pu être mieux.

— Je m'en réjouis, dis-je sincèrement, en songeant à tout le mal qu'elle s'était donné.

Elle tira une chaise et s'assit avec un soupir.

— Je suis toujours sur un nuage.

— Je suis ravie que tout se soit bien passé.

— Mieux que bien.

Elle tendit la main vers un muffin.

— C'était… romantique.

Une expression rêveuse se lut sur ses traits et elle marqua une pause, absorbée dans ses pensées, le muffin en suspens au-dessus de son assiette.

— Je sais combien vous teniez à ce que tout soit parfait. Ça a dû être une grande satisfaction pour vous.

— Pardon ? fit-elle, en levant brusquement les yeux vers moi. Vous disiez ?

— Rien d'important.

Visiblement, elle était ailleurs. Je lui versai un verre de jus d'orange.

— Avez-vous vu Oliver ce matin ? demanda-t-elle.

— Pas encore.

Elle parut déçue. Les deux jeunes gens étaient-ils parvenus à s'entendre ? La veille encore, je me souvenais de l'avoir vue se raidir à la seule mention du jeune homme. Je la soupçonnais de vouloir l'éviter, mais j'avais aussi remarqué qu'Oliver ne la quittait pas des yeux. Si Annie s'en était aperçue, elle n'en avait rien laissé paraître.

— Et mes grands-parents ? Sont-ils levés ?

— Je n'ai pas entendu un bruit.

De nouveau, elle me regarda d'un air absent, comme si elle avait perdu le fil de la conversation. Cette femme-là avait la tête dans les nuages. J'avais déjà vu cette expression et n'eus aucun mal à la reconnaître. Je ne pus réprimer un sourire.

— Il va s'en aller, souffla-t-elle.

— Oliver ?

— Oh ! Oui, pardon, j'ai dû réfléchir tout haut.

Elle but une gorgée de jus d'orange, puis reposa son verre.

— Oui, je sais qu'il part ce matin.

— Pas d'ici, clarifia Annie. Je voulais dire qu'il quitte le pays.

— Oh, je l'ignorais.

— Il projette d'être absent pendant toute une année.

Cela ressemblait plus à une aventure qu'à des vacances.

— Où va-t-il ?

— À l'étranger… pour longtemps, avec deux amis. Mais pas de filles, ajouta-t-elle, les sourcils froncés. Par conséquent, c'est impossible.

— Qu'est-ce qui est impossible ?

Kent et Julie Shivers choisirent cet instant pour entrer dans la salle à manger, évitant ainsi à Annie de me fournir une réponse. Le couple arborait des chemises assorties et semblait avoir déclaré une trêve. Je me demandai combien de temps la paix durerait. La veille encore, ils avaient paru incapables de rester cinq minutes ensemble sans se chamailler pour la moindre broutille.

Kent tira une chaise pour Julie, qui leva vers lui des yeux adorateurs en s'asseyant.

— Pourrions-nous avoir la note dès que nous aurons terminé le petit déjeuner ? me demanda Kent.

J'acquiesçai en souriant, puis apportai un plat de bacon croustillant à souhait, comme l'aimaient la plupart de mes pensionnaires. J'y avais joint de belles parts d'une quiche aux épinards et aux champignons encore toute chaude.

Des pas résonnèrent dans l'escalier. Quelques secondes plus tard, Oliver entra dans la pièce.

— Bonjour ! lança-t-il d'un ton jovial.

— Bonjour, répondit Kent en mettant trois tranches de bacon dans son assiette.

Je retins mon souffle, supposant que Julie allait lui rappeler son taux de cholestérol. À ma grande surprise, elle resta muette. Comme s'il s'attendait à être grondé, Kent jeta un coup d'œil à son épouse, sourit jusqu'aux oreilles et commença à remettre deux tranches dans le plat.

— Je vais les prendre, intervint Oliver. Splendide matinée, n'est-ce pas ?

Je regardai par la fenêtre. Le temps était lourd et couvert, le ciel grisâtre. Apparemment, sa bonne humeur, qui étonnamment correspondait à celle d'Annie, lui faisait entrevoir une journée magnifique.

— Vous êtes toujours d'accord pour conduire jusqu'à Seattle ? demanda-t-il à Kent.

— Tu vas conduire ? s'étonna Julie, s'adressant à son mari.

— Je m'en tirerai très bien, tu verras, assura-t-il en tapotant le genou de sa femme. Oliver et moi avons tout réglé.

— Tu prends la voiture d'Oliver ? s'enquit Annie.

— Oui.

Annie regarda son grand-père, puis Oliver, avant de reporter son regard sur Kent.

— Quand avez-vous décidé cela ?

— Tout à l'heure, répondit Oliver en tendant la main vers un muffin.

Il attrapa également trois tranches de bacon et deux généreuses parts de quiche. Il devait vraiment mourir de faim.

— Mais comment vas-tu aller chez mes parents ? lui demanda Annie.

Il releva la tête, l'interrogeant du regard.

— Je ne peux pas venir avec toi ?

— Bien sûr, mais… tout cela est un peu précipité, non ?

— C'est le moins que l'on puisse dire, renchérit Julie. Mais ça ne signifie pas que ce n'est pas une bonne idée.

— Une très bonne idée, acquiesça Kent. Annie et Oliver ont besoin d'être un peu seuls – n'est-ce pas, les enfants ?

— Et de qui vient cette idée ? insista Annie.

Curieusement, elle ne semblait pas le moins du monde déconcertée par ce brusque changement de plan.

— De moi, déclara Oliver.

— De moi, lâcha Kent en même temps, avant de s'esclaffer. On y a pensé tous les deux, en fait.

— Comme ça, je peux aider Annie au cas où il y aurait des détails de dernière minute à régler ici.

— Je me suis occupée de tout hier.

— Comme ça, rectifia Oliver, tu pourras me montrer ton appartement à Seattle.

— Je ne vais pas t'emmener chez moi ! protesta Annie en riant. Tu es impossible !

— Kent était pareil.

— Mais tu l'as apprivoisé, Grand-Mère.

— Oui, et il m'a fallu près de cinquante ans.

Pendant qu'ils continuaient à échanger des plaisanteries, je retournai à la cuisine chercher d'autres plats. Seule Mary demeurait invisible. Elle n'avait pas quitté sa chambre depuis l'après-midi de la veille et, franchement, je m'inquiétais pour elle. Les autres matins, elle était descendue de bonne heure. Au bout d'un moment, je n'y tins plus. Sachant qu'elle avait été souffrante, je me risquai à monter l'escalier et frappai timidement à sa porte.

— Qui est-ce ?

Sa voix était faible, incertaine.

— Jo Marie. Je voulais seulement être sûre que tout allait bien.

— Oui, je vous remercie.

— Êtes-vous debout ? Désirez-vous prendre un petit déjeuner ?

— Oh ! ça ira, merci. Je n'ai pas faim.

— Voulez-vous que je vous apporte un plateau ?

— Non, merci.

J'hésitai, car j'avais perçu un tremblement dans sa voix et je doutais qu'elle aille aussi bien qu'elle le disait. Malgré tout, je ne voulais pas m'immiscer dans sa vie privée.

— Allez-vous descendre bientôt ?

— Dans un petit moment.

Je ne pouvais pas insister davantage. N'ayant jamais été confrontée à pareille situation auparavant, je résolus d'être patiente et me dirigeai vers les marches.

Restés seuls dans la salle à manger, Oliver et Annie étaient penchés l'un vers l'autre, en grande conversation. En me voyant, Annie rougit légèrement et se redressa. Oliver remarqua sa réaction, regarda par-dessus son épaule et m'adressa un sourire. J'ignorais de quoi ils parlaient, mais je devinai que c'était personnel et décidai donc de ne pas les interrompre, au risque de prendre du retard sur mon programme. Et ce n'était vraiment pas le moment !

Je filai dans la cuisine et préparai une assiette pour Mary, qu'elle la veuille ou non. Ensuite, je rangeai les restes dans le grand réfrigérateur. Je jetai un nouveau coup d'œil dans la salle à manger, Oliver et Annie discutaient toujours. Je ne voulais pas qu'ils pensent que j'écoutais aux portes, aussi me repliai-je de nouveau. Rover continuait à sommeiller tranquillement dans son panier, à peine conscient de ma fébrilité. Je réprimai l'envie de ronchonner contre lui, après tout, ce n'était pas sa faute si je passais une matinée épouvantable.

Enfin, j'entendis le raclement des chaises sur le sol et je sus que les deux jeunes gens avaient terminé leur conversation. Je me ruai dans la salle à manger pour finir de débarrasser. Le lave-vaisselle, déjà ouvert, n'attendait plus que leurs assiettes, que je rinçai et mis dedans en hâte. Alors que je m'activais dans la cuisine, je tressaillis en entendant une voix s'élever derrière moi.

— Jo Marie, quelque chose ne va pas ?

Je me figeai et fis volte-face. Debout sur le seuil, Mary observait avec perplexité mes allées et venues frénétiques.

— Non, rien, répondis-je aussi calmement que j'en étais capable, avant de me hâter de changer de sujet. Êtes-vous prête à déjeuner ?

— Je vais seulement boire un jus d'orange.

— C'est tout ?

Étant donné sa maigreur, Mary aurait pourtant bien eu besoin de s'alimenter.

— Comme je vous l'ai dit l'autre jour, je n'ai guère d'appétit en ce moment.

Je tentai de l'encourager.

— On m'a affirmé que la quiche était délicieuse.

— J'en suis sûre, mais j'ai un grand événement cet après-midi et je ne voudrais pas avoir mal au ventre.

Je renonçai et lui servis un grand verre de jus d'orange.

Moi aussi, j'avais un grand événement cet après-midi.

30

La valise d'Annie était prête à être chargée dans la voiture. Elle la déposa devant sa porte avec la housse qui contenait sa tenue et rentra vérifier qu'elle n'avait rien oublié dans sa chambre. Ses grands-parents étaient partis quelques minutes plus tôt.

Ayant jeté un dernier coup d'œil, elle retourna dans le couloir et constata que ses bagages avaient disparu. C'était curieux. Elle n'avait entendu personne. Elle se hâta de descendre les marches et vit sa valise dans l'entrée, à côté du sac d'Oliver. Il avait dû prendre ses affaires au passage.

Elle ne savait encore que penser des événements de la veille au soir. Ses sentiments envers lui avaient subi un complet revirement. Ce qui la stupéfiait le plus, c'était la vitesse avec laquelle leurs relations s'étaient transformées. Lorsqu'il était arrivé vendredi, elle pouvait à peine tolérer sa présence. Et, à présent… elle devait bien reconnaître qu'il lui suffisait de songer à lui pour que son cœur se mette à battre à un rythme alarmant. Il était le même Oliver qu'elle avait connu toute sa vie, mais il lui semblait en même temps complètement différent. En réalité, ce n'était pas lui qui avait changé, mais son regard à elle sur lui. En un clin d'œil, il s'était transformé de fléau en prince charmant. Sidérant, vraiment.

Et un peu déconcertant aussi.

Oliver apparut tandis qu'elle était plongée dans ses réflexions, pliant une feuille de papier qu'elle devina être sa note. Pour sa part, elle avait déjà réglé.

— Tu es prête ?

Elle acquiesça. Bien qu'elle ait feint le contraire ce matin au petit déjeuner, elle se réjouissait d'être seule avec lui. Une foule de questions se bousculaient dans son esprit. Dans quelques jours, il s'envolerait pour le Pacifique sud. Tant de choses pouvaient se passer en une année… La situation pouvait évoluer, c'était souvent le cas. Dire qu'à Thanksgiving, elle était décidée à épouser Lenny ! Heureusement, elle s'était ressaisie à temps. Ce mariage aurait été un désastre, et tout le monde l'avait compris avant elle.

— Tu es bien songeuse, observa Oliver. Tu réfléchis à ce que j'ai suggéré ce matin ?

— Non. J'étais sincère. Je refuse que tu renonces à ce voyage, Oliver. C'est une chance qui ne se reproduira pas.

Assis à la table du déjeuner, ils avaient longuement discuté. Oliver était prêt à remettre son voyage, mais Annie n'avait rien voulu entendre.

— Dans ce cas, viens avec moi.

— Je ne peux pas.

Elle aurait bien aimé, mais c'était impossible.

— J'ai pris certains engagements que je dois honorer. Si j'arrive à me libérer, ce ne sera pas avant quelques mois. D'ailleurs, je pense que nous avons tous les deux besoin de temps.

Il leva les yeux au ciel en guise de protestation. Annie lui donna un coup de coude taquin dans les côtes.

— D'accord. Peut-être que tu n'as pas besoin de temps, mais moi si. Tu as l'air d'oublier que je viens de rompre mes fiançailles.

Le regard d'Oliver s'assombrit.

— Tu as des regrets ? demanda-t-il, redevenu grave.

— Aucun en ce qui nous concerne. Cela dit, je ne suis pas prête à me jeter tête baissée dans une autre relation sérieuse.

Il fronça les sourcils, l'air alarmé par ses paroles.

— Ne t'inquiète pas. Rien ne va changer entre toi et moi.

— Bon, dit-il, acceptant sa promesse sans hésiter.

— D'ailleurs, tu vas peut-être rencontrer une fille des îles et tomber amoureux fou.

— C'est ça. Tu crois que je n'ai pas déjà essayé ? Rien à faire – je suis à toi.

— Vraiment ?

Il était si romantique !

Il ramassa leurs bagages en riant et ils sortirent ensemble de la maison. Annie actionna l'ouverture du coffre et posait son sac à main à l'intérieur quand elle entendit une voiture s'engager dans le parking. Jo Marie avait sans doute un nouveau client. En se retournant, elle vit une voiture de sport rouge qui lui fit penser à Lenny. C'était tout à fait le genre de véhicule qu'il conduisait.

Elle se figea soudain. Lenny était au volant. L'air sembla se solidifier dans ses poumons. Sa bouche s'assécha brusquement.

Oliver referma le coffre, jeta un coup d'œil vers elle et comprit aussitôt que quelque chose clochait.

— Annie ?

Elle ne répondit pas, incapable d'articuler un son.

Lenny descendit de voiture et claqua la portière.

— Tiens, tiens, tiens, qui est là ?

Il étrécit les yeux, les toisant tour à tour d'un air accusateur.

— On dirait que mon innocente fiancée n'est pas blanche comme neige, après tout. Apparemment, elle s'offre aussi quelques distractions.

— Si vous êtes qui je pense, peut-être vaudrait-il mieux que vous et moi parlions de tout ça d'homme à homme, intervint Oliver en venant se tenir à côté d'Annie.

Celle-ci n'avait pas encore recouvré ses esprits.

— Je ne suis pas ta fiancée, lui rappela-t-elle. Et Oliver, reste en dehors de cela.

Ignorant Oliver, Lenny s'adressa à Annie :

— Je fais un ou deux faux pas et tu es outrée ; tellement indignée que tu romps nos fiançailles. Tu m'as brisé le cœur, et tu as brisé le cœur de ma mère et pendant tout ce temps-là tu couchais avec un… un gratte-papier.

Oliver éclata de rire.

— Un gratte-papier ?

— D'accord. Un intello.

— Annie, laisse-moi remettre cet abruti à sa place, proposa Oliver, serrant les poings.

— Non !

Pour rien au monde, elle ne voulait qu'ils en viennent aux mains. Ça aurait été complètement ridicule. Elle n'avait pas besoin d'Oliver pour défendre son honneur.

— Je voudrais bien voir ça, riposta Lenny.

— Arrêtez, tous les deux ! cria-t-elle. Ça suffit ! Lenny, je te présente Oliver. Oliver, voici Lenny, mon ex-fiancé.

— Du moins, pas encore, intervint celui-ci.

Annie le foudroya du regard.

— Oliver m'a aidée à préparer l'anniversaire de mariage de mes grands-parents. Il les a amenés de Portland.

Un coup d'œil à Lenny lui suffit pour se rendre compte qu'il n'en croyait pas un mot. Il dévisageait Oliver d'un air menaçant.

— Si vous voulez vous battre, allons-y. Mais la loi exige que je vous informe que j'ai suivi des cours de judo.

— Vraiment ? s'étonna Annie. Tu as inventé ça, non ? C'est encore un de tes mensonges.

Dire que c'était là l'homme qu'elle avait été sur le point d'épouser ! Chaque fois qu'elle le voyait, elle avait l'impression de lui découvrir d'autres défauts.

— La loi l'exige ? répéta Oliver avec dédain, en secouant la tête. C'est nouveau, ça !

— Comment m'as-tu trouvée ? demanda Annie, désireuse d'apaiser la tension entre les deux hommes.

— Qu'est-ce que tu crois ? J'ai appelé ton employeur.

Annie lâcha un gémissement. La situation empirait de seconde en seconde.

— Eh, qu'est-ce que tu voulais que je fasse ? Tu refuses de répondre à mes coups de téléphone, tu ignores mes messages, et pour finir tu bloques mon numéro. J'avais quelque chose d'important à te dire.

Encore une supplique, sans doute. D'autres excuses dépourvues de sens.

— Qu'est-ce qui est si important pour que tu viennes jusqu'ici ? interrogea-t-elle, exaspérée.

— Ma mère veut te parler.

— C'est ça, ton message important ?

Elle avait vu juste, Lenny allait se servir de sa mère pour intercéder en sa faveur.

— Tu lui as parlé de ton petit interlude avec ta bimbo ?

Lenny battit des paupières et, voyant l'expression de son visage, elle eut sa réponse.

— Non, reprit Annie, évidemment. Tu m'as fait endosser le blâme pour la rupture.

Ce n'était pas une question, mais une constatation.

— Tu t'attendais à quoi ? C'est terminé maintenant.

— Dans ce cas, il n'y a pas de problème, dit-elle, soulagée qu'ils soient enfin d'accord.

— Tu ne me laisses pas le choix, surtout avec ce que je viens de voir entre toi et machin-truc, là.

— Oliver, rectifia ce dernier.

Annie fit un pas en avant.

— Je t'ai déjà expliqué qui est Oliver.

Celui-ci mit une main sur son épaule.

— Annie.

— Laisse-moi lui parler, coupa-t-elle.

Cette fois, il fallait en finir une bonne fois pour toutes. Comprenant qu'Oliver brûlait d'intervenir, elle posa une main apaisante sur son avant-bras.

— Durant tout ce week-end, j'ai été malade d'inquiétude parce que je n'ai pas pu te joindre, continua Lenny, l'air accablé. J'étais affolé. Je n'ai pas vendu une seule voiture. Tu sais quel effet ça a sur ma moyenne mensuelle. Je pourrais perdre la place de meilleur vendeur ce mois-ci, par ta faute.

— Vraiment ? lança-t-elle, s'efforçant de dissimuler son sarcasme. Et tu ne voyais pas du tout où je pouvais être ?

— Non. Et pourtant je t'ai cherchée partout. J'ai téléphoné à toutes tes amies.

— Lesquelles ?

N'importe laquelle de ses amies aurait su où elle était, après l'avoir vue travailler sans relâche pour préparer cet événement.

— Ella, pour commencer.

Ella, une vague connaissance d'Annie, avec qui Lenny avait flirté sans vergogne. Annie ne l'avait pas vue depuis des semaines – des mois, plutôt, maintenant qu'elle y pensait.

— Qui d'autre ?

Lenny fronça les sourcils et baissa les yeux.

— Je ne sais plus.

— Qui ?

— Quelle importance ? Ce que je voulais dire, c'est que je me suis fait un sang d'encre.

Elle ne le crut pas une seconde.

— Tu aurais dû deviner toi-même où j'étais, Lenny, accusa-t-elle, lasse d'écouter ses excuses.

— Comment étais-je censé savoir que c'était le week-end du grand truc de tes parents ?

— Mes grands-parents.

— N'importe, marmonna-t-il.

— Tu aurais dû le savoir parce que c'était important pour moi.

— Bon, je comprends maintenant. Tu es agacée parce que je t'ai annoncé il y a des mois que je ne pourrais pas venir. Je pige. C'est de ça qu'il s'agit. Mais comme je te l'ai dit, c'est le week-end que je vends le mieux. Je ne peux pas prendre un samedi sous prétexte que deux petits vieux ont réussi à rester mariés.

— Lenny, oh, Lenny, j'ai commis une terrible erreur.

Il releva la tête, les yeux brillants.

— Je sais, mais je suis prêt à mettre tout ça derrière nous. Tu es la première fille qui plaît à ma mère et elle a été vraiment peinée quand je lui ai dit que le mariage était annulé.

— Annie ? murmura Oliver.

— Ne t'inquiète pas, lui chuchota-t-elle en retour, avant de redresser les épaules et de reporter son attention sur Lenny.

Elle reprit :

— Tu es séduisant, plein de charme, promis à un bel avenir.

Lenny sourit et gonfla le torse.

— De mon côté, j'avais envie d'être amoureuse. J'avais besoin de quelqu'un qui ait une place spéciale dans ma vie et tu étais là – joli garçon, drôle…

De nouveau, il gonfla la poitrine.

— On dit que je suis un comique-né.

— C'est vrai, admit-elle. Par contre, l'honneur et la fidélité, ça, tu ne connais pas.

— Oh ! Allons, Annie, tu ne vas pas remettre cette histoire sur le tapis, si ? D'accord, tu as raison, j'ai fait une erreur, mais bon, j'ai fini par lui vendre une voiture.

— La fidélité, c'est important, insista-t-elle.

Lenny foudroya Oliver du regard.

— Si ce n'est pas l'hôpital qui se moque de la charité ! On dirait que tu as passé un week-end très intime avec un vieil ami de la famille.

Aussitôt, Oliver s'avança et s'arrêta juste devant Lenny. Ils étaient si proches qu'ils se touchaient presque.

— Arrêtez, tous les deux ! répéta Annie.

Ni l'un ni l'autre ne prêtèrent attention à elle, trop occupés à se jauger.

— Tu n'aurais pas bonne mine avec le nez cassé, marmonna Oliver.

— Tu crois sérieusement que tu pourrais rivaliser avec moi ? lança Lenny d'un ton de défi. Rappelle-toi que j'ai suivi des cours de judo.

— Ah oui, j'avais oublié. Eh bien, devine quoi, joli cœur ? Moi aussi.

Lenny cligna des paupières, surpris.

Annie n'allait pas rester les bras ballants et laisser ces deux hommes affectés d'un trop-plein de testostérone se ridiculiser. Elle les prit chacun par une épaule et tenta de les séparer.

— C'est insensé ! cria-t-elle. Lenny, je t'ai dit que c'était fini. Je ne changerai pas d'avis, alors va-t'en, s'il te plaît. Tu es en train de rater des ventes.

Il baissa les bras et recula d'un pas.

— Ma mère…

— Tu trouveras quelqu'un d'autre qui lui plaira en un rien de temps.

Il soupira.

— Ça ne va pas être facile, dit-il, l'air abattu.

— Au revoir, Lenny.

Il hocha la tête, concédant la défaite. Tête baissée, les épaules tassées, il remonta dans la voiture de sport rouge et démarra.

Annie se tourna vers Oliver.

— Tu as vraiment suivi des cours de judo ?

— Oui. Tu crois que j'aurais menti face à un danger pareil ?

Elle le regarda, sceptique.

— Bon, d'accord, j'avais huit ans.

— Huit ?

— Lenny bluffait aussi. Il n'aurait pas pris le risque de s'abîmer la figure, et nous le savions tous les deux.

Sans doute avait-il raison. Si Lenny avait réellement suivi des cours de judo, il s'en serait vanté depuis longtemps.

— Il y a autre chose.

— Ah oui ? Quoi ?

— Ma mère aussi t'aime bien. Elle me répète depuis des années que je devrais trouver une gentille fille « comme la petite-fille des Shivers ».

— Tu inventes ça.

— Pas du tout.

Annie ouvrit la portière en riant et s'installa au volant. Oliver prit place à côté d'elle.

— Avant d'être si grossièrement interrompus, nous étions au milieu d'une discussion importante, lui rappela Annie. Je veux que tu fasses ce voyage.

— Et que je te donne le temps dont tu as besoin.

— Oui.

Il n'était pas enthousiaste, mais ne pouvait rien y changer.

— Tu me rejoindras dans quelques mois, si tu arrives à t'arranger ?

Elle jeta un coup d'œil vers lui et sourit.

— Nous verrons, mais je dirais qu'il y a de grandes chances.

31

Le pouls de Mary battait à tout rompre quand ils entrèrent dans le parking du stade de Bremerton, où devait se dérouler la cérémonie de remise des diplômes. George parvint à trouver une place de stationnement près de l'entrée du bâtiment pour qu'elle n'ait pas trop à marcher. Il coupa le moteur, mais avant qu'il ait pu ouvrir sa portière, Mary l'arrêta d'un geste. Il se tourna vers elle, l'interrogeant du regard.

— George, avons-nous raison de venir ? demanda-t-elle, la main crispée sur son bras.

Elle avait l'impression que son cœur allait exploser. De toute sa vie, jamais elle ne s'était sentie aussi nerveuse. Au cours de sa carrière, elle avait relevé de multiples défis, affrontant sans ciller actionnaires, conseils d'administration, représentants du gouvernement et gestionnaires de fonds hors d'eux, mais rien, absolument rien ni personne, ne l'avait déstabilisée à ce point. Rien ne l'avait effrayée autant que la perspective de voir l'enfant qu'elle avait mise au monde et fait adopter. L'enfant qu'elle aimait profondément.

— Que veux-tu dire ? Je croyais que tu y tenais.

— Oui.

— Ne me dis pas que tu as des doutes à présent.

Mary ne savait que répondre.

— Je m'étais à peine habituée à l'idée d'être dans la même ville qu'Amanda, murmura-t-elle.

— Tu… tu as peur ?

Il avait hésité à formuler sa question, comme s'il ne pouvait imaginer pareille possibilité. Instinctivement, Mary fut tentée de nier, mais les mots moururent sur ses lèvres. Elle n'avait jamais pu tromper George. Il la percerait à jour en un clin d'œil.

— Je suis terrifiée, avoua-t-elle d'une voix à peine audible. Mon cœur bat si vite… et regarde-moi.

Elle leva les mains pour qu'il voie combien elles tremblaient.

— Ma chérie, dit-il, souriant avec assurance, elle ne saura jamais que ses parents naturels sont dans le public.

— Mais moi je saurai qu'elle est là !

— Crois-tu qu'il y ait la moindre possibilité pour qu'elle nous reconnaisse ?

— Non…

— Alors quoi ?

Mary baissa la tête et tritura le fermoir de son sac à main.

— Ma plus grande crainte n'est pas qu'elle me reconnaisse mais d'être incapable de m'empêcher de lui dire que je suis fière d'elle.

— Avec une promotion de six cents élèves, il est très peu probable que nous soyons à côté d'elle.

C'était parfaitement logique, pourtant elle ne se sentait pas rassurée.

— Notre sang coule dans ses veines.

Elle s'étrangla et mordit sa lèvre inférieure.

— C'est notre fille.

— Je veillerai à ce que rien ne te fasse de la peine, promit George avec douceur, comme s'il comprenait bien mieux qu'elle ne le soupçonnait. Amanda fait partie de nous, mais elle appartient à une autre famille qui l'aime.

Mary acceptait ce fait. Néanmoins elle demeurait paralysée sur place, en proie à une terrible hésitation.

— Viens. Il est l'heure.

— Je ne crois pas en être capable.

— Mais si, insista George.

Sans attendre sa réponse, il descendit et vint lui ouvrir sa portière. Elle leva les yeux vers lui, encore tenaillée par l'indécision.

— Tu n'as pas fait tout ce chemin pour renoncer maintenant.

Il avait raison, et en son for intérieur, Mary le savait. Elle prit une profonde inspiration et sortit de voiture. George la prit par le bras, l'aidant à marcher. Ils traversèrent le parking en silence pour se joindre à la foule qui se pressait à l'entrée. George tendit ses deux billets à l'employé, puis on les escorta à leurs places. Remarquablement bien situées, elles leur offraient une vue dégagée de l'estrade.

Une excitation palpable régnait dans la salle. Chacun attendait avec une impatience mêlée de joie, dans un brouhaha tel qu'il était presque impossible de s'entendre.

Dès qu'ils furent assis, George prit la main de Mary. Elle se cramponna à lui avec reconnaissance. Au bout d'un moment, elle glissa son coude sous le sien et se blottit contre lui, éprouvant le besoin de sentir sa force, d'être rassurée. Ce comportement lui ressemblait si peu qu'elle ne pouvait imaginer ce qu'il en pensait. Elle serrait étroitement sa main, songeant qu'elle n'aurait pas pu assister à cet événement sans son soutien.

Bientôt, la musique cessa et le cortège formel de la promotion fit son entrée dans le stade. Mary scruta les visages des jeunes gens à mesure qu'ils arrivaient, cherchant Amanda des yeux. Quand elle la vit enfin, sa main pressa davantage celle de George.

Il comprit aussitôt.

— Tu la vois ?

Mary acquiesça.

— Au premier rang. La troisième sur la droite.

Les occupants du deuxième rang prenaient place, de sorte que George ne pouvait à présent qu'apercevoir la nuque d'Amanda.

Mary n'avait pas assisté à d'autre cérémonie de remise des diplômes que la sienne, et cela remontait à des années. Bien trop d'années pour qu'elle tente de les compter. À l'époque, ça avait été un événement très solennel. Ce jour-là, en revanche, l'ambiance était complètement différente – festive et joviale. Du temps de Mary, pareille irrévérence n'aurait jamais été tolérée. La foule réagissait par des coups de sifflets et des applaudissements à la moindre occasion.

Ouvrant officiellement la cérémonie, le principal du lycée, M. Lacombe, prononça un bref discours et présenta le délégué de la promotion, qui dit également quelques mots. Mary entendit à peine le jeune homme, qui saluait l'assistance venue partager cette journée de réjouissances. Lorsque ce fut le moment du discours du major de la promotion, George serra un peu plus fort la main de Mary. L'un et l'autre retinrent leur souffle tandis qu'Amanda traversait l'estrade.

Mary observa la jeune fille qui s'approchait du pupitre, devinant combien elle était nerveuse. Celle-ci déplia sa feuille et la posa devant elle, puis parcourut la foule du regard à la recherche d'un visage familier. Au bout d'un moment, elle sourit et Mary comprit qu'elle avait trouvé la personne qui lui donnerait l'assurance nécessaire pour s'adresser à l'assistance. Suivant le regard d'Amanda, elle vit une femme qui lui rendait son sourire, le pouce levé en signe d'encouragement.

Sa mère.

La jeune fille entama son discours en remerciant le principal et ses camarades. Mary se pencha en avant, écoutant avec attention. L'adolescente évoqua ses expériences en tant qu'élève, les camarades et professeurs qu'elle avait côtoyés durant ces douze dernières années.

Apparemment, elle avait grandi à Cedar Cove. Mary se demanda quand la famille s'était installée dans la ville. Sans doute ne le saurait-elle jamais.

— Et maintenant, nous sommes sur le point de commencer une nouvelle vie, enchaîna-t-elle. Certains d'entre nous vont entrer à l'université, d'autres vont suivre une formation professionnelle ou encore s'engager dans les forces armées. Quoi qu'il en soit, c'est sans doute la dernière fois que nous sommes réunis ici tous ensemble.

L'expérience avait appris à Mary que c'était la vérité. Jamais elle n'était retournée dans sa ville natale pour assister aux réunions d'anciens élèves ou d'anciens étudiants, soit qu'elle ait été particulièrement occupée, soit qu'elle n'ait tout simplement pas eu la possibilité de s'absenter. Pourtant, elle aurait aimé reprendre contact avec les rares amis qu'elle avait eus à l'époque.

Quand Amanda évoqua ses parents, les remerciant pour leur amour et leur soutien, Mary regarda George et se détendit juste assez pour lui adresser un sourire.

— Ce que la plupart d'entre vous ne savent pas, poursuivit la jeune fille, c'est que j'ai d'autres parents. Mes parents naturels.

Mary prit une brève inspiration. La main de George se resserra autour de la sienne au point de lui faire mal.

— Ce sont eux qui m'ont donné la vie. Je ne les connais pas. Ils ont décidé, pour des raisons que j'ignore, de ne pas m'élever eux-mêmes et de me faire adopter. J'ai été placée dans un foyer affectueux, auprès d'une famille qui m'a chérie et encouragée. De cela, je serai toujours reconnaissante.

Le discours s'acheva par une salve d'applaudissements. Mary essuya discrètement les larmes qui s'échappaient au coin de ses yeux. Lorsqu'elle osa regarder en direction de George, elle vit qu'il était lui aussi au comble de l'émotion.

Un à un, on annonça les noms des étudiants. Le public avait reçu pour consigne de n'applaudir qu'à la fin, lorsque tous les noms auraient été cités et tous les diplômes décernés, mais rares furent ceux qui se plièrent à cette requête. Parents et amis sifflaient et criaient presque systématiquement le nom de leur proche.

Étonnamment, la remise des diplômes en elle-même ne prit que peu de temps. La file avançait rapidement et de manière efficace. Et, une fois la cérémonie terminée, la tradition fut respectée : tous les étudiants lancèrent leur mortier en l'air avant de quitter la scène en musique.

Dès que le dernier lauréat eut disparu, parents et amis se levèrent et la foule se pressa vers la sortie.

George garda Mary tout près de lui, la protégeant d'éventuelles bousculades tandis qu'ils avançaient à une allure d'escargot. Les gens se hâtaient dans tous les sens ; les parents cherchaient leur progéniture, et vice versa.

— Beth ! cria quelqu'un tout à côté de Mary, attends !

— La soirée commence à sept heures ! rappela un adulte à ses voisins.

— Pardon, pardon.

Une élève qui tentait de se faufiler à côté d'eux trébucha dans sa hâte. George la retint par le bras, empêchant sa chute de justesse.

Amanda.

— Oh ! je suis désolée. Je vous ai marché sur le pied ? s'écria-t-elle d'un ton d'excuse.

L'espace d'un terrible moment, Mary crut qu'elle allait fondre en larmes. Ils étaient tous les trois immobiles, tels des rochers au milieu d'une rivière, tandis que la foule allait et venait autour d'eux. La langue de Mary semblait être collée à son palais. Sa vie en eût-elle dépendu qu'elle n'aurait pas été capable d'articuler un seul son.

— Non. Votre discours était excellent, n'est-ce pas, Mary ? répondit George très vite, en jetant un coup d'œil vers elle.

Mary était trop secouée pour dire quoi que ce soit.

— Merci.

Amanda leur sourit, visiblement touchée par le compliment.

— Je l'ai réécrit plusieurs fois. Je n'ai décidé qu'à la dernière minute quelle version choisir. Même ma mère ne savait pas pour laquelle j'opterais.

Enfin, Mary recouvra ses esprits et sourit à son tour.

— Il était parfait, très réfléchi. Vous avez dit ce que votre famille et vos amis avaient besoin d'entendre.

— Oh ! merci.

Ses yeux quittèrent Mary et parcoururent la foule.

— Excusez-moi, je crois avoir vu mes parents.

— Bien sûr.

Mary s'effaça au moment où la famille Palmer s'approchait. Dans la cohue, les parents d'Amanda faillirent de peu entrer en collision avec eux.

— Bonjour ! lança sa mère. Désolée de vous l'enlever, mais un grand repas de famille nous attend.

— Oh ! je vous en prie. Nous voulions simplement lui dire que son discours était remarquable.

— Amanda a été beaucoup trop généreuse avec nous, déclara Mme Palmer. Elle a travaillé dur pour réussir. Nous sommes très fiers d'elle.

— C'est bien naturel, commenta George.

— Aviez-vous un enfant au lycée ?

Mary et George échangèrent un regard, et il sourit.

— Oui, et nous sommes très fiers d'elle, nous aussi.

— Qui est-ce ? s'enquit Amanda.

— Ma chérie, il est vraiment temps de partir, intervint sa mère avant que George ait eu le temps de répondre.

Les Palmer s'éloignèrent, et George guida précautionneusement Mary à travers la foule. Ils eurent tôt fait de retrouver leur voiture, mais passèrent une bonne demi-heure à patienter pour sortir du parking. Ils n'échangèrent pas un seul mot. Pour sa part, Mary avait besoin de temps pour assimiler ce qu'il venait de se passer.

Elle avait parlé à sa fille. De vive voix. Sans le savoir, Amanda venait de rencontrer ses parents naturels.

— Elle est menue, comme l'était ma mère, observa George en s'engageant dans la rue de la maison d'hôtes.

— Et la mienne.

— Et elle est belle, très belle, exactement comme sa mère.

Il se gara et coupa le moteur. Ni l'un ni l'autre ne bougèrent.

— Merci, murmura Mary.

George tendit la main vers elle.

— Je n'ai eu aucun mal à obtenir les billets. Il m'a suffi de…

— Ce n'est pas pour cela que je te remercie. Je te remercie de m'aimer, d'avoir fait partie de ma vie, d'avoir été à mes côtés ces derniers jours. J'ai chéri chacun des instants que nous avons passés ensemble.

— Pourquoi faudrait-il que cela finisse…

— Il le faut.

— Je veux que tu restes à Seattle. Viens vivre avec moi ; je veillerai à ce que tu aies les meilleurs médecins…

— Non, coupa-t-elle sèchement. Je ne peux pas, George. Ma vie est à New York.

Elle ne voulait pas lui imposer les épreuves que lui réservait l'avenir. Peut-être reviendrait-elle, si elle avait la chance d'entrer en rémission. Mais elle se refusait ardemment à soumettre George à ce qui l'attendait, sans savoir si le traitement serait un succès.

— Tu me chasses de ta vie une fois de plus. C'est ce que tu veux, Mary ? Après tout ce que nous avons partagé, est-ce ce que tu veux ? Honnêtement ?

Elle hésita, puis acquiesça.

— Je suis désolée, mais oui.

— C'est un adieu, alors ?

— Oui, murmura-t-elle avec difficulté. C'est un adieu.

— Je ne crois pas.

— George, je t'en prie…

— M'aimes-tu ? demanda-t-il à brûle-pourpoint.

Elle détourna les yeux.

— Tu sais bien que oui.

— Dans ce cas, explique-moi pourquoi tu ne peux pas me faire passer avant le reste pour une fois et me donner ce que j'ai toujours voulu, autrement dit toi ?

— George, je t'en prie.

Pourquoi lui rendait-il les choses si difficiles ?

— Je suis peut-être en train de mourir.

— Et même si c'est le cas, tu es en train de me dire que tu préfères mourir seule plutôt qu'avec moi ?

Elle garda le silence, incapable de répondre. Pour autant qu'elle aime George et qu'elle veuille être avec lui, elle ne pouvait se résoudre à lui faire subir pareille épreuve.

Ils discutèrent encore un peu et elle fit une petite concession, acceptant qu'il la conduise à l'aéroport. Ils fixèrent une heure de rendez-vous.

Il voulut l'aider à descendre, mais elle ignora la main qu'il lui tendait et se débrouilla seule. Elle attrapa son sac et son châle puis, la tête haute et le cœur en morceaux, elle s'éloigna sans se retourner.

32

Je travaillai à toute allure, changeai les draps et fis un grand ménage dans chaque chambre en prévision de mon après-midi portes ouvertes. Par miracle, je parvins à tout faire, et en un temps record. Normalement, je pouvais compter sur Hailey pour ces tâches, mais elle avait sa remise de diplôme et il était hors de question que je l'arrache à sa famille ce jour même.

Sur la table de la salle à manger, les cookies que j'avais confectionnés plus tôt dans la semaine étaient joliment disposés dans des assiettes en faïence multicolores, tout autour d'un grand vase blanc débordant de roses rouges. Sur le buffet, je plaçai des pichets de thé glacé et deux grands thermos à thé et à café, avec des tasses et des soucoupes.

Je reculai et jaugeai mon œuvre avec satisfaction. Tout était exactement tel que je l'avais imaginé : simple, mais de bon goût.

J'aurais aimé que le choix de ma tenue soit aussi aisé que la décoration de la table. Les tailleurs sobres que j'avais coutume de porter à la banque étaient trop formels, mes jeans et tabliers de tous les jours trop décontractés. Je voulais donner une image à la fois professionnelle et accueillante. Après m'être changée deux ou trois fois, j'optai finalement pour une jupe blanche et une veste assortie, que j'accompagnai d'un chemisier rose à boutons en nacre. Je sollicitai l'avis de Rover, mais il me regarda d'un air interrogateur qui, franchement, ne me fut d'aucune aide.

À présent, il sommeillait dans la buanderie, les rafraîchissements étaient sortis et les boissons prêtes à être versées. Il ne me restait plus qu'à attendre l'arrivée de mes invités. J'allai d'une pièce à l'autre, au comble de la nervosité, vérifiant et revérifiant que tout était en ordre. Oh ! Comme je regrettais de ne pas avoir prévu cet événement plus tard dans l'année, durant l'été, ou même à l'automne ! Cependant, Peggy Beldon m'avait encouragée à ne pas trop tarder, affirmant que si je repoussais l'échéance, je finirais sans doute par ne rien faire du tout, et je savais qu'elle avait raison.

J'avais apporté quelques changements à la maison depuis que j'avais pris la succession des Frelinger, les précédents propriétaires. Mark m'avait construit un nouveau manteau de cheminée en chêne, une pièce superbe. Il avait aussi remplacé la rampe des marches de la véranda et changé quelques lampes. Il avait suffisamment de connaissances en électricité et en plomberie pour effectuer ce genre de petites réparations, aussi avais-je fait appel à lui plusieurs fois.

J'en étais venue à aimer Cedar Cove. J'avais beau n'être dans cette ville que depuis cinq mois, je m'y sentais chez moi. Je m'étais fait des amis et j'avais pris plaisir à m'intégrer. Et j'adorais la maison. J'avais trouvé là une certaine paix.

Une voiture s'engagea dans l'allée, coupant court à mes réflexions. Mes premiers invités étaient arrivés. Je reconnus aussitôt Olivia Griffin, qui avait amené sa mère, Charlotte Jefferson Rhodes. Je ne pus m'empêcher de sourire. J'avais rencontré Charlotte à deux reprises, et chaque fois, elle avait avec elle son tricot. Cette fois-ci ne faisait pas exception.

Charlotte et son mari, Ben, étaient venus se présenter à moi peu après mon emménagement. Nous avions bu un thé en dégustant des scones qu'elle avait confectionnés. Pendant que nous bavardions, elle avait sorti son ouvrage, regardant à peine ses doigts qui couraient sur les aiguilles. Si mes souvenirs étaient bons, elle travaillait à une paire de chaussettes pour son fils, Will.

J'allai accueillir mes amies.

— Nous sommes les premières ? s'enquit Olivia.

Elle était très distinguée, comme on pouvait s'y attendre d'un juge. Je ne la connaissais pas encore aussi bien que son amie Grace, mais j'espérais que cela viendrait. Elle possédait la grâce et le style d'une Jacqueline Kennedy ou d'une Audrey Hepburn. J'imaginais qu'elle avait beaucoup de présence au tribunal.

— Je suis contente que vous ayez pu venir, dis-je en ouvrant la porte en grand.

Par chance, les nuages matinaux s'étaient dissipés, laissant place à une journée lumineuse et ensoleillée.

— Maman et moi avions hâte de voir la maison. Nous sommes sorties de l'église un peu plus tôt que prévu, si bien que nous en avons profité pour aller prendre un brunch chez Justine.

— C'est parfait.

— Je suis curieuse de voir les changements, avoua Charlotte en promenant un regard approbateur autour d'elle. J'aime beaucoup la nouvelle enseigne et le nouveau nom : la Villa Rose. J'ai entendu dire que c'est Mark qui vous l'a fabriquée ?

— En effet.

Charlotte effleura la nappe en crochet dont j'avais recouvert la table.

— Il est très bien, Mark. Il a travaillé pour Ben et pour moi aussi, toujours pour un tarif raisonnable.

La mention de Mark éveilla en moi une bouffée de remords. J'avais eu l'intention de lui téléphoner ce matin pour savoir si tout allait bien, mais le temps avait filé à toute allure et cela m'était complètement sorti de l'esprit.

— Vous avez remplacé les coussins du canapé, commenta Olivia.

— Oui, et j'ai modifié la disposition des meubles dans certaines pièces.

Là aussi, Mark m'avait apporté son aide. À mesure que nous parlions, je me rendais compte quel rôle il avait joué dans ma vie et tout ce qu'il avait fait pour la maison.

— Je meurs d'envie de jeter un coup d'œil aux chambres, déclara Charlotte.

Olivia fronça les sourcils.

— Maman, tu ne pourras pas monter les marches. Ce sera un trop gros effort pour toi.

— Balivernes ! J'en suis parfaitement capable.

— Maman…

Charlotte leva la main en signe de protestation.

— Je vais y aller tout doucement. Je ne suis pas venue inspecter la cuisine ! Je veux voir ce que Jo Marie a fait en haut.

Comprenant que sa mère n'en démordrait pas, Olivia capitula et lui prit le bras pour la guider vers l'escalier.

Sur ces entrefaites arrivèrent le shérif Troy Davis et son épouse, Faith. Lors d'une vente aux enchères au profit d'une œuvre caritative, nous avions tous les deux enchéri sur un vase bleu qui me semblait idéal pour une de mes chambres. Il avait gagné et, plus tard, m'avait remerciée de m'être retirée, car le vase était un cadeau destiné à Faith. Je n'avais pas encore rencontré son épouse, si bien que nous passâmes un instant à bavarder et à plaisanter.

Jack Griffin, le mari d'Olivia, apparut dans une Ford cabossée qui devait avoir une quinzaine d'années. Il grimpa les marches de la véranda deux par deux, l'air pressé. Avec son imperméable, il incarnait parfaitement l'éditeur de journal local qu'il était. Il ne lui manquait qu'un calepin, un stylo et un chapeau en feutre pour compléter le tableau. D'ailleurs, les deux premiers étaient sans doute glissés dans une de ses poches.

— Olivia est ici ? me demanda-t-il avant même que j'aie eu le temps de le saluer.

— Elle est allée voir les chambres avec sa mère.

— Merci.

Il se dirigea vers l'escalier, s'arrêta et se retourna vers moi.

— À propos, c'est vraiment bien, ce que vous avez fait ici.

Son regard tomba sur la table et l'assortiment de cookies.

— Ils ont l'air délicieux, lança-t-il, à la manière d'un homme qui, égaré dans le désert, vient d'apercevoir une oasis.

— Servez-vous.

Bien que visiblement tenté, il secoua la tête.

— Olivia me tuera si je ne respecte pas mon régime. Elle tient absolument à me faire manger sain.

Il s'approcha néanmoins de la table.

— Remarquez, le beurre de cacahuètes est bon pour la santé, n'est-ce pas ?

— Bien sûr.

— Et d'après Olivia, la farine d'avoine est riche en fibres.

— C'est vrai.

Il lâcha un petit rire, prit un cookie dans chaque plat et les mit sur une petite assiette.

— On ne peut pas faire plus sain, hein ?

— Non, en effet, acquiesçai-je, amusée par son raisonnement.

Au moment où il s'apprêtait à mordre dans un des gâteaux, Olivia descendit l'escalier.

— Jack Griffin, qu'est-ce que tu fais ?

Il prit un air coupable.

— Il y en a un au beurre de cacahuètes et l'autre à la farine d'avoine, dit-il avec hésitation, regardant l'assiette avec envie. C'est de la bonne fibre, non ?

— Vas-y, répondit Olivia en secouant la tête, feignant l'exaspération. Je ne suis pas ton gardien. C'est à toi de décider.

Jack soupira, et finalement reposa l'assiette, les deux cookies intacts.

— Ça, c'est de l'amour, me dit-il.

Je souris tandis qu'un taxi s'arrêtait devant la maison. Un taxi ? Un client devait-il arriver aujourd'hui ? Je croyais avoir pris soin de refuser les réservations pour cette date. En avais-je oublié une ?

La portière du véhicule s'ouvrit, mais je ne reconnus pas immédiatement son occupant. Quand je découvris enfin de qui il s'agissait, je regardai de nouveau pour être bien sûre que je n'étais pas victime d'une hallucination.

Mark Taylor.

Jamais je ne l'avais vu vêtu autrement qu'en jean ou en tenue de travail. Cet après-midi, il portait un pantalon en toile et une chemise blanche et ses cheveux étaient peignés avec soin, une raie sur le côté. Et il s'était rasé de près.

Était-ce vraiment Mark ? Je le fixai, interloquée.

Il eut quelques difficultés à sortir ses béquilles du taxi. Lorsque ce fut chose faite, il s'appuya lourdement dessus et s'avança vers les marches. Je retins mon souffle en le voyant qui commençait à monter.

— Mark ! criai-je en ouvrant la porte à la volée pour aller l'aider. Qu'est-ce que tu fais là ?

Je compris un peu tard que cet accueil n'était peut-être pas des plus chaleureux.

— Je pensais être invité. Tu m'as donné un carton.

— Tu es le bienvenu, évidemment ; c'est juste que je ne pensais pas que tu viendrais.

Il me semblait même me souvenir qu'il m'avait fait une remarque assez désobligeante quand j'avais parlé de ce projet.

— Laisse-moi t'aider, dis-je posant une main sur son bras.

J'avais peur qu'il ne perde l'équilibre dans l'escalier. Il n'avait guère eu le temps de s'habituer à ses béquilles.

— Ça va aller, merci.

— Bien sûr que oui, mais je suis là au cas où.

Son agilité me surprit. Avant que je m'en rende compte, il avait grimpé les marches et se tenait sur le seuil. Je lui ouvris la porte, cherchant désespérément quelque chose à dire pour me rattraper. J'étais si surprise de le voir que j'avais donné l'impression qu'il n'était pas le bienvenu, ce qui n'était pas le cas, évidemment.

Une fois à l'intérieur, il me parut un peu chancelant.

— Tu veux t'asseoir ?

— C'est peut-être une bonne idée.

Je lui fis signe d'entrer dans le salon. Il se laissa tomber sur le canapé et posa les béquilles sur le sol devant lui pour que personne ne trébuche dessus.

Les autres invités ne se firent pas attendre et, deux heures durant, je fus accaparée par les visites et les questions. Une bonne cinquantaine de noms figuraient sur le livre d'accueil que j'avais disposé à l'entrée. Quand la dernière personne s'en alla, j'étais épuisée.

Un seul invité demeurait. Mark.

Il n'avait pas bougé du canapé, mais je l'avais vu bavarder avec plusieurs personnes de Cedar Cove.

— Il y a encore des cookies ? demanda-t-il d'un ton dégagé.

— Quelques-uns. Tu en veux ?

— Je crois que j'en ai déjà mangé plus que ma part.

— Tu veux les emporter chez toi ?

Un large sourire fendit son visage.

— J'ai cru que tu n'allais jamais me le proposer.

Je me mis à emballer la douzaine de cookies qui restaient.

— Viens t'asseoir, ordonna-t-il. Tu es debout depuis des heures.

Il avait raison. À présent que tout le monde était parti, j'avais l'impression d'avoir couru un marathon. Je fis sortir Rover de la buanderie et me laissai tomber sur le canapé à côté de Mark.

— Tu as fait du beau travail. Tout le monde a été très positif.

— Merci.

Je remarquai qu'il passait sous silence son propre rôle dans les changements que j'avais effectués. C'était très modeste de sa part, étant donné qu'il avait quasiment tout fait tout seul. J'avais peint certaines pièces et acheté quelques nouveaux meubles, mais Mark avait réalisé une foule de choses, y compris les volets qui avaient été ajoutés aux fenêtres.

— Tu es très élégante, ajouta-t-il.

Un compliment ? Venant de Mark ? Je sus à peine quoi répondre.

— Toi aussi.

Il sourit et passa une main dans ses cheveux.

— Il y a une éternité que je n'ai pas mis cette chemise. Je ne me souviens pas quand c'était. Pour un mariage, je crois.

J'en savais si peu à son sujet que je vis là l'occasion de remédier discrètement à mon ignorance.

— Le tien ou celui de quelqu'un d'autre ?

Il plissa les yeux.

— De quelqu'un d'autre.

Il détourna le regard et reprit :

— Si j'ai décidé de venir, c'était en partie pour voir si tu allais bien.

— Qu'est-ce qui te fait penser le contraire ?

Il eut un léger rire.

— Tu veux dire, à part le fait que tu m'as agressé quand je t'ai posé deux ou trois questions innocentes ?

— Moi ? Quand ?

— Hier après-midi. Tu m'as dit de m'occuper de mes affaires et tu es partie comme si tu avais le feu aux fesses.

— Hmm. C'est vrai, je suppose. Je suis désolée. Je ne voulais pas te vexer.

Il haussa les épaules, comme si ce n'était pas très important, pourtant il avait clairement été inquiet.

— Je n'ai pas beaucoup d'amis et je me suis pour ainsi dire habitué à toi.

Je n'étais pas sûre que ses paroles soient un compliment, mais je décidai de les prendre comme telles.

— Merci. Et moi à toi.

— Personne n'a fait de commentaire sur l'état du jardin ?

— Personne.

Il était pourtant assez évident que l'endroit était en travaux.

— J'ai dit vaguement que j'espérais planter une roseraie et faire construire un kiosque.

— Tu as expliqué que j'avais pris du retard et que tout était ma faute ?

— Je n'aurais pas fait ça.

— Peut-être que non, mais ça ne t'a pas empêchée de me passer un savon.

— J'étais déçue, Mark, expliquai-je.

— Je sais. J'en ferai ma priorité absolue dès que je serai sur pied.

— Ce serait gentil de ta part.

À ma grande surprise, il ne paraissait guère pressé de s'en aller.

— Tu as pris des calmants aujourd'hui ?

— Non, répondit-il d'un ton interrogateur. Pourquoi veux-tu le savoir ?

— Je me disais que tu voudrais peut-être boire un verre de vin.

— Avec toi ?

— Non, répondis-je, taquine, avec Rover.

Il y réfléchit un instant puis haussa les épaules.

— Pourquoi pas ?

— Rouge ou blanc ?

La décision sembla au-dessus de ses forces.

— Comme tu veux.

J'ouvris une bouteille de pinot noir de la vallée de la Willamette, dans l'Oregon, et remplis deux verres.

Nous passâmes la demi-heure suivante à bavarder. À dire vrai, je fis l'essentiel de la conversation, Mark n'étant pas loquace de nature. Après un verre de vin, je fus tentée de lui parler de la lettre. Finalement, je décidai de n'en rien faire. Le sujet m'était encore trop douloureux.

Au lieu d'appeler un taxi, je ramenai Mark chez lui. À mon retour, je constatai que Mary Smith venait de rentrer. Elle monta dans sa chambre sans un mot.

33

Le lundi matin, Mary s'éveilla de bonne heure. Il y avait des semaines qu'elle n'avait pas aussi bien dormi. Elle se redressa, s'étira et regarda en direction de la baie. Il avait commencé à pleuvoir. Après quatre journées splendides, il fallait bien s'attendre à un peu de mauvais temps.

Une sensation de bien-être l'envahit. Voir la fille à qui elle avait donné la vie avait été un cadeau inattendu. Lui parler de vive voix avait dépassé toutes ses espérances. Et c'était George qu'elle devait remercier pour cela.

Alors qu'elle songeait à lui, sa sérénité se dissipa, cédant la place à la tristesse. Une fois de plus, elle allait devoir le quitter. Si tentée fût-elle de rester à Seattle, c'était impossible. Il y aurait trop de difficultés pratiques. Et ce serait totalement égoïste de sa part, elle ne pouvait pas lui imposer cette épreuve.

Elle l'aimait – comment aurait-elle pu ne pas l'aimer ? –, mais elle ne voulait pas lui laisser porter le poids de sa maladie. Ils en avaient longuement discuté, et en fin de compte, elle avait réussi à le convaincre que retourner à New York était la seule solution raisonnable pour elle. Ses médecins, son dossier médical et son appartement étaient là-bas. Interrompre le traitement à ce stade serait irréfléchi, voire dangereux.

George ne lui avait pas facilité la tâche. En comprenant qu'il n'aurait pas gain de cause, il avait sollicité une faveur, celle de l'emmener à l'aéroport. Elle avait capitulé seulement parce qu'elle était lasse de lutter. À regret, elle avait annulé son taxi.

Elle était la dernière cliente à la maison d'hôtes et elle avait averti Jo Marie qu'elle ne prendrait que des toasts et un jus d'orange pour le petit déjeuner. Cependant, elle ne parvint à grignoter qu'un seul toast et avala à grand-peine quelques gorgées de liquide.

Sa note réglée, elle attendit l'arrivée de George. Il était ridicule qu'il vienne jusqu'à Cedar Cove pour l'emmener à l'aéroport de Sea-Tac, de surcroît un lundi, alors que la circulation serait dense dans les deux sens. Elle n'osait imaginer combien de rendez-vous il avait dû reporter. Néanmoins, elle se réjouissait à l'idée de le revoir une dernière fois. Ce serait un souvenir de plus à chérir au cours des longs mois à venir.

— Je vais descendre votre valise, suggéra Jo Marie.

— Merci.

Jo Marie avait été une excellente hôtesse. Mary s'était sentie à la fois bienvenue et maîtresse de ses mouvements. Très attachée à son intimité, elle avait apprécié que la jeune femme ne soit ni trop exubérante, ni trop curieuse.

— Votre séjour vous a plu ?

— Oui, beaucoup.

Elle disait la vérité. Ces instants passés à Cedar Cove la soutiendraient jusqu'à la fin de ses jours.

— Je suis sûre que vous serez contente de rentrer chez vous aussi, observa Jo Marie. Il y a quelque chose de réconfortant dans ce qui est familier, n'est-ce pas ?

Mary sourit sans répondre. Son appartement à New York n'était qu'une boîte sans âme. Au fil des années, elle y avait apporté quelques touches personnelles, mais ne l'avait jamais considéré comme un vrai foyer. C'était là qu'elle couchait et gardait ses affaires, rien de plus. Elle prenait ses repas au-dehors ou achetait des plats à emporter. Jamais elle ne s'était intéressée à la cuisine. Le plus souvent, elle mangeait à la hâte, sans apprécier la nourriture.

Quand la voiture de George s'arrêta devant la villa, Mary se sentit réconfortée. Elle le regarda descendre et courir vers la véranda sous la pluie. De son côté, connaissant le climat de Seattle, elle avait songé à mettre son imperméable. Elle releva la capuche et s'avança vers lui, tirant sa valise derrière elle.

George gravit les marches et prit ses bagages.

— Tu es prête ?

— Eh bien, bonjour à toi aussi.

Il leva les yeux et soutint longuement son regard.

— Ce n'est pas un bon jour pour moi.

— Oh ! George, mon chéri, nous avons déjà eu cette conversation.

Il hocha la tête et se détourna alors que Jo Marie approchait, Rover sur ses talons.

— J'espère que vous reviendrez un jour, dit-elle en souriant.

C'était peu probable, aussi Mary se contenta-t-elle de lui rendre son sourire.

— Merci pour tout.

— De rien. C'était un plaisir.

George prit la main de Mary et la guida dans l'escalier, puis alla lui ouvrir sa portière avant de mettre ses bagages dans le coffre. Quand il la rejoignit enfin, il était trempé.

— Oh ! George, tu vas prendre froid !

— J'aurai tôt fait de sécher.

Il semblait abattu, les épaules tassées, les yeux mornes, comme si elle lui avait brisé le cœur de nouveau. Il démarra, mais avant de faire marche arrière, dit d'un ton dégagé :

— Je songeais en venant que je pourrais m'octroyer un congé dans une semaine ou deux et venir à New York.

Il hésita, guettant sa réaction. Mary devinait où il voulait en venir. Il essayait de reprendre peu à peu une place dans sa vie. Et bien sûr, elle serait ravie qu'il vienne, mais faire la navette entre les deux côtes nuirait à la carrière de George. Ils avaient tenté l'expérience autrefois et cela n'avait pas marché ; elle ne pouvait s'imaginer recommencer. Néanmoins, la tentation d'accepter était si forte qu'elle se pencha vers lui, comme attirée par une force magnétique, électrisante. Seulement voilà… elle ignorait ce que lui réservait l'avenir. Et si… si la chimiothérapie et les rayons n'avaient pas éliminé le cancer, alors ses options étaient limitées. Et cela tuerait George de la regarder mourir à petit feu, un peu plus chaque jour.

— Qu'en penses-tu ? demanda-t-il, les mains crispées sur le volant.

— Nous verrons.

Il poussa un soupir.

— C'est une manière polie de me dire non, n'est-ce pas ?

Elle garda le silence et il soupira de nouveau.

— Je me suis bercé d'illusions, n'est-ce pas ?

— À quel propos ?

— Je pensais… ce week-end. J'avais espéré que tu étais parvenue à la conclusion que tu n'avais jamais cessé de m'aimer.

Comment pouvait-il croire le contraire ? se demanda-t-elle, avant de comprendre qu'il parlait ainsi parce qu'il était blessé, et déçu.

— Je t'ai toujours aimé, George. Et je t'aimerai toujours.

— Même quand tu m'as quitté ?

Plus qu'il ne le saurait jamais.

— Même alors.

— Et maintenant ?

— Même maintenant, murmura-t-elle doucement.

Il se tut quelques instants.

— Tu as une drôle de façon de le montrer, chuchota-t-il enfin.

Ils n'échangèrent pas d'autres paroles avant de s'engager sur l'autoroute en direction de Tacoma.

— Y a-t-il quelque chose que tu ne m'as pas dit ? reprit-il, les yeux rivés sur la chaussée.

— Comme quoi ?

— Quelque chose à voir avec le cancer ?

— Non.

Elle avait été complètement honnête dès le début.

— Tu en es certaine ?

— George, bien sûr que oui.

Pensait-il réellement qu'elle lui mentirait sur un sujet aussi grave ? Et puis elle se rendit compte qu'il avait toutes les raisons de douter d'elle après ce qu'il avait appris concernant Amanda.

— Tu sais que Seattle possède un des meilleurs centres de recherche du pays, n'est-ce pas ?

— Oui.

Le centre Fred-Hutchinson jouissait en effet d'une réputation internationale.

— Ne parlons plus de mon départ, ajouta-t-elle, désireuse de changer de sujet. C'est trop douloureux pour nous deux.

— De quoi veux-tu parler, dans ce cas ?

— D'Amanda.

Aussitôt, elle vit ses épaules se détendre.

— Elle est extraordinaire.

La seule mention de leur fille éveilla en Mary une sensation de légèreté, de joie.

— C'est vrai. Et la voir, lui parler, c'était tellement inespéré. Je ne pourrai jamais assez te remercier.

— As-tu eu du mal à ne pas la toucher ? demanda-t-il.

— Oh oui. J'ai dû me retenir pour ne pas tendre la main et lui caresser le visage. Ou la serrer dans mes bras et lui avouer que c'était moi qui l'avais portée pendant neuf mois.

— L'espace d'un moment, j'ai eu peur que ses parents nous reconnaissent, avoua George.

— Comment auraient-ils pu ?

— Mary, mon Dieu, elle est tout ton portrait ! Tu ne l'as pas remarqué ?

— Je pensais qu'elle te ressemblait davantage.

Pour la première fois de la matinée, George sourit.

— Tu as bien agi en la confiant aux Palmer.

Mary avait ressenti la même conviction, même si, durant la cérémonie, elle avait été assaillie par les doutes et les regrets. Elle aurait voulu que tout le monde sache qu'Amanda était sa fille, le fruit de ses entrailles. Cela aurait été complètement injuste envers la famille qui l'avait élevée dix-huit ans durant, mais il lui avait fallu un certain temps pour se rendre compte qu'il était trop tard pour avoir des regrets. Si difficile que cela soit, elle devait renoncer à de tels sentiments. Au lieu de quoi, elle s'était concentrée sur le discours de sa fille.

C'était ironique, vraiment. Voir Amanda avait été à la fois une immense source de joie et une profonde tristesse. Comment pouvait-on éprouver simultanément des émotions aussi radicalement opposées ?

La circulation était dense sur l'autoroute. Mary jeta un coup d'œil à sa montre. Sachant qu'elle se déplaçait lentement, elle avait prévu d'arriver très en avance à l'aéroport.

Le silence se fit pendant quelques minutes. Au fond, tout avait déjà été dit, dans certains cas de multiples fois. George ignora la première sortie indiquant l'aéroport.

— Tu n'aurais pas dû emprunter cette bretelle ?

— Il y en a deux. Je prends toujours la deuxième.

— D'accord.

— Ton vol n'est que dans deux heures.

— Il faut un certain temps pour traverser la sécurité et je ne marche pas vite.

Peut-être aurait-elle même besoin de s'arrêter en chemin pour se reposer quelques minutes, selon la distance à laquelle se trouvait la porte d'embarquement. Elle se refusait à demander un fauteuil roulant.

— Voudrais-tu que je t'accompagne jusqu'à la porte ? Il est facile d'obtenir une autorisation.

— Non, mais je te remercie.

Le quitter serait déjà assez difficile. Inutile de prolonger les adieux.

— Tu vas mettre ton bagage en soute, n'est-ce pas ?

— Oui. Et j'ai déjà ma carte d'embarquement.

— Bien. C'est Jo Marie qui te l'a imprimée ?

— Oui. Elle a été très serviable.

George déboîta et changea de voie, se préparant à sortir.

— J'ai entendu dire qu'elle était veuve.

— Oui.

À mesure qu'ils s'approchaient de l'aéroport, Mary sentait sa gorge se nouer.

— Tu connais son histoire ?

— Non.

Sa voix devait avoir changé, car George se tourna vers elle.

— Ça va ?

— Oui, bien sûr, pourquoi est-ce que ça n'irait pas ? répondit-elle, s'efforçant de prendre un ton léger pour ne pas trahir la crainte qui l'envahissait.

Le panneau indiquant la sortie apparut. Le nœud dans la gorge de Mary grossit encore. Elle n'allait pas pleurer ; elle se refusait absolument à pleurer devant George. Sans crier gare, George changea de voie et se réengagea dans la file de voitures qui roulaient vers le nord.

— Que fais-tu ? se récria-t-elle.

Il ne répondit pas.

— George, tu viens de manquer la sortie !

— Je sais.

— Mais… George, il faut que j'aille à l'aéroport. Tu as dit que tu m'y emmènerais !

— J'ai menti, dit-il, comme si c'était sans importance.

— Comment ça, « j'ai menti » ? s'exclama Mary, en colère à présent.

— Je t'expliquerai tout dès que nous serons chez moi.

— Je ne vais pas aller chez toi.

— Oh, que si. Tu n'as pas le choix.

Il avait raison, mais cela n'arrangeait rien.

— J'insiste pour que tu prennes la prochaine sortie et que tu repartes vers l'aéroport.

— Désolé. Ce n'est pas possible.

— Bien sûr que si, c'est possible. Tu m'enlèves ? C'est ça ?

— Je t'expliquerai tout dans quelques minutes.

— Explique-toi maintenant. C'est la chose la plus ridicule que tu aies faite.

— Je pensais bien que tu réagirais comme ça.

Il semblait tout à fait content de lui.

— George, enfin, qu'est-ce qui t'a pris ?

Il se contenta de sourire et secoua la tête, refusant de répondre. Mary se laissa aller contre le dossier et croisa les bras, ne sachant que faire.

Une fois dans le centre de Seattle, il se dirigea droit vers son immeuble. Il entra dans le parking souterrain, se gara sur l'emplacement qui lui était réservé, puis coupa le contact, descendit de voiture et vint ouvrir la portière de Mary. Celle-ci resta obstinément assise. S'il pouvait être têtu, elle aussi. Les bras toujours croisés, elle regardait droit devant elle, refusant de regarder la main qu'il lui tendait.

— Tu m'as quitté une fois, dit-il calmement, et j'ai décidé de ne pas te laisser faire deux fois la même erreur.

— Moi ?

— J'ai été un idiot de ne pas t'en empêcher la première fois. Je ne vais pas recommencer.

— George, supplia-t-elle, fermant les yeux de douleur et de frustration. Tu ne te rends pas compte de ce que tu fais ? J'ai un cancer. Mes médecins, mes dossiers médicaux, tout est à New York.

— Il y a des médecins fantastiques à Seattle et il n'y a rien de plus facile qu'envoyer un dossier par e-mail.

— Ma vie est à New York.

— Non.

Elle poussa un soupir exaspéré.

— Ta vie est avec moi, enchaîna-t-il. Nous nous sommes privés l'un de l'autre pendant dix-neuf ans, et je refuse de passer un autre jour sans toi si ce n'est pas nécessaire.

— Oh ! George…

— Tu m'aimes, oui ou non ?

Elle se mordit la lèvre inférieure pour ne pas répondre.

— Tu ne peux pas mentir, Mary. Je te connais trop bien.

— Dans ce cas, pourquoi m'as-tu posé la question ?

Des larmes lui montèrent aux yeux. Voilà qu'elle allait se remettre à pleurer, faible comme un chaton nouveau-né, songea-t-elle en maudissant la maladie.

— Je refuse de céder. Si tu pars une fois de plus, je le regretterai jusqu'à la fin de mes jours.

— Tu ne comprends pas ? murmura-t-elle, d'une voix étranglée. Je suis peut-être en train de mourir…

— Nous sommes tous en train de mourir.

Elle porta une main à sa bouche, submergée par l'émotion. George s'accroupit à côté d'elle.

— Tu peux lutter tant que tu voudras, mais c'est une bataille que j'ai l'intention de gagner. Je ne te laisserai pas me quitter. Tu peux protester jusqu'à ne plus avoir de voix, mais la décision est prise.

— Que veux-tu dire ?

— J'ai contacté un de mes amis qui va m'obtenir le nom du meilleur cancérologue du pays.

— Il est à New York.

Il secoua la tête en riant.

— Bien essayé. J'ignore où il exerce ; ce qui m'intéresse, c'est toi. Quoi que l'avenir nous réserve, nous y ferons face ensemble.

— Oh ! George, murmura Mary, incapable de retenir ses larmes plus longtemps.

— Nous sommes faits l'un pour l'autre. Depuis toujours. Combien de temps vas-tu continuer à résister ?

Le désir de le quitter s'était évanoui. Avec un sanglot, elle noua les bras autour de son cou et s'accrocha à lui, manquant de peu de le faire tomber.

— Je t'aime tant…

— Je sais… moi aussi je t'aime, Mary. Quoi qu'il arrive, je serai à tes côtés.

Elle hocha la tête.

Elle ne savait pas si elle méritait l'amour de cet homme. Mais elle lui serait éternellement reconnaissante d'être là.

34

Je venais de terminer le ménage dans la chambre de Mary Smith quand le téléphone sonna. Je dévalai les marches pour aller répondre, d'humeur plus légère que ces deux derniers jours. Je me sentais en forme. En dépit de mon appréhension, l'après-midi portes ouvertes avait connu un franc succès.

— La Villa Rose, j'écoute, lançai-je gaiement.

— Jo Marie…

Mon nom fut suivi d'une brève hésitation. Je reconnus la voix du lieutenant-colonel Milford. C'était l'appel que j'avais tant désiré et tant redouté à la fois. La conversation qui renforcerait le fil ténu de l'espoir ou l'anéantirait pour de bon.

Je me laissai tomber sur la chaise du bureau, le téléphone pressé contre mon oreille avec tant de force que j'en avais mal.

— Qu'avez-vous découvert ?

— Je viens de recevoir des informations à l'instant.

— Vous avez le résultat des tests ADN ? interrompis-je.

Pourquoi ne pouvait-il me livrer la nouvelle au lieu de prolonger mon agonie ? Il devait sûrement connaître la réponse à l'heure qu'il était.

— Il faut plus de deux jours pour obtenir ces résultats-là.

— Alors, il y a une chance…

— Non, coupa-t-il. Il n'y a aucune chance que Paul ait survécu à l'accident. Aucune.

— Que voulez-vous dire ?

— Je suis désolé.

— Mais vous venez d'affirmer que vous n'aviez pas les résultats des tests ADN…

— Non, je ne les ai pas.

— Dans ce cas, comment pouvez-vous être si certain que Paul est mort ? Vous m'avez dit vous-même que…

Il ne me laissa pas le temps de terminer.

— Les six dépouilles ont été retrouvées à présent. Je suis navré. J'aurais aimé être porteur de meilleures nouvelles.

Ses mots me coupèrent le souffle. J'avais l'impression que mes poumons étaient obstrués. Une vague de chagrin me submergea, m'étouffant comme si j'avais été enterrée vivante. Le son qui suivit m'effraya. Un hurlement de chagrin, de souffrance. Tout espoir était perdu désormais. Il me fallut quelques secondes pour comprendre que ce cri émanait de moi.

Mon mari était mort.

Aussitôt, Rover apparut et posa ses pattes sur ma cuisse pour me réconforter. Je plaçai ma main tremblante sur ma tête. J'avais le visage en feu, et des larmes brûlantes roulaient sur mes joues.

— Si vous le désirez, Paul pourra être enterré au cimetière national d'Arlington, reprit Milford.

Il me répéta que Paul avait été un homme remarquable, mais je le savais déjà. Je ne l'écoutais qu'à peine.

Après quelques paroles d'adieu, je raccrochai. Tout était fini.

Pendant un long moment, je restai immobile, le regard dans le vide. Puis je pris une profonde inspiration et séchai mes larmes. Un gouffre béant avait pris la place de mon cœur. Je n'avais plus de choix. Tous les scénarios que j'avais échafaudés venaient d'être réduits en poussière. Je caressais la tête de Rover, puisant du réconfort dans sa présence, quand ma main se figea. Il était temps de lire la lettre de Paul.

Tel un automate, je me rendis dans ma chambre. Assise sur le lit, j'ouvris le tiroir de ma table de chevet et en tirai l'enveloppe. Je lus la lettre deux fois de suite, sans m'arrêter. Elle ne recelait pas de surprise. Il disait exactement ce à quoi je m'étais attendue.

Il m'aimait. Il ne voulait pas que j'aie du chagrin. Il espérait que nous serions réunis dans un autre monde, mais pas avant longtemps, car j'avais beaucoup à donner.

Je repliai la feuille et la remis dans l'enveloppe.

Continue à vivre, avait écrit Paul.

J'avais à peine eu le temps de me ressaisir que Rover se mit à aboyer, puis sortit en courant de la chambre pour se diriger vers la porte d'entrée.

J'avais de la compagnie. Je reconnus aussitôt la jeune femme qui se tenait sur le seuil.

— Michelle !

J'avais fait la connaissance de Michelle Nelson par l'intermédiaire de Joshua Weaver, un de mes tout premiers pensionnaires. Venu à Cedar Cove voir son beau-père mourant, il y avait retrouvé Michelle, qui avait été sa voisine autrefois. En tant qu'assistante sociale, Michelle avait de nombreux liens au sein de la communauté, aussi l'avais-je invitée à la journée portes ouvertes. Quant à Joshua, je n'avais pas de nouvelles de lui depuis son départ, mais j'avais senti qu'une idylle naissait entre Michelle et lui. Je mourais d'envie de savoir ce qu'il en était, sans pour autant vouloir être indiscrète.

— Je suis désolée de ne pas avoir pu venir hier, s'excusa Michelle.

À vrai dire, je n'avais pas remarqué son absence. Il y avait eu tant d'allées et venues que j'avais perdu le compte de mes visiteurs.

— Je parie que vous avez eu beaucoup de monde.

Rover lui fit la fête, et elle lui caressa les oreilles en lui disant quel bon chien il était. Mon fidèle compagnon savoura ces marques d'attention. Apparemment, les chiens, comme les hommes, sont friands de petits plats, de jouets et de compliments.

— Vous avez bien le temps de prendre un café ? demandai-je en les observant.

J'avais besoin de me changer les idées. J'espérais seulement qu'elle ne remarquerait pas que j'avais pleuré. Je résolus de faire un pas à la fois, de prendre chaque jour comme il viendrait, de me donner le temps d'assimiler la réalité. Par chance, mes prochains clients ne devaient pas arriver avant ce mardi, ce qui me laissait une journée de répit.

Je précédai Michelle dans la cuisine. Pendant que je mettais la cafetière en route, elle s'assit à la petite table placée contre le mur.

— J'ai rendez-vous au tribunal dans une demi-heure, expliqua-t-elle. Je ne peux rester que quelques minutes.

— Pas de problème. C'est au sujet d'une adoption ?

— Oui. La meilleure partie de mon travail, acquiesça-t-elle. Ce petit garçon est adorable et sa nouvelle famille est aux anges. La maman a fait six tentatives de fécondation in vitro sans succès. En fin de compte, son mari et elle ont décidé d'adopter. Comme la plupart des gens, ils voulaient un nourrisson.

— C'est compréhensible, n'est-ce pas ?

— Bien sûr. Malheureusement, il y a très peu de nouveau-nés adoptables.

— Quel âge a l'enfant ?

— Trois ans. Il est mignon comme tout.

— Qu'est-ce qui les a fait changer d'avis ? demandai-je en tendant à Michelle une tasse de café fumant.

Je lui indiquai le sucrier d'un geste, mais elle refusa en secouant la tête. Elle but une gorgée avant de répondre à ma question.

— Je leur ai parlé de ce petit garçon et je leur ai suggéré d'être d'abord une famille d'accueil.

— Et ils sont tombés amoureux de l'enfant ?

— Je savais que ce serait le cas. Ce bambin va avoir une famille et ce couple réalise son rêve d'être parents. Pas étonnant que j'adore mon travail, non ? lança-t-elle, les yeux brillants. J'ai une petite fille en tête pour eux aussi, mais pas avant plusieurs mois.

Michelle souriait jusqu'aux oreilles, heureuse de son petit complot.

— Dites-moi, questionnai-je d'un ton que j'espérais détaché, vous avez eu des nouvelles de Josh récemment ?

J'aurais supposé que son sourire ne pouvait s'élargir davantage, pourtant si. Ses yeux pétillèrent de plus belle et elle se hâta de baisser la tête.

— Eh bien, à vrai dire, nous nous parlons chaque jour.

— Chaque jour ?

Voilà qui était intéressant !

— Il s'occupe d'un gros chantier dans le Dakota du Nord. C'est difficile et épuisant, mais il trouve toujours le temps de m'appeler, quoi qu'il arrive.

Je me souvins que Josh était chef de projet. Lorsqu'il séjournait à la villa, il venait de superviser la construction d'un centre commercial dans un État que j'avais oublié ; j'étais pourtant sûre qu'il me l'avait dit à un moment ou à un autre.

— Je suis contente d'apprendre que vous êtes restés en contact.

Michelle leva la tête et rencontra mon regard.

— Il m'a demandé de l'épouser.

— Michelle, c'est merveilleux ! m'écriai-je, notant qu'elle ne m'avait pas dit qu'elle avait accepté. Et qu'avez-vous dit ?

— J'aime Josh et je veux être sa femme, mais ma place est à Cedar Cove. J'adore vivre ici. J'ai un travail qui compte et je ne veux pas y renoncer.

— Josh ne pourrait-il pas venir s'installer ici ?

— Il me l'a proposé, mais son emploi l'entraîne aux quatre coins du pays. Or il aime ce qu'il fait également, et il est très compétent dans son domaine.

— Cela signifie-t-il que vous êtes dans une impasse ?

Michelle haussa les épaules.

— Pas tout à fait. Vous connaissez le proverbe : quand on veut, on peut.

— En effet.

— Josh et moi sommes en pleine négociation. Je crois qu'il pourrait en remontrer à certains leaders de syndicats. Quand il veut quelque chose, il est impossible de lui dire non.

— Et c'est vous qu'il veut ?

Michelle rougit et acquiesça.

— Il a demandé à son P-DG de lui donner des missions dans l'État de Washington, ce qui veut dire qu'il sera basé dans la région de Seattle. Il aura priorité concernant tous ces projets et s'il n'y en a pas à proximité, il en choisira un qui lui permettra de ne pas être absent plus de deux ou trois nuits d'affilée.

— Cela vous conviendrait ?

— Oui.

— Dans ce cas, le mariage est pour quand ?

— Au mois d'août, à la fin de sa mission actuelle. Ensuite, il entamera un autre projet, immédiatement après notre lune de miel.

— Dans les environs ?

— Tout près d'ici. À Cedar Cove.

Je fronçai les sourcils, surprise. J'ignorais qu'un chantier important était prévu dans la localité. La chambre de commerce n'aurait-elle pas dû en être informée ?

— C'est un peu ironique, vraiment. Le beau-père de Josh voulait que son pavillon soit mis en vente et que l'argent obtenu soit versé à une œuvre caritative.

Je l'avais entendu dire, et cela me désolait pour Josh. Il me semblait qu'en tant que dernier parent de Richard, il aurait dû hériter de la propriété.

— Josh l'a acheté.

— Le pavillon de son beau-père ?

— Oui. Il est juste à côté de celui de mes parents. Il va le rénover entièrement, l'agrandir de deux chambres et installer une nouvelle cuisine. En fin de compte, ce sera une maison toute neuve.

— C'est fantastique.

— Nous voulons fonder une famille et, comme mes parents voyagent beaucoup, ils ont besoin de quelqu'un pour jeter un coup d'œil sur leur maison. Ce sera idéal pour nous tous. Nous pourrons mutuellement nous rendre service.

Je souris. Avec Michelle, Josh avait trouvé la famille dont il avait toujours rêvé.

— J'espère bien recevoir une invitation au grand jour.

— Votre nom est déjà sur la liste.

— Transmettez mes félicitations à Josh, voulez-vous ?

— Je n'y manquerai pas.

Michelle but une dernière gorgée de café, se leva et déposa sa tasse dans l'évier.

— Désolée de partir aussi vite…

— Pas de problème. Je comprends que vous soyez pressée.

Je la raccompagnai à la porte, Rover sur mes talons. Debout sur le seuil, nous regardâmes Michelle s'en aller.

Sa visite m'avait réellement fait plaisir. Ainsi, Josh allait revenir à Cedar Cove. C'était une excellente nouvelle et je m'en réjouissais pour Michelle. Nous avions commencé à faire plus ample connaissance. Je l'aimais bien. Elle savait ce qu'elle voulait et n'était pas prête à se contenter d'un à-peu-près. Je l'admirais pour cela.

Comme elle s'éloignait, je me remémorai le rêve que j'avais fait lors de ma première nuit à la villa. Paul m'avait prédit que cette maison serait un havre, un lieu de guérison, pour moi et pour d'autres. Ces deux derniers jours venaient de me le confirmer. D'abord Abby et maintenant Josh avaient trouvé l'amour et le bonheur ici.

De retour à la cuisine, je mettais les tasses dans le lave-vaisselle quand la sonnerie du téléphone retentit.

— La Villa Rose, j'écoute.

— Ici Mme Eleanor Reynolds. Je désire un renseignement.

La voix était sèche, austère. Elle me demanda si j'avais une chambre disponible pour le dernier week-end du mois d'août. Je répondis par l'affirmative.

— Bien. J'aimerais réserver pour vendredi, samedi et dimanche. Il est possible que je reste lundi… et mardi. Je ne le sais pas encore.

— Certainement. C'est pour une occasion spéciale ?

— Oui, enfin, nous verrons si ça l'est ou non, se borna-t-elle à répondre.

Je n'insistai pas. Si elle ne souhaitait pas en dire plus, je n'avais pas l'intention de me montrer indiscrète. Mon livre de réservations commençait à se remplir : j'avais des clients presque chaque jour à partir de juin. La baie était populaire auprès des plaisanciers et le marché fermier attirait une foule le week-end. Les mariages aussi faisaient venir des clients. Et, avec un peu de chance, ma roseraie et son kiosque seraient achevés d'ici la fin de l'été.

— C'est noté, dis-je, répétant les dates.

Rover aboya et je remarquai qu'il n'avait plus d'eau dans son bol.

— Vous avez des animaux ? demanda-t-elle.

Son ton me parut réprobateur. Peut-être n'avait-elle pas l'habitude d'avoir des animaux autour d'elle.

— Un chien. J'espère que cela ne vous ennuie pas ?

Je savais que certaines personnes étaient allergiques. C'était un risque que j'avais pris en adoptant Rover.

— Je préfère les chats, personnellement. Je n'ai jamais beaucoup été au contact des chiens... Mais je suis sûre que ça ira.

— Ne vous inquiétez pas. Rover est très gentil.

— J'en suis convaincue, déclara-t-elle, d'un ton qui démentait ses paroles.

Mon pauvre Rover aurait sans doute fort à faire pour la conquérir. J'avais beau tenir la maison d'hôtes depuis peu, je ne me trompais pas souvent quant à mes premières impressions des clients. Avec Mme Reynolds, le temps nous dirait si j'avais vu juste.

— Au plaisir de faire votre connaissance, madame Reynolds.

— De même pour moi.

Après un dernier au revoir, elle mit fin à la communication. Bon chic, bon genre, une femme qui aimait les chats… je m'interrogeai. Peut-être une libraire d'une cinquantaine d'années. Venait-elle en ville pour une occasion spéciale ? Son histoire m'intriguait déjà.

Machinalement, je baissai les yeux sur le registre et regardai les deux derniers noms que je venais d'y inscrire. Eleanor Reynolds et un jeune couple : Maggie et Roy Porter. Maggie avait appelé quelques jours plus tôt pour réserver une chambre le même week-end qu'Eleanor. Sa voix m'avait semblé très jeune, comme si elle était tout juste sortie de l'adolescence. Très loquace, elle m'avait expliqué que ce week-end était une escapade en amoureux pour son mari et pour elle, sans les enfants.

J'aurais tout donné pour avoir moi aussi un week-end en tête à tête avec Paul. Tout.

M'arrachant à mes pensées, je m'acquittai de mes tâches ménagères, faisant de mon mieux pour suivre les conseils de mon mari et continuer à vivre. Tout à coup, mon téléphone portable se mit à vibrer, me signalant que j'avais un message. À ma grande surprise, il venait de Mark. Eh bien, voilà qui était nouveau. La plupart du temps, il ne savait même pas où se trouvait son propre téléphone. La technologie l'agaçait. Peut-être avait-il appris la leçon lorsque la table s'était effondrée sur sa jambe et qu'il n'avait pas l'appareil sur lui.

Je m'ennuie, disait-il.

Mes doigts pianotèrent sur le minuscule clavier.

Lis un livre.

Très drôle.

Ce n'est pas une plaisanterie. Il faut que tu reposes cette jambe.

Facile à dire pour toi.

Je souris.

Tu veux que je t'apporte à déjeuner ?

Qu'est-ce que tu offres ?

Hé, je ne tiens pas un restaurant. Tu prends ce qu'on te donne et tu ne te plains pas.

Je n'ai pas le choix, hein ?

Non. Je serai là vers midi. Estime-toi heureux et sois reconnaissant.

Bien, m'dame.

En dépit des nouvelles que j'avais eues plus tôt, je ne pus réprimer un sourire.

Je confectionnai le déjeuner de Mark. Mon chien et moi irions le porter en personne à cet homme susceptible qui était devenu mon ami.

PRIX DES LECTRICES

Ce roman fait partie de notre sélection

Prix des lectrices Charleston 2020

Retrouvez tout au long de l'année 6 romans au format poche, choisis avec soin par les éditions Charleston pour vous faire voyager, réfléchir ou rêver…

Un jury de choc, composé de nos plus fidèles lectrices, désignera le grand vainqueur à l'automne 2020.

Bonne lecture !

VOUS AVEZ AIMÉ CE LIVRE ?

Retrouvez les autres livres de la série
Retour à Cedar Cove

400 pages
8,90€

Après le décès tragique de son mari, Jo Marie décide de changer de vie et reprend une maison d'hôtes dans la petite ville de Cedar Cove : la Villa Rose.

Sa première cliente, Abby, a survécu à un accident de voiture, dans lequel sa meilleure amie a trouvé la mort. Elle n'a jamais eu le cœur à retourner dans la ville où elle est née, jusqu'à ce jour, dix ans après l'accident. Josh, le second client, doit prendre en charge son beau-père, un vieil homme à présent, avec qui il ne s'est jamais entendu.

Derrière les portes de la jolie maison d'hôtes, ces personnages inoubliables trouveront l'amour, le pardon et la possibilité d'un nouveau départ.

336 pages
8,50€

L'été est une saison haute pour la maison d'hôtes de Jo Marie Rose. Mark Taylor et elle ont passé beaucoup de temps ensemble pour aménager ce lieu paradisiaque. Et même si la jeune femme essaie de se persuader que Mark n'est qu'un ami, elle pense beaucoup à lui ces derniers jours. Mais pour le moment, il est temps d'accueillir de nouveaux visiteurs.

Ellie Reynolds a 23 ans, et arrive à Cedar Cove pour rencontrer Tom, un homme avec qui elle correspond depuis des mois sur Internet et dont elle pense être tombée amoureuse. Maggie et Roy Porter sont là pour leurs premières vacances seuls, sans les enfants. Ils espèrent retrouver la flamme de leur amour et regagner chacun la confiance de l'autre. Mais Maggie a un dernier secret à lui avouer, qui pourrait bien faire éclater son mariage…

Pour chacun d'eux, ce sera le moment de mettre son cœur à jour – et de prendre la plume –, révélant ainsi le courage qu'il faut pour être vulnérable, tolérant et ouvert à l'amour.

PEFC PEFC/14-38-00277

Achevé d'imprimer en février 2020
par Novoprint
Dépôt légal : mars 2020
Imprimé en Espagne